음악 영재들이 이야기하는 나의 전공, 나의 인생

세종예술고 음악과 2학년 학생들에게

음악을 묻다

세종예술고 음악과 2학년 지음
지도교사 박영주, 기획 허영훈

dcb
대경북스

세종예술고 음악과 2학년 학생들에게

을 묻다

초판인쇄   2020년 12월   4일
초판발행   2020년 12월 10일
발 행 인   민유정
발 행 처   대경북스
  ISBN   978-89-5676-839-7

 등록번호 제 1-1003호
서울시 강동구 천중로42길 45(길동 379-15) 2F
전화: (02)485-1988, 485-2586~87 · 팩스: (02)485-1488
e-mail: dkbooks@chol.com · http://www.dkbooks.co.kr

책 출간을 축하해요

먼저 《세종예술고 음악과 2학년 학생들에게 음악을 묻다》 간행을 진심으로 축하합니다.

음악과 학생들이 앞으로 예술의 길을 잘 헤쳐나 갈 수 있도록 뒷받침하겠습니다.

세종예술고등학교장 임진환

우리 학생들에게 입학식장에서 이야기한 말이 생각납니다.

"예술 전공해서 앞으로 뭐 먹고 살 수 있을 것 같아요?"

그런데 학생들의 이번 프로젝트 발표 주제가 공교롭게 "예술대학 나와서 뭐 먹고 살지?"라고 하니 마음이 통했다고나 할까요~ ㅎㅎ

이번 프로젝트는 박영주 예술부장과 프로젝트 코디네이터로 활동하고 계신 허영훈 대표님께서 연초부터 학생들과 소통하면서 '기획'의 중요성을 강조하여 학생들이 자발적으로 참여할 수 있도록 유도한 것으로 알고 있습니다. 나도 늘 학생들에게 기획하는 연주자로 거듭날 것을 강조했기에 이번 프로젝트를 계획한 모두에게 다시 한 번 고마움을 전합니다. 또한 직접 삽화를 그려 예술 융합을 학생들 스스로가 몸소 실천하게한 것도 고맙게 생각합니다.

요즘 세종예술고등학교장으로 근무하면서 많은 생각을 합니다. 우리 학생들이 향후 예술계로 진학한 후 어떻게 예쁘게 미래를 살 수 있도록 만들어 줄 수 있을까!

요즘 학부형님들이 대학입시에만 집중하는 느낌을 받습니다. 진로를 결정하고 진학을 생각했으면 좋겠다는 생각을 늘 학생들과 학부형님들에게 이야기하지만, 돌아오는 것은 "왜 진학을 신경 안 써주시느냐?"라고 되묻는 경우가 많습니다.

나는 우리 학생들은 뭐를 해도 잘할 수 있는 능력을 갖추고 있다고 믿습니다. 더더욱 예술을 전공하는 것 자체가 먼 훗날 행복하고 예쁘게 살 수 있는 시너지를 갖고 있다고 봅니다. 그래서 이번 프로젝트는 '우리 학생들에게 정말 필요한 책을 출판하는 것이다'라고 생각합니다.

음악과 학생들이 이번 프로젝트를 실행하고 나면 새로운 미래에 대해 많은 생각을 할 것으로 사료됩니다. 자기주도적 학습을 통한 융합형 인재가 될 것을 믿어 의심치 않습니다.

다시 한 번 이번 프로젝트를 위해 노력해 주신 박영주 예술부장님과 허영훈 대표님께 감사드립니다. 특히 음악과 학생 여러분은 이번 기회를 통해 거듭나기를 빕니다.

2020. 10. 12.

세종예술고등학교장 임진환

이 책은

음악전공 학생들의 꿈과 미래를 응원하는
동시에 음악가로서의 삶이 쉽지 않다는 문제
의식에서 기획되었다.

프로젝트 코디네이터 **허영훈**

2010년을 전후해 세계적 수준의 음악가들
이 국내에서 대거 배출된 상황은 음악 선진국의 위상을 드높이는 분명한
청신호였지만, 해외 음악대학과 최고연주자과정을 마친 유학생들의 귀국
이 급증하면서 음악가들의 일자리가 포화상태에 이르렀고, 학생보다 강사
가 더 많아진 상황이나 오케스트라에 정단원으로 들어가는 것이 연주자의
이상적인 목표가 되어버린 상황, 외부 지원사업에 의존하면서 겉으로는 예
술, 안으로는 생존에 가까운 음악활동을 하는 현재의 상황은 음악전공 학
생들의 불투명한 미래를 더욱 부채질하는 모습으로 다가왔다.

특히, 2020년 코로나19로 오프라인 공연이 전면 취소되면서 음악계를
포함한 공연계의 타격은 상상 그 이상이었고, 그 위협은 아직도 현재진행
형이다. 음악가로 성장한다는 것은 어쩌면 이와 같은 상황들을 하나 둘씩
만나는 과정일 수도 있다.

이 책의 이야기를 이끌어가는 스토리텔러이자 코디네이터로 참여한 필

자는 문화예술사업 기획자다.

지난 14년 동안 200편 이상의 클래식, 국악, 음악극 등 다양한 공연을 기획·제작·연출했으며, 문화예술분야 컨설팅 경력을 바탕으로 현재 대학과 대학원에서 겸임교수이자 외래교수로 강의를 해 오고 있다.

특히, 2015년부터 전국을 다니며 '문화예술기획 전문가과정'을 운영하면서 예술계에 '기획'의 중요성을 심는 일과 함께 예술전공자들에게 '기획하는 예술가'가 될 것을 늘 강조해왔다. 기획력 없이 예술성만으로는 목표를 이루기 어렵다는 일관된 생각에서였다.

그렇다면 음악전공자들에게 정말로 필요한 것은 무엇일까?

어쩌면 이 책은 학생들이 수업시간에 몰래 썼을 '낙서'일 수도 있다. 그 낙서 안에는 반복되거나 중복되는 단어가 있을 수도 있고 의미 있는 문장이나 빛나는 아이디어가 있을 수도 있다.

이 책을 읽는다는 것은 아마도 미래의 음악가들을 위해 무엇을 귀담아 들어야 하고 무엇을 고민해야하는지를 살짝 엿보는 계기가 되지 않을까 싶다.

지도교사인 박영주 선생님은, 학교에서는 쉽게 만날 수 없는 '기획하는 교사'다.

학생들에게 '우물 안 개구리'가 되지 말 것을 늘 강조해 오신 박 선생님은 지난 2020년 5월, 음악과 학생들을 위한 3개월간의 프로젝트인 '음악과 진로설계 특강'을 준비했고, 그 계획안을 필자에게 Email로 보내면서 특강과 프로젝트 공동추진을 의뢰했다.

계획안의 주요 내용은 아래와 같았다.

2020학년도 음악과 진로설계 특강 운영계획(안) 세종예술고등학교 음악과

목적	1. 음악을 전공한 학생들이 예술대학 졸업 후 막연한 진로에 대해 미리 탐색하고 진로모형 제공을 통한 진로 설계 역량 신장 2. 학생 개개인의 진로 · 진학에 맞춤형 진로 설계를 통한 미래직업 융합형 능력 신장
운영 방향	1. (프로그램 개설) 학생들의 희망전공을 분석하고 담당교사와 외부 전문가가 함께하는 다양하고 질 높은 프로그램을 개설 · 운영 2. (참여원칙) 학생들의 자발적인 참여를 유도함 3. (운영시간) 특강기간 중 학생의 건강이나 정규교육과정의 정상적인 운영을 저해하지 않는 범위 내 운영. 프로그램은 50분 단위로 운영하되, 프로그램의 성격 등을 고려하여 실정에 알맞도록 정함. 4. (운영방법) 　가. 집중 가능한 프로그램으로 교사의 전공과 연계한 프로그램에 대한 다양한 접근 및 실질적 체험이 되도록 상호 협력하여 운영함. 　나. 코로나19 감염예방관리안내지침(2020.5.8.교육부)에 따라 부득이한 경우 온라인으로 특강을 진행할 수 있음. 　다. 코로나19 감염예방관리안내지침에 따라 특강 교육환경 위생 관리를 철저히 하고, 생활 속 거리두기 등 감염예방지침을 준수하여 운영함.

추진전략		가. 참여 학생 개개인의 지속 가능한 중장기 성장기획안 작성 나. 최종 성장기획안 및 기획안 작성 간 도출된 철학, 원칙, 요소, 프로세스, 솔루션 등 창조된 저작물을 출판을 통해 책으로 완성 다. 향후 매년 '나'항 출판(1년 1책) 추진
특강	주제	"예술대학 나와서 뭐 먹고 살지?"
	대상	음악과 2학년 17명
	강사	허영훈
기대효과		1. 음악을 전공한 학생들이 예술대학 졸업 후 막연한 진로에 대해 미리 탐색하고, 진로와 관련된 역량을 스스로 키울 수 있도록 지도할 수 있다. 2. 음악전공뿐만이 아닌 음악을 필요로 하는 직업의 세계를 연구하고 고민해서 미래의 자기 직업군을 더욱 확대하고 구체화할 수 있도록 지도할 수 있다. 3. 학생별 맞춤형 진로모형을 만들어 진로 지도를 함으로써 공교육을 신뢰하고 교사를 믿을 수 있는 학교 풍토가 조성될 수 있다.

위 계획안에서 가장 먼저 눈에 띄는 부분은 추진전략의 '나'항과 '다'항이다. 학생들이 스스로 '성장기획'을 해 본다는 부분, 그리고 그것을 책으로 만든다는 계획이었다. 고등학교에서는 물론 대학에서도 쉽게 만날 수 없는 프로젝트였다.

17명, 그것도 음악을 전공하는 고등학교 2학년 학생들의 생각을 정리하고 그것을 기록으로 남기는 프로젝트야말로 '기획'을 실천해 볼 수 있는,

학생들에게는 아주 중요한 경험이 될 것을 필자는 이미 잘 알고 있었다.

필자에게 맡겨진 특강의 주제 역시 신선했다. '예술대학 나와서 뭐 먹고 살지?'라는 주제는 '학교가 이제는 좀 솔직해졌다'로 받아들여졌다.

필자는 위 계획안과 특강 주제를 바탕으로 이번 책 쓰기 프로젝트 코디네이터를 자청했고, 학교와 박 선생님의 가이드에 따라 출판기획에 참여하면서 학생들에게 음악에 관해 질문하고, 음악을 둘러싼 솔직한 생각들 그리고 음악에 대한 미래 가치를 물었다.

처음에는 단체 특강으로, 그 다음에는 1:1 컨설팅으로, 이후 Email 상담 등 다양한 방법을 동원해서였다.

그렇게 이번 프로젝트는 세종예술고등학교 음악과 2학년 학생들에게 음악에 대해 묻고, 그에 대한 학생들의 솔직한 이야기를 '책'이라는 타임캡슐 속에 묻기로 하면서 책 제목을 《세종예술고 음악과 2학년 학생들에게 음악을 묻다》로 정했다.

이 책은 가장 먼저 공동저자인 학생들과 학생들의 학부모, 그리고 학생들의 선후배들이 읽게 될 것이다. 아울러 예술고와 예술대학의 교사와 교수, 그리고 다른 예술고의 학생들도 모두 읽었으면 하는 바람이다. 또한 음악교육과 관련한 교육부 관계자들의 필독서가 되기를 바란다.

이 책을 잘 썼는가는 그다지 중요하지 않다. 학생들에게 이 책은 일기장과 같다. 일기를 공개하는 것만으로도 우리는 그 용기에 박수를 보내야만 한다.

덧붙여 어떤 생각은 잘못된 것이라고 지적하지 않아도 된다. 고등학교 졸업 후 다양한 무대에서 스스로 꿈꾸는 예술을 하면서 쓰게 될 또 다른 일기를 응원하는 것만으로도 충분하기 때문이다.

이 책의 구성은

이 책은 책 쓰기 프로젝트를 계획한 박영주 선생님의 이야기를 시작으로 특강을 통해 학생들에게 미리 제시된 10개의 공통된 질문, 그리고 학생들 스스로가 정한 2개의 질문 등 모두 12개 질문에 대한 학생들의 이야기를 학생들의 문체와 호흡 그대로 담았다. 참고로 필자는 박 선생님과 학생들의 이야기를 내용은 건드리지 않고 재구성만 했음을 밝힌다. 그것이 코디네이터의 역할이기 때문이다.

어떤 학생은 일부의 질문에만 답변했고, 어떤 학생은 다른 학생이 작성한 글의 두 배의 분량을 작성하기도 했다. 어떤 학생은 본 프로젝트가 과제였을 수도 있고, 어떤 학생에겐 자신의 음악적 견해를 처음으로 마음 놓고 털어놓은 계기가 되었을 수도 있다. 그러나 거듭 밝히지만 우리는 이를 평가할 이유가 없다. 이 책은 음악과 학생들을 조건 없이 응원하기 위해 기획되었기 때문이다.

참고로 이 책에 삽입된 그림은 세종예술고등학교 미술과 학생들이 직접 그렸다. 음악과 학생들의 글과 미술과 학생들의 그림의 결합은 이 시대가 요구하는 예술 융합, 그리고 학문 통섭의 실천이다.

　필자는 박영주 선생님께 이번 출판 프로젝트에 선생님의 이야기도 들려주실 것을 부탁드렸다. 음악교사로서의 생각, 아이들을 가르치며 느끼는 것들, 그리고 음악을 전공하는 아이들의 부모님께 전할 선생님의 솔직한 생각을 듣고 싶었다.

지도 교사의 이야기

반가웠지만 마음을 무겁게 만든 전화 한 통을 받다.

"선생님! 안녕하세요! 저 성하예요!"

세종예술고등학교 교사 **박영주**

"오! 그래~ 성하야 축하해~ KBS 국악대경연대회에서 타악 부문 금상을 받았다며?"

"네, 나름 최선을 다해 살고 있는데 힘드네요."

"지금 국악계에서 인정받고 잘 나가는 데 뭐가 힘들어?"

"어떻게 사는 것이 맞는지 모르겠어요. 길을 잃은 거 같다고 해야 하나."

얼마 전 충남예술고등학교에서 지도했던 국악 타악전공 성하라는 친구의 전화 한 통을 받고 마음이 무거웠다. 성하는 국악계에서 최고로 손꼽는 OO대학에 입학해 열심히 공부했고, 그 결과 모두가 부러워하는 상을 수상하여 KBS 국악관현악단과 협연을 할 정도도 실력이 뛰어난 타악 연주자다.

그런데 무엇이 성하를 힘들게 하는 것일까? 어떻게 살아가는 것이 맞는 것이고, 어떤 길을 가야 자신만의 길을 옳게 가는 것일까?

명문대 진학만이 답일까?

2010년부터 2015년까지 충남예술고등학교에서 국악 전임교사로 6년간 재직했다. 국악 전임교사가 해야 할 업무 중 가장 중요한 일은 학생들의 진학상담 및 진학지도였다. 국악 전공생을 선발하는 대학의 자료를 수집하고, 학생들의 실력에 맞는 대학을 정하고, 그 대학에 맞는 맞춤형 진학지도를 한 결과, 대부분의 학생들이 원하는 대학에 진학할 수 있었다.

그때 진학지도를 했던 60여 명의 학생들은 대부분 대학을 졸업했으나, 예술을 직업으로 살고 있는 학생은 약 10%도 채 되지 않는다. 그 10%도 대부분 비정규직 전통예술 강사로 겨우 삶을 유지하고 있을 정도다. 그러나 불행인지 다행인지 모르겠지만, 그때 진학지도를 했던 학생 중에서 원하는 대학을 떨어진 학생은 진로를 바꿔 관광학과에 진학했고, 지금은 다국적기업의 매니저로 만족도 높은 삶을 살고 있다.

지금 생각해 보면 왜 그당시 학생들에게 진학만을 지도했을까 후회도 되고, 제자들에게 미안한 생각마저 든다. 진학과 진로를 같이 고민하고 지도했다면 지금쯤 더 많은 학생들이 길을 잃지 않고 자신의 길을 당당히 가고 있을 텐데 말이다.

코로나-19 위기, 진로고민의 기회로 삼다.

2020년, 음악과 2학년 담임을 맡게 되었다. 담임으로 배정받은 후 올해는 내 교직생활의 마지막 담임이라 생각하고 좀 더 학생들에게 다양한 경험을 통해 진로를 설계할 수 있도록 지도해야 겠다는 굳은 다짐을 하고 새 학기 준비를 하고 있었다.

그런데 코로나19가 전 세계적으로 번지면서 결국 학교는 등 교를 하지 못한 채 원격수업 체제로 개학을 맞이했다. 하지만 위기가 기회라는 말이 있듯 시간적 여유가 많은 학생들은 자신의 진로에 대해 고민해 보고 자료를 찾아가면서 보고서 작성과 발표를 할 수 있는 시간을 가질 수 있었다.

학생들에게 음악 본연의 직업, 음악을 이용한 직업, 음악과 관련 없이 내가 하고 싶은 직업, 은퇴 후 제2의 삶을 위한 직업을 고민해 보고 자료를 검색하여 보고서를 쓰고 발표할 수 있는 시간을 가지게 하였다. 온라인 쌍방향 플랫폼을 이용해 모든 학생들이 원격으로 서로의 진로에 대해 공유할 수 있었던 소중한 시간이었다.

우리 반 학생들 한 명 한 명의 발표를 들으면서 '우리 반 학생들은 이제 겨우 열여덟 살인데 어떻게 저런 생각을 할 수 있을까? 정말 대견하다.'라는 생각을 하면서 그동안 교사로서, 어른으로서 내 생각만 학생들에게 주입하는 일방적인 소통을 하지 않앉나 하는 반성의 계기가 되었다.

30년을 함께한 음악교사로서의 삶, 나에게 음악이란?

1969년 10월, 경기도의 한 시골 마을에서 태어난 나, 다른 사람 앞에서 춤추고 노래하는 것을 좋아해서인지 어렸을 적 꿈은 텔레비전에 나오는 배우였다. 하지만 꿈은 꿈일 뿐 어찌어찌하여 고등학교 때 가야금을 배우게 되었다. 가야금 연주자가 되고 싶었으나, 레슨비와 학비를 감당하기 어려웠던 나는 꿈에도 생각해보지 않았던 교사가 되기 위해 공주대학교 음악교육과에 입학했다. 대학 생활 4년 내내 임용고시 철폐를 외쳤으나 결국 임용고시를 치르고 경기도 옹진군 신도에 있는 북도중학교로 발령을 받았다.

음악은 공동체다
북도중학교는 선착장에서 배를 두 번 갈아타고 굽이진 길을 따라 야산을 넘으면 산 중턱에 위치해 있었다. 유행가 가사에 나오는 전교생 30명의 섬마을 선생님이 되었다. 대학교 때 풍물패

동아리 활동을 했던 나는 전교생 30명의 북도중학교 풍물단을 꾸려 학교 행사, 섬마을 대소사에 신명나는 풍물놀이로 흥을 돋웠다. 스스로 섬에 낙오되어 있다고 생각했던 30명의 학생들은 한 명 한 명 풍물이라는 음악 공동체로 모이기 시작했으며 음악으로 하나가 될 수 있었다.

현재 40대 중반이 된 제자들, 지금은 같이 늙어가는 나이지만 언제나 "선생님! 건강하세요!"라는 공손한 인사로 나에게 힘을 준다. 교직의 첫발을 내딛은 나.

음악은 나에게 공동체라는 의미를 부여해 주었다.

음악은 봉사다

1996년 8월, 첫아들 경덕이를 낳았다. 하지만 경덕이는 생후 10개월째 '뇌병변장애'라는 진단을 받았다. 하늘이 무너질 것 같았던 이때, 이런저런 개인적인 이유로 힘들었던 나에게 위대한 멘토가 갑자기 나타났다.

"박영주 선생님! 저랑 봉사단 만들어 봉사 활동 하지 않으실래요?"

"현 부장님! 저는 개인적인 삶이 너무 힘들어요. 사실 제 아들이…"

집과 학교밖에 모르던 나는 교육계에서 봉사 활동의 대가라고 불리는 현정효 선생님의 도움으로 용기를 내어 학생·학부모와 함께 봉황음악봉사단을 조직하여 장애인생활시설 8곳으로 봉사를 다니기 시작했다. 제대로 걷지도 못하고 말도 못하는 경덕이와 아직 어린 둘째 재한이 두 아들을 데리고서다.

음악봉사단활동을 하면서 내 스스로 사회복지에 대한 이해가 부족하다고 느껴서 사회복지 대학원을 다니면서 정말 바쁘게, 그러나 알차게 시간을 꾸려나갔다. 그 덕분에 경덕이는 조금씩 걷기 시작했고 말문도 트이는 작은 변화가 시작됐다. 또한 학생들은 음악을 통해 봉사를 하면서 삶의 나침반을 세우고 지금은 훌륭한 청년으로 성장했다.

음악은 언어다

칠갑산 자락에 위치한 폐교 위기의 전교생 29명의 작은 학교 장평중학교. 시내의 큰 학교로 전학을 가지 못하고 폐교 위기의 학교를 다닌다는 이유로 학생들은 스스로 자괴감에 빠져 있었다. 이런 학생들과 함께 전교생 현악합주단을 만들었다.

"선생님! 저는 악보도 못보고 글씨도 잘 몰라요. 근데 첼로를 배우고 싶어요!"

"정말 배우고 싶니? 배우고 싶은 마음과 열정만 있으면 해낼 수 있어!"

음표도, 글자도 잘 모르는 영수는 수화를 하듯 손가락 번호로 악보를 만들어가며 돌에 글자를 새기듯 매일매일 새벽부터 방과 후까지 첼로 연습을 했다. 결국 우리는 음악대회에서 상을 받았으며, MBC 다큐 〈무지개를 찾아서〉 등 다수의 방송에 출연하게 되었다. 장평중학교 학생들에게 음악은 자신의 감정을 표현하는 언어였다.

음악은 밥이다

2010년 3월, 음악인 육성을 목적으로 하는 충남예술고등학교에 부푼 기대를 한아름 안고 국악전임교사로 발령을 받았다. 예술고에서는 음악이 결국 직업과 바로 연계된 것이나 마찬가지니 학생들에게 음악은 그야말로 '밥'이다. 나는 국악전임교사로 학생들에게 실력 향상의 기회를 만들어 주고자 국립국악원, 각종 국악대회, 연주회 등에 주말까지 반납하며 밤낮없이 발바닥에 불이 나게 인솔해서 다녔다. 그 결과 대다수의 학생들이 원하는 대학에 진학할 수 있었고 지금은 국악예술 강사, 국악 퓨전악단, 개인 연주자 등으로 활동하며 음악 인생을 만들어가고 있다.

음악은 삶이다

음악은 내 인생을 180도 바꿔 놓았다. 교사가 될 거라곤 한 번도 생각하지 않았던 나. 그러나 경제적인 이유로 어쩔 수 없이 선택한 사범대학, 4년 내내 음악 공부보다는 80년대의 이슈에 더 적극적이었던 나. 하지만 결국 나도 먹고 살기 위해 교사라는 직업을 선택해야 했다. 그런 내가 한 해 한 해 교사로 살면서 30년이 지난 지금 천상 '교사'라는 소리를 들으며 그렇게 살아 온 음악교사로서의 삶에 스스로 박수를 보낸다.

"선생님은 천상 교사예요! 어쩜 학생들을 그리도 잘 지도하세요? 학부모님과 소통도 너무 잘하시구요. 선생님 같은 분과 같이 학교에서 근무해서 배우는 것이 참 많아요."

학교의 젊은 동료교사로부터 이런 이야기를 들을 때면 마음

한편으로는 찔리기도 하지만, 30년을 한결같이 교사로 살아온 내 자신이 참 대견하고 자랑스럽다.

그때 내가 교사가 되지 않았다면 지금 삶이 어땠을까? 물론 지금보다 경제적으로 훨씬 부유했을지 모르지만, 나를 따르고 좋아하는 학생, 동료교사, 학부모는 없었겠지.

이제 음악교사로서의 삶도 결승점에 다다르고 있다. 앞으로 남은 시간 동안 음악교사로, 인생 선배로 타인에게 선한 영향력을 끼치는 삶을 살고 싶다.

세종예술고등학교 음악과 2학년 학생들의 이야기

현재 학생들을 지도하는 박영주 선생님의 이야기를 먼저 들은 이유는 이 책이 얼마나 순수하고 솔직한 내용을 담았는가를 미리 말하고 싶었기 때문이다. 지방의 한 예술고등학교의 에피소드가 아닌 우리가 과거에 거쳤을 고등학교 선생님의 마음, 그리고 우리의 자녀들이 지금 다니는 학교 선생님들과 학생들의 마음을 다양한 각도로 엿볼 수 있는 기회가 우리에게 얼마나 소중한 시간을 선물하고 있는지 느낄 수 있는 시간이었으면 한다.

CONTENTS

음악가에게 필요한 'K'와 'A'는 무엇일까?

음악가에게 필요한 knowledge지식와 attitude태도가

무엇이어야 할지 고민하는 모습을

지식을 상징하는 책과 악보, 태도를 상징하는

옷으로 나타내었습니다.

이제 본격적으로 학생들의 이야기를 들어볼 차례다. 학생들에게 공통적으로 제시된 10개의 질문 중 첫 번째는 'Knowledge'였다.

이 질문을 위해 필자는 특강을 통해 학생들에게 기획의 중요성을 강의하면서 가장 먼저 '성공의 4법칙'으로 자주 인용되는 '카쉬의 법칙(Rule of KASH)'을 소개했다. 미국 보험협회에서 오랫동안 축적해 온 데이터를 바탕으로 정리한 성공의 요소들이다.

'K'는 'Knowledge'로 지식과 정보를 말한다. 어떤 일을 하거나 목표를 세우기 위해서는 반드시 그것을 이해하기 위한 지식과 정보를 먼저 확보해야 한다는 것을 의미한다. 학생들에게 음악가가 되기 위해 필요한 지식과 정보는 무엇인지, 또는 무엇이어야 하는지를 먼저 물었다.

다음 'A'는 'Attitude' 즉, 태도와 자세를 의미한다. 충분한 지식과 정보가 확보되었을 때 갖추어야 하거나 갖추어지는 것이 바로 태도와 자세다. 음악가의 길이 무엇이고 얼마나 힘든 것인가에 대한 지식과 정보가 확보되었다면 음악가의 길을 포기하거나, 아니면 그럼에도 불구하고 최선을 다해 음악가의 길을 묵묵히 걸어가도록 하는 학생들의 태도와 자세는 어떤 것이어야 하는지를 질문했다.

< 기획자 허영훈 >

작곡 강혜원

　음악가에게 필요한 K(knowledge)와 A(attitude)란 말 그대로 음악가에게 필요한 지식, 정보와 태도를 이르는 말이다. 여기서 이 K와 A는 어디서 온 말일까? K와 A는 KASH의 법칙에서 나온 말인데, 여러 전문가들 사이에서 '성공의 법칙'으로 불리며, 기획의 핵심이 되는 개념으로 다뤄지고 있다. 음악감독이 꿈인 나를 예로 들어 이를 실현하기 위한 K와 A를 설명해보겠다.

　먼저 음악감독이 되기 위한 K에는 여러 가지가 있을 수 있다. 짧게는 대학 입시를 위한 정보, 대학에 가서 배울 음악에 대한 다양한 지식들, 유학 갈 때를 대비한 토익정보 등이 있을 수 있고, 길게는 사람들이 어떤 음악을 좋아하는지, 영상매체에 들어가는 음악에는 어떤 요소들이 필요한지, 음악감독이 되기 위한 취업 정보 등이 있을 수 있겠다. 또한 다양한 사람들을 만나고 그들과 적절한 관계에서 상호작용을 하면서 이익을 주고받는 것도 중요하다.

　그렇다면 음악감독이 되기 위한 A에는 어떤 것이 있을까? 내가 생각했을 때 음악가로서 가장 중요하게 여겨야 할 태도는 단 두 가지이다. 첫째는 '끈기'다. 세상 모든 일이 거의 그렇듯이, 음악도 '안 된다'와 거절의 연속이라고 생각한다. 그 속에서도 좌절감을 참고 끝까지 버티는 태도가 가장 중요하다고 생각한다. 둘째는 '음악을 사랑하는 마음'이다. 첫 번째 A인 끈기에서도 말했듯이 여러 번의 좌절에도 불구하고 끝까지 버티려면 음악을 사랑하는 마음이 가장 중요하다고 생각한다. 음악을 사랑하는 마음이라니, 거창하고 대단해 보이는 말이지만, 사실 우리는 이미 연습이 잘 안 될 때, 실기를 망쳤을 때와 같은 상황에 '내가 왜 이걸 한다고 했지?'하고 자책하다가도 음악으로 인해 행복했던 기억에 다시 연주를 시작하고, 다시 연필을 집어 드는 일이 허다하다. 이러한 K와 A를 갖고 시작한다면 분명히 평범한 음악가들과 다른 특별함이 생길 것이다.

피아노 김보섭

　6살이 되던 해, 처음으로 피아노를 접하게 되었다. 벌써 12년이라는 시간이 흘렀다는 것이 실감이 나지 않지만, 그런 시간의 흐름과 함께 난 계속 음악을 하며 살아가고 있다. 사실, 아마 3년 전까지만 해도 내가 피아노를 전공하고 있으리라고는 생각하지 못했었다. 나는 클래식에 조예가 깊은 사람이 아니었으며, 심지어 클래식을 좋아하는 사람 또한 아니었을지도 모르겠다. 여느 사람들처럼 '클래식은 어려운 음악, 지루하고 졸린 음악'이라 단정한 적도 있었다. 15살이 되던 해 나는 처음으로 '개인레슨'이라는 것을 받게 되었다. 9년 동안 동네 아파트 단지 내에 있는 피아노 학원에서 레슨을 받으며 피아노를 배워온 나에게 개인레슨이라는 것은 내가 알던 레슨의 개념을 180도 바꿔놓았으며 내가 음악을 대하는 자세 또한 완전히 바꿔놓았다.

일단 클래식 곡에 대해서 훨씬 더 깊이 있는 레슨을 받게 되었다. 처음에는 이게 참 어려웠다. 9년이라는 시간 동안 피아노를 쳐왔지만 피아노 건반을 어떻게 눌러야 하는지, 팔의 힘은 어떻게 빼야 하는지, 피아노 앞 의자에는 어떻게 앉아야 하는지, 오른손과 왼손의 소리는 어떻게 해야 조화롭게 되는지. 그밖에도 무수히 많은 요소들이 있다는 것을 생각해본 적이 단 한 번도 없었기 때문이다. 물론 평생 동안 생각하고 공부하고 연구해 나가야 하는 것이라는 걸 이제는 안다.

피아노를 치는 방법에 대해서 오랜 시간 동안 쌓인 습관을 없애느라 어려움을 겪어 왔고, 지금도 겪고 있는 나이기에, 내가 정한 K(knowledge)는 자신의 '어떻게'를 정하라는 것이다. 그 '어떻게'라는 것이 자신의 악기를 연주하는 자세가 되었든, 자신이 음악을 대하는 자세가 되었든, 그 '어떻게'를 정하라는 것이다. 너무 광범위한 K일 수 있지만 하나의 특정한 K를 정하기는 어려울 것 같다.

그럼에도 가장 중요하다고 생각하는 것을 말하자면, 음악을 할 때에 반드시 자신의 생각과 의견이 들어가야 한다는 것이다. 개인레슨을 시작한 뒤 레슨 선생님들에게 소위 '테크닉'이라고 말하는, 팔이나 어깨가 아프지 않게 피아노를 치는 데 도움이 되는 방법들을 배웠다. 처음에는 선생님의 말씀을 100퍼센트 신뢰했었다. 하지만 개인레슨을 해오며 여러 선생님을 만나 레슨을 받게 되었고, 이따금씩 선생님들마다 가르쳐주시는 테크닉이라는 것이 서로 너무 달라서 난 자주 혼동하곤 했었다. 이를 방지하려면 자신이 선생님의 가르침을 들을 때 순수하게 받아들이는 것이 아닌, "왜 저런 방법으로 피아노를 치면 팔이 아프지 않다는 것일까?"(꼭 이 질문이 아니더라도) 하는 의문을 가져야 한다는 것이다. 이렇게 생긴 의문점들을 스스로 연구하고 한 가지 씩 해결할 때, 비로소 A(attitude)가 생겨날 수 있다고 생각한다. 때문에 내가 정한 A는 '자신의 의문점을 해결하는 자세를 가지게 되는 것'이다. K에서 그러하였듯이 이번에도 특정한 정의를 내리기는 어렵다고 생각한다. 다만, 그럼에도 주의해야 할 것은 얼마나 깊이 있게 자신의 음악을 연구하느냐에 따라 어떤 A를 가지게 되느냐가 달라지기 때문에 신중함이 따라야 한다는 말을 하고 싶다.

K의 의문점을 해결할 때 A가 생겨나지만, 그 이전에 K가 생기려면 자신이 음악을 진정으로 사랑해야 한다. 이것은 음악이 아닌 그 어떤 일에서도 적용되어야 하는 것이다. 그것이 음악이든, 아님 다른 무언가이든 그것을 진정으로 사랑할 때 그 일을 시작하고 K를 가질 수 있는 준비 상태에 들어가게 된다고 생각한다. 물론 자신이 사랑하는 일이 가끔씩 좌절과 상처를 줄 수도 있다. 자신이 사랑하는 일이 아무리 노력해도 늘지 않아서 스스로 재능이 없는가를 고민할 수도 있다. 하지만, 그래도 괜찮다는 말을 하고 싶다. 재능이 없어서 그 일을 포기해야 한다면, 재능이 있다면 반드시 그 일을 해야 한다는 것과 같은 논리가 아닐까? 그러니 정말 괜찮다. 남들과 비

교할 필요는 없다. 사람들이 그저 자신이 원하는 일을, 자신이 정말 사랑하는 일을 하며 살아가길 진심으로 바라본다.

피아노 **김지민**

우선 KASH가 무엇일까? 순간 머리를 스치고 지나가는 것은 KASH가 아닌 CASH일지 모른다. CASH는 돈, 즉 현찰이다. 솔직히 말해서 이 세상에 현찰을 싫어하는 사람은 거의 없을 것이고, 사람들은 현찰을 열정적으로 쫓아다닌다. 다들 좋아하는 CASH을 갖기 위해서는 KASH를 가져야 한다고 생각한다. 이것이 성공에 이르게 하는 마법의 열쇠인 것 같다. KASH는 지식(Knowledge), 태도(Attitude), 스킬(Skill), 습관(Habit)의 약자다. 생각해 보면 이 네 가지는 모두가 갖고 있는 것들이다. 그러므로 누구나 습관적으로 열심히 목표나 꿈을 이루기 위해 노력만 한다면 결과가 달라질 것이라고 생각한다.

일단 네 개 중 가장 쉽게 얻을 수 있다고 생각되는 것은 지식이다. 인터넷이 빠른 속도로 발전하고 있는 현재 조금만 노력하면 무한한 지식을 얻을 수 있다. 그리고 다음은 태도다. 태도는 머릿속으로 생각만 하고 있다면 쉽게 바꿀 수 있는 것이라고 생각한다. 습관과 스킬은 익숙해지며 익혀야 할 것이 많고 꾸준히 하는 것이 어려울 수도 있겠지만, 지식과 태도는 그나마 짧은 시간 내에 할 수 있는 것이라 생각한다. 그래서 난 음악인으로서 K, 지식은 고전음악, 바로크음악 등의 시대별 음악에 관한 것과 앞으로 음악인으로서 어떤 일을 해야 되는지, 앞으로 음악의 발전 등을 아는 것이 우선이라고 생각한다. 또한 A, 태도는 단도직입적으로 말해서 음악인이라는 것에, 음악을 하고 전공한다는 것에 자부심을 갖고 임하는 자세가 중요한 것 같다.

요즘 음악을 전공한다고 이야기하면 사람들은 자기 멋대로 생각한다. 공부를 잘 못해서 음악을 한다거나, 혹은 머리가 좋지 않아 음악으로 갈아탔다거나 하는 식으로 말이다. 이런 학생들이 진로를 정할 때 음악을 한다고 편견을 갖고 있는 사람들이 대다수인 것 같아서 자신이 음악을 전공하고 있다고 해서 몇몇 편견을 갖고 있는 사람들의 말만 듣고 의기소침해 할 필요는 절대 없다. 그렇다고 너무 자부해서도 안 되지만, 자신감을 갖고 있는 것이 중요하다고 생각한다. 예술고에 진학하면서 이런 말을 많이 들어서 적응이 되었지만, 아직도 음악을 하는 것에 대해 좋지 않게 하는 말을 들으면 후회스러울 때도 있기 때문에 자신감을 갖고 음악을 하면 좋겠다.

난 예술고등학교에 피아노 전공으로 재학 중이지만 아직 꿈이 확실하지 않다고 말하는 게 사실이다. 주변의 몇몇 친구들을 보면 확실하게 잡힌 꿈 체계가 있는데, 난 아직 음악을 전공하는 게 나에게 맞는 것인지조차 헷갈릴 때가 많다. 그래서 항상 꿈에 대해 발표하거나 꿈과 관련된 평가가 있을 때면 흐지부지 넘기거나 피아니스트, 음악교사 등 피아노와 관련된 직업을 말하곤 한다.

솔직히 피아노가 좋고 재미있어서 어릴 때부터 피아니스트가 되고 싶었다. 그런데 지금 와서 보니 나보다 훨씬 잘 치는 사람이 넘치고 넘쳤고, 그래서 자신감이 점점 하락하면서 나 자신이 뭐가 되고 싶은지, 무엇을 하고 싶은 지도 현명하게 선택하지 못하고 있다. 하지만 난 꿈이 없다는 것에 좌절하고 희망이 없는 것으로 여기지 않는다. 그저 남보다 나에게 한 발짝 더 나아가기 위해 한 번의 기회를 더 주는 것 일지도 모른다는 생각을 한다. 어른들은 꿈이 있어야 그 꿈을 향해 달려가며 실력을 키우고 나중에 최고가 될 수 있다고 말하지만, 여러 가지 직업을 다양하게 접할 수 있는 오늘날 나도 피아노뿐만 아니라 여러 다양한 분야에서 일하고 싶은 생각도 있을 뿐더러 피아노를 전공하더라도 다른 세부적인 것들을 할 수 있는 다재다능한 사람이 되고 싶다. 또한 나중에 피아노로 유학을 갈 기회가 생긴다면 그것을 대비하기 위해 영어공부를 꼭 해야 하는 것도 팩트다. 요즘은 모의고사 영어만 공부하고 있는데, 이것만 하다 보니 다른 나라에 가면 의사소통이 되지 않을 것 같아서 아침마다 영어단어와 문장을 듣고 따라 읽으며 연습하고 있다. 연습하랴 공부하랴 힘듦과 슬럼프가 따라올 수 있겠지만, 극복하고 한 발짝 나아가기 위해 포기하지 않고 최선을 다할 것이다.

피리 김지은

나는 국악(피리)을 전공하고 있으며, 음악 전담교사가 꿈이다. 나의 꿈은 이루기 위해 내가 필요하다고 생각한 K(knowledge)는 음악의 전반적 지식이다. 음악의 역사, 배경, 시대적 음악 특징, 주요 음악가 외, 곡의 해석, 음악의 형태와 종류 등 국악과 서양음악에 대한 지식을 가지고 있어야 한다.

나의 꿈을 이루기 위해 내가 필요하다고 생각한 'A(attitude)'는 이러하다. 옛말에 '정승판사도 자기하기 싫으면 안 한다' 했다. 아무리 직업이 좋다고 하더라도 싫은 일을 억지로 할 수는 없다. 그래서 교사로서 학생들의 눈높이로 학생들과 생활을 즐기고, 조금 먼저 산 선배로서 모범이 되고자 인성과 지식과 책임을 갖추고 싶다.

클라리넷 남경원

음악 전공자로서 나의 꿈은 당연한 이야기지만 최고의 연주자 즉, 지금의 조성진이나 손열음처럼 유명하고 실력이 좋은 연주자가 되는 것이다. 이 꿈

을 실현하는 길은 매우 힘든 길인 것을 나는 알고 있다. 모두가 꿈꾸는 길인 만큼 누구나 도전하는 길일 것이고, 그만큼 많은 사람들과 경쟁해야만 하는 길일 것이다. 내가 생각했을 때 이 꿈을 이루기 위해 필요한 지식(knowledge)과 자세(attitude)는 음악가의 인생에서 중요한 부분 중 하나라고 생각한다.

흔히 지식이라고 했을 때 생각나는 딱딱한 그런 지식뿐만 아니라 음악 안에 있는 지식, 예를 들어 이 곡이 만들어진 시대적 배경이나 이 곡을 만들 당시 작곡가가 어떤 상황에 있었는지, 겉으로 보이는 음악이 아니라 안에 있는 음악, 머리 아프게 고민하고 찾아봐야 하는 그런 지식들을 공부해 놓으면 음악가로서뿐만 아니라 연주자로서도 좋은 연주를 할 수 있는 그런 원동력이 될 수 있을 것이다.

자세로서는 항상 최선을 다해서 연습 한 번 한 번 정성을 들여 최고의 연주가 될 수 있게 연습하는 자세와 다른 사람들이 연주할 때 들어 주는 자세, 연주할 때의 매너 등 연주자로서 필요한 자세, 그리고 사람들이 공감할 수 있게 연주를 하는 자세 등 여러 가지가 필요하다고 생각한다.

연주자가 되려면 힘든 순간들도 많을 것이고 많은 공부와 실전이 필요할 것이다. 그만큼 힘들고 그만큼 어려운 직업이 연주자라고 나는 생각한다.

작곡 **류환희**

　K와 A라는 것은 Knowledge 와 Attitude 즉, 지식과 자세를 말하는 것이다. 사실 음악에게 필요한 K와 A보다, 우리에게는 음악가가 되기 위해 필요한 K와 A를 따지는 게 더 중요해 보이기도 한다. 음악가가 되려면 음악에 대한 지식이 필요하다. 당연한 말이니 더 이상 길게 설명할 필요도 없다. 악기를 전공하는 사람들은 악기에 대한 지식과 테크닉을, 작곡을 전공하는 사람들에겐 작곡법, 화성학, 음악이론 등 자신의 전공에 맞는 지식을 쌓아나가야 할 것이다. 세상 모든 일이 다 그럴 것이다.

　음악가가 갖추어야 할 태도를 생각해 보자. 무엇이든지 열심히 임하겠다는 노력과 끈기, 그리고 인성이 제일 중요하다. 노력 없이는 성공할 수 없다는 것, 누구나 다 알고 있을 것이다. 지금은 큰 발전이 나타나지 않더라도 꾸준히 노력하면 잘 될 거라고 나는 그렇게 믿는다. 하지만 가끔씩 이게 노력만 해서 될 일인가 라는 생각이 들고는 한다. 아마도 많은 사람들이 이러한 생각을 할 것 같다. 그냥 다 내려놓고 포기해 버리는 사람보다는 낫겠지만, 진짜 자신에게 확신이 없는 사람들은 더 이상 시간 버리지 말고 자신에게 맞는 길을 찾아보면 좋을 것 같다.

　나는 좋아하는 일보다 잘하는 일을 하는 게 더 맞는다고 생각한다. 잘하는 일로 성공을 한 다음 좋아하는 것을 즐기는 게 낫지 않을까. 아무튼 나에게 맞는 분야에서 노력만 한다면 뭐든 할 수 있을 것이다. 그리고 인성도 중요하다. 사실 우리는 사회 속에서 다른 사람들과 함께 살아간다. 타인과의 관계, 인맥 등 우리가 사회 속에서 살아가며 신경 써야 할 일은 수도 없이 많아 보인다. 이런 걸 보면 인성도 우리가 가져야 할 중요한 자세인 것 같다.

바이올린 **박노을**

음악을 하는 데는 많은 지식과 태도를 필요로 합니다. 저는 음악을 할 때 제일 중요한 지식은 음악에 관한 지식이라고 생각합니다. 저희는 항상 실기나 향상음악회 등 연주회를 할 때 곡 하나를 정해서 연습을 시작합니다.

하지만 곡을 연습하기 전 이 곡의 대한 정보나 이 곡의 작곡가에 대한 정보를 알면 곡의 분위기를 더 잘 살려 연주할 수 있습니다. 연주할 곡의 배경이나 그 시기에 작곡가의 심리 상태 혹은 배경을 알면 이 곡이 어떤 감정상태에서 작곡되었는지 알 수 있습니다. 만약 전쟁 때 작곡이 된 곡이면 우울하면서도 파격적인 분위기일 것이고, 사랑하는 사람과의 일생이면 곡이 부드러우면서도 행복한 느낌이 날 것입니다. 연주할 때는 곡의 분위기를 표현하면서 연주하는 것도 매우 중요하니 음악에 관한 지식이 제일 중요하다고 생각합니다.

음악에 대한 태도는 연주회에서 매우 중요하다고 봅니다. 연주회에서는 무대 위로 올라가서 연주하는 태도, 그리고 밑에서 연주를 봐주는 관객들의 태도 둘 다 매우 중요하지만, 관객의 태도가 훨씬 더 중요하다고 생각합니다. 만약 제가 연주를 하고 있는데 관객석에서 소근거리거나 자고 있으면 매우 기분이 나쁘고 연주 또한 집중이 안 될 것 같습니다. 관객들은 끝까지 연주를 들어주는 것이 매우 중요하며, 옆 사람과 얘기를 하는 것은 연주가 끝난 후 해주면 좋겠다고 생각합니다.

작곡 서영준

'KASH의 법칙'이란 Knowledge → Attitude → Skill → Habit 순으로 일이 진행된다는 것으로, 지식이 곧 태도이고, 태도가 기술에 이어 습관으로 직결된다는 것을 의미한다. 그러므로 시작인 Knowledge, 즉 지식을 잘 얻는 것이 중요한데, 드라마·영화 등 영상매체에 배경음악을 입히는 음악감독이 꿈인 나로서는 지식이란 곧 음악의 수요이다. 어떤 방송국 혹은 회사에서 음악을 필요로 하며 과연 그 역할에 내가 적합한지를 아는 것, 그것이 내가 음악감독으로서 업적을 남길 수 있는 발단이 된다. 보통 그 정보는 공개적이지 않으며 인맥을 타고 흐르기 때문에 평소 행실을 바르게 하여 인맥을 쌓아야 하고, 평소에 나의 음악적 재능을 남들에게 보여주어 음악이 필요할 때 사람들이 나를 찾을 수 있도록 해놓아야 한다.

정보의 중요성을 보여주는 가장 좋은 사례는 2018년에 열린 평창올림픽이다. 작곡가 겸 편곡자인 돈스파이크는 평창올림픽에서 사용된 다양한 음악을 작곡하여 축제를 한껏 더 흥겹게 하였다. 여기서 우리가 확인해 보아야 할 점은 '돈스파이크는 어떻게 평창올림픽에 사용된 음악을 만들 기회를 얻게 되었는가?'이다. 이것이 가능했던 이유는 그가 좋은 기회, 좋은 정보를 입수하여 KASH 중 첫 머리 K를 완성하였기 때문이다.

이러한 정보(Knowledge)를 얻은 후에는 직결되는 태도(Attitude)가 필요하다. 여기서 말하는 태도란, 어떠한 프로젝트에 임하는 자세라고 생각한다. 내가 아무리 훌륭한 음악적 끼와 재능을 가졌다 한들, 불성실한 자세로 임하여 곡을 대충 만든다면 과연 그 사람들이 나를 다음 번에도 부를까. 이것이야말로 절대 그렇지 않다고 장담할 수 있다. 누구에게나 기회는 찾아온다. 조금 실력이 부족할지라도 어떻게든 열심히 해보려고 노력하는 자만이 그 기회를 잡을 것이고, 반대의 경우라면 결과는 안 봐도 뻔하다. 자신이 부탁한 일을 대충하는 사람을 그 누가 좋아하겠는가. 음악가로서, 그리고 작곡가로서 성실한 태도(Attitude)는 필수이다.

작곡가에게 Knowledge와 Attitude란 작품 활동의 기초이자 기반이며, 이것들을 튼튼하게 다져놓아야 세부적인 것들을 쌓아올릴 수 있다.

피아노 선지수

　나는 현재 세종예술고등학교 2학년에 재학 중이며 음악과 피아노를 전공하고 있다. 현재 나의 꿈은 좋은 피아니스트가 되는 것이지만, 내가 성장하면서 정말 수없이 나의 꿈이 바뀌었다. 좋은 피아니스트라고 표현한 이유는 정말 말 그대로 순수하게 좋은 피아니스트를 이야기하고 싶기 때문이다. 그냥 내 연주를 청중들에게 들려주어서 감동과 위로를 전달할 수만 있다면 정말 음악가로서 뿌듯하고 기쁜 일이 아닐까 싶다.

　나의 꿈인 좋은 피아니스트가 되기 위해 필요한 지식으로는 일단은 피아노라는 전공과 관련된 음악에 대한 지식이 있다. 많은 곡들을 접하고, 그 곡에 대한 배경, 그리고 작곡가에 대한 의도를 잘 파악하여 무식한 음악이 아니라 깊이 있는 음악을 연주할 수 있게끔 많은 학습이 필요하다. 그리고 그 외에 음악이론 등 간단한 화성학 정도를 배울 수 있으면 정말 많은 도움이 될 것이다. 시창청음은 정말 연주가로서 큰 도움이 될 것이다. 나는 다행히도 세종예술고등학교에서 시창청음을 배울 수 있어서 감사하게 생각하고 있다.

　좋은 피아니스트가 되기 위해 필요한 태도로는 무엇보다 음악을 하는 목적이 무엇인지 성찰하는 것이다. 나는 원래 음악으로 경쟁해서 이기는 게 목표였다. 그래서 어떤 음악보다 완벽하고 콩쿠르에서 1등을 해야 한다는 것에 중점을 두고 음악을 해왔다. 그러나 요즘 문득 드는 생각이 있다. 왜 내가 음악을 이렇게 힘들게 노력하는 걸까? 콩쿠르에서 1등을 하면 무슨 의미가 있을까?

그러다가 많은 슬럼프를 겪고 내면적으로나 감성적으로 많이 성숙해지면서 "아, 나처럼 힘든 사람에게 음악이 도움이 되지 않을까?" 실로 음악의 힘은 무한하다. 나도 힘들 때마다 음악을 들으면 수많은 감정을 느끼게 되면서 위로받고 힘을 얻을 수 있었다. 그 뒤로 내 꿈은 청중들에게 내 음악을 표현하고 내 마음을 전달하는 매개체로서 솔직하게 연주함으로써 감동과 위로를 줄 수 있는 연주를 하는 게 되었다. 음악을 하는 이유가 명확해지니 그 꿈을 향해 계속 끝없이 공부하고 연습할 수 있는 계기가 되었다. 결국 내 힘으로만 음악을 하는 것이 아니라 내 음악을 들어주는 청중들이 존재하기에 내 음악이 존재할 수 있다고 생각한다.

작곡 **윤예원**

성공하기 위한 많은 법칙들 중 KASH의 법칙이 있다. 이때 K는 밑바탕이 되는 지식을 의미하고, A는 나의 태도를 의미한다. 그리고 KASH의 법칙의 가장 기본은 자신이 원하는 성공이 무엇인지 정확히 아는 것이다. 성공하기 위한 법칙인데, 성공이 뭔지도 모르면서 마냥 따라하기만 하는 것은 의미가 없다. 결국 진정한 자신의 목표를 잡는 것이 중요하다.

나에게 성공이란, 내가 만든 곡이 사람들의 마음을 움직이는 곡이 되는 것이다. 이것은 어찌 보면 매우 추상적이기 때문에 성공이라는 목표로 잡는 데 부적절하다고 생각될 수 있다. 그러나 우리에게 주어진 시간은 많다. 또한 우리는 우리의 1초 후 미래도 알 수 없다. 그렇기 때문에 원하는 것이 무엇인지 정확하게 아는 것이 중요할 뿐, 아직 그것이 뚜렷하지는 않아도 괜찮다고 생각한다.

다음으로 나에게 K, 즉 지식은 전공이 작곡이기 때문에 작곡과 관련된 모든 지식과 내 목표와 관련된 지식이다. 음악은 전공별로 뚜렷하게 나뉘기 때문에 전공에 대한 지식이 밑바탕이 되어야 한다고 이야기하는 것은 무척 쉽다. 그러나 우리는 거기서 그치지 않고 더 나아가 우리의 성공과 전공을 연결시킬 필요가 있다. 우리가 KASH의 법칙을 따르는 이유는 결국 성공하고 싶기 때문임을 잊지 말아야 한다. 그래서 내 성공과 전공을 연결시키기 위해 여러 심리학 자료를 찾아보고, 1학년 여름방학에 틈을 내어 심리학과 관련된 자격증 수업도 들었다. 그리고 내 마음을 움직이는 곡은 무엇이며, 왜 그런지를 곡을 들으며 늘 생각해 본다. 이처럼 일상 속에 내 꿈이 자연스레 녹아들게 만드는 것 역시 중요하다.

마지막으로 이야기 할 A, 즉 나의 태도가 바로 그것이다. 나는 성공이란 그리 멀리 있지 않다는 생각을 갖고 살아간다. 심리학자들이 말한 동기

부여를 얻는 방법들 중 하나는 바로 작은 성공부터 느껴보는 것이다. 조그마한 성취감을 느끼게 되면 비록 그것이 작은 행동이었을지라도 내가 다음 목표를 바라볼 때 성공할 수 있을 것이라는 생각을 하게 만들어준다. 이것은 훗날 우리가 성공으로 나아가는 길잡이가 되어줄 것이다.

나는 평소에 내 꿈을 위해서 해야 할 작은 행동들을 찾아 열심히 실천해본다. 내가 좋아하는 곡이 왜 좋은지 생각해 보기, 어떤 기분일 때 어떤 곡을 들으면 어떠한 기분으로 바뀌는지와 그것이 왜 그런지 생각해 보기 등 다양한 생각을 해본다. 생각하는 것은 아주 작은 행동이자 동시에 그렇기 때문에 언제, 어디서든 할 수 있다. 이렇게 간단한 활동임에도 불구하고 성취감은 상상 이상으로 다가온다.

만일 내가 이 곡이 왜 좋은지 알게 되었다면, 첫 번째로는 왜 좋은지를 깨달았기 때문에 내가 알고 있는 지식이 늘어나서 기쁘고, 두 번째로는 다른 곡에서도 이러한 이유로 좋은 부분을 찾아볼 수 있기 때문에 기쁘고, 세 번째로는 내가 곡을 쓸 때 이러한 점을 적용시킬 수 있을 것이라는 기대감이 있으며, 마지막으로는 내가 더 다양한 곡을 쓸 수 있게 되었다는 기쁨이 온다.

매우 단순한 한 가지 행동이 여러 곳에서 결과를 맺는 것이다. 그래서 성공이 결코 멀리 있지 않다고 생각하며 살고, 기왕이면 그 성공이 나의 최종 목표와 관련된 것이었으면 좋겠다.

플루트 이수민

음악가에게 필요한 지식은 일단 교육과정을 통해서 배우는 게 가장 수월하지 않을까 싶다. 가고 싶은 대학교의 정보, 입시요강, 입시 지정곡 등. 또 유학을 간다면 유학가고 싶은 나라에 대한 정보(예를 들면 독일의, 프랑스 또는 일본의 장단점 등)를 조사하고, 사사받고 싶은 스승에 대한 정보, 입단하고 싶은 오케스트라의 정보(입단 자격 또는 조건, 경쟁률, 급여 등) 등 필요한 정보를 항상 숙지하고 있는 것이 중요하리라 본다. 이를 위해서 자신을 과대평가하면 안 되고 항상 겸손해야 하지만, 강점은 더욱 드러내고 약점은 숨기지 말고 보완해야 한다.

한편 음악가에게 필요한 자세 내지 태도는 과정을 즐기는 것이라 생각한다. 나에게는 연습시간이 하루 일과 중 거의 모든 시간을 차지한다. 어찌 보면 연주는 순간이다. 연습과정 자체를 즐기지 못하면 너무나 고역일 것이다. 연습과정 자체를 즐기려면 본인의 악기를, 본인의 전공을 진짜 좋아해야 한다. 그렇지 않으면 그 긴 연습시간을 버티지 못할 것이다. 일희일비하지 않고 한결같이 연습과정을 즐기면서 자신이 점점 나아지는 모습에 보람을 느낄 수 있는 마음가짐이 필요하다고 생각한다(모든 직업한테 해당될 수도 있을 듯).

42

첼로 이아현

나는 세종예술고등학교에서 첼로를 전공하고 있는 학생이다. 내가 처음 첼로를 시작했을 때에는 초등학교 3학년이다. 처음에는 어머니가 첼로 소리를 좋아하셔서 어머니의 권유로 시작했지만, 지금 와서 생각하면 내가 좋아서 했던 경향도 없지 않게 있는 것 같다.

나는 어렸을 때부터 외향적이지만 많은 사람 앞에 나가 발표하거나, 내 생각을 다른 사람에서 말하는 것을 어려워했다. 또한 어디에 나가서 상을 타거나, 어떠한 분야에서 확 뛰어나지도 않은 그냥 평범한 사람이었다. 하지만 첼로를 시작한 뒤로는 사람들 앞에 나가 연주를 하고, 사람들에게 박수와 칭찬을 받고, 콩쿠르에 나가 상을 타면서 남들에게는 티내진 않았지만 행복했고, 사람들 앞에서 연주하는 내 모습이 빛나 보이고 마냥 좋았다. 그래서 그런지 나의 가장 최종적인 꿈은 "사람들에게 감동을 줄 수 있는 첼리스트"가 되는 것이다. 그리고는 오케스트라 단원이 되어 연주 활동을 하고 싶다.

사람들 앞에서 연주하며 살아가고 싶다고 했으면서 연주자가 아닌 오케스트라 단원이 되고 싶은 이유는 아직 우리나라에서는 연주자로만 살아가기에는 상당히 어려운 부분도 있을 뿐만 아니라 혼자 연주하는 것보다는 많은 사람, 다양한 악기들과 함께 하나의 음악을 만들어나가는 것이 너무 멋있어 보이고, 혼자 연주했을 때보다 더 큰 보람과 감동을 줄 수 있을 것 같아서이다.

이쯤 되면 오케스트라란 무엇인지에 대해 궁금해 할 수도 있을 것 같은데, 오케스트라란 관악기·타악기·현악기 모두가 함께 모여 연주하는 형태를 말한다. 오케스트라의 단원이 되는 방법은 이러하다. 시립교향악단의 경우에는 대학에서 각 전공에 맞는 과를 나와야 한다. 예를 들어, 나는 첼로 전공이기에 기악과 혹은 관현악과를 졸업해야만 지원할 수 있다. 또한 저학년 때에는 지원하지 못하고, 대학교 4학년이 되어야지만 지원할 수 있다. 물론 지원하기까지 끊임없는 노력과 연습은 필수다. 시립교향악단의 경우에는 자리도 잘 비지 않을 뿐만 아니라 한 자리를 가지고 몇 십 대 일, 많게는 몇 백 대 일이 경쟁하기 때문에 1, 2, 3학년 때 놀기보다는 차근차근 준비해야 한다.

그렇다면 이제 오디션 곡을 무엇으로 할지 궁금할 것이다. 어느 오케스트라든 오디션 곡은 오케스트라가 연주할 수 있는 곡 중에서 자신의 전공 악기 중 어려운 연주나 솔로 부분이 많이 나온다. 오케스트라 곡은 무수히 많고, 그 악보를 다 찾기도 어렵다. 그 곡들을 일일이 다 구입하고 찾으러 다닌다면 매우 오랜 시간이 걸리고, 많은 돈을 투자해야 할 것이다. 하지만 《액쎕》이라는 책이 있다. 이 책은 자신의 전공에서 어려운 연주나 솔로가 있는 부분을 모아서 만들어졌다. 오케스트라 단원이 되고 싶다면 자신의 전공에 맞는 《액쎕》을 구입하여 하나씩하나씩 천천히 살펴본다면 더욱 쉽게 미래의 오디션을 준비할 수 있을 것이다.

그리고 오케스트라 단원을 은퇴한 후에는 음악 심리치료사가 되고 싶다. 물론 확실하게 정했기보다는 아직은 막연한 꿈이다. 하지만 타인의 고민을 들어주고, 타인의 감정에 공감해 주는 것을 다른 사람보다 잘하기 때문에 나의 장점과 내가 사랑하는 음악과 관련된 일인 음악 심리치료사를 한다면 나 또한 행복할 것 같다.

나이 들어 관련 자격증을 따기보다는 대학생 때 조금씩 천천히 준비하여 대학교 졸업 이전에 자격증을 취득하고, 그 뒤에 바로 활동하기보다는 이 분야와 관련된 책이나 강의, 이 분야에서 활동하고 계시는 분들을 찾아가서 궁금한 점을 여쭤보는 등 음악 심리치료사라는 분야에 대해 얄팍하게 알기보다는 깊이 공부한 후에 활동하고 싶다.

성악 이은수

나는 초등학교 4학년 때부터 내가 다녔던 학교의 합창부에 들어가게 되었다. 딱히 특별한 이유가 있었던 것 같지는 않다. 그저 그 무렵의 나는 노래를 좋아했었기 때문이었다. 그렇게 시작하게 된 합창부가 내 인생을 새롭게 바꿔놓았다. 합창부는 매일 아침 원래 등교 시간보다 1시간을 먼저 가서 연습해야 했고, 시시때때로 모여서 연습해야 하는 어려움이 있었다. 하지만 그 속에서 얻는 보람이 컸다.

큰 기대 없이 시작했던 합창부에서 나는 어떠한 분야에서도 들어보지 못했던 많은 칭찬을 받았었다. 선생님께서는 나에게 솔로 파트의 기회까지 주셨다(큰 부담을 받게 되니 노래가 나오지 않아서 결국 대회 때는 선배가 대신했지만…. 많은 역경 끝에 학예회 때는 솔로를 할 수 있었다). 그렇게 나는 내가 좋아하면서도 잘하는 것을 찾게 되었다. 나는 그때부터 어린 마음에 부모님께 가수가 되고 싶다고 하였다. 부모님은 그 말을 진지하게 받아들이지 않으셨을 뿐 아니라 반대까지 하셨다. 하지만 그때부터 나의 음악은 시작되었다.

그 후로 초등학교 졸업 전까지 나는 합창부 단원으로 지냈다. 내 기억에 우리 합창부는 대회에 나가면 항상 금상을 탔었다. 무대 위에서 받는 박수와 금상을 탔을 때의 그 희열감이 좋았다. 그렇게 중학생이 되어 중학교에 있는 합창부에도 들어갔다. 1학년까지 합창부를 하다가 합창부가 사라지는 바람에 그 후로는 합창부 단원으로 있을 수 없었다. 하지만 나는 노래를 잊은 적이 없다. 어떻게 하면 내가 진지하게 음악을 시작할 수 있을지 항상 고민했다. 부모님을 설득시킬 방법을 모색하던 중, 중학교 3학년 새 학기가 시작하기 전에 나는 부모님께 진지하게 이야기를 하게 되었고, 큰 고민 끝에 나의 꿈을 밀어주겠다고 하셨다.

그렇게 나는 성악 개인 레슨을 받으며 내 꿈과 실력을 같이 키워나갔고, 세종예술고등학교에 들어오게 되었다. 음악가로서의 내 꿈은 '끼와 열정이 있는 성악가'이다. 어렵게 시작한 음악인만큼 음악에 대한 열정은 그 누구보다도 컸다. 그런데 요즘 자꾸만 그 열정을 잃어가고 있다. 하지만 음악을 갈구했던 그때의 나를 잃어버리지 않으려고 노력한다. 또한 열정만 있으면 꿈을 이룰 수 없다. 열정과 비례하는 끼가 있어야 한다. 내가 가지고 있는 끼를 최대한 살려 연기와 노래 모두 잘하는 성악가가 되고 싶다.

성악가가 되려면 당연한 말이지만 먼저 성악에 대한 지식이 필요하다. 성악은 자신의 몸이 악기인 만큼 자기와 잘 맞는 선생님이 너무나도 중요하다. 성악에 대한 풍부한 지식을 알려주실 뿐만 아니라 정서적으로도 교감할 수 있는 선생님을 만나야 한다. 선생님과의 상호작용은 정말 중요하다. 또한 이태리어와 독일어를 정말 조금이라도 알고 성악을 시작한다면 아마 큰 도움을 받을 것이다. 나는 전혀 무지한 상태에서 음악을 시작했기 때문에 그런 아쉬움이 있다. 보통 우리가 불러야 하는 가곡, 아리아는 이태리어나 독일어로 되어 있기 때문에 미리 공부를 한다면 노래를 부를 때 발음에 큰 도움이 될 것이며, 그 곡을 훨씬 더 쉽게 이해할 수 있을 것이다.

나의 최종적 목표이자 꿈은 보육원 개설이다. 하지만 그저 평범한 보육원이 아닌 자연과 음악이 접목된 보육원이다. 나에게는 어린 동생이 있기에 가질 수 있었던 꿈이다. 아이들은 자연에서 많은 지혜를 얻을 수 있고, 음악과 함께라면 정서발달에도 좋을 것이다. 나에게는 유아기의 어린이들이 그들이 느낄 수 있는 가장 최대의 행복을 느끼면서 크기를 바라는 소망이 있다. 그일을 위해 유아심리학을 공부할 것이다.

피아노 이 휘 영

음악을 전공하는 예술가로서 나의 꿈은 음악을 통해 사람들에게 꿈과 행복을 주는 삶을 사는 것이다. 꿈과 행복이라고 하면 거창하고 추상적으로 생각할 수도 있지만, 그런 것이 아니더라도 일상 속에서 음악을 통해 소소한 행복을 느낄 수 있다고 생각한다. 예를 들면 자기 전에 듣는 음악, 드라이브하면서 창밖 풍경을 보며 듣는 음악, 혹은 여행지에서 듣는 음악은 나에게 많은 감정들을 안겨준다. 지나간 것을 되짚어보며 울기도 하고 행복에 젖어들기도 하고 희망과 용기를 얻어 꿈을 그려보기도 한다. 이러한 감정들을 느낄 수 있다면 그것 또한 누군가에게 꿈과 행복을 주는 일이 될 거라고 생각한다. 내가 누군가의 음악을 통해 느꼈듯이, 나의 음악은 이렇게 소소하게도 누군가의 마음속에 전해져 울리는 음악가가 되고 싶은 것이다.

클래식 음악을 기준으로 이러한 꿈을 실현하기 위해서는 많은 것들이 필요하다. 먼저 지식적인 측면에서는 클래식 음악에 대한 역사와 음악가에 대한 깊이 있는 이해가 바탕이 되어야 한다고 생각한다. 완벽하게 일치하진 못해도 결국 나라는 연주자를 통해 이전 시대의 음악가들이 이 시대로 소환되어 연주하듯 말이다. 그러기 위해서는 뛰어난 테크닉과 음악성이 갖추어진 연주 실력은 물론 여유 있는 무대 매너도 필요할 것이고, 일반 대중들에게 친근한 대중음악에 대한 지식도 중요한 역할을 할 것이라고 생각한다.

태도적인 측면에서는 무엇보다 음악에 대한 애착이 남달라야 한다고 생각한다. 연습 시간은 꽤나 긴 외로운 과정이어서 그야말로 도 닦는 심정으로 훈련의 과정을 이겨낼 수 있는 극기심과 꾸준히 노력하는 자세가 필요하다고 생각한다.

성악 정연아

어떠한 일을 할 때 그게 무엇이든지 간에 좋은 결과를 가지고 싶으면 '기획'을 해야 한다. 기획을 어떻게 하느냐에 따라 결과가 달라지고, 그 과정도 달라질 것이다. 시작부터 제대로 하지 못한다면 그다음 단계도 수월하지 않을 것이다. 기획을 하기 전에 K(knowledge), 즉 지식과 정보가 필요하다. 정보를 모으고, 모든 지식을 총동원하여 가장 좋은 결과를 이끌어내야 한다.

나의 꿈을 이루기 위해 필요한 정보와 지식은 무엇일까?

정보는 관찰이나 측정을 통하여 수집한 자료를 실제 문제에 도움이 될 수 있도록 정리한 지식을 말한다. 지금 내가 얻을 수 있는 정보는 매년 바뀌는 대학 입시 정보와 콩쿠르 관련 정보, 그리고 내가 찾아보는 연주 영상도 정보가 될 수 있을 것이다. 나는 과연 이 정보들에 대해 얼마나 잘 알고 있을까? 정보는 정말 중요하다. 누가 더 많은 정보를 알고 있느냐가 결과의 가치를 바꾸어 줄것이다. 다양하고 올바른 정보를 모두 얻고, 그 안에서 나에게 필요한 정보를 간추리고 정리하는 것이 중요하다.

좋은 정보를 얻기 위한 방법에는 관련된 사이트에 들어가서 얻는 방법이 있고, 책에서 정보를 얻는 경우도 있으며, 선생님이나 부모님을 통해 정보를 얻을 수도 있다. 정보를 얻는 방법은 정말 다양하고 많지만, 그 안에서 정확한 정보를 얻어야 한다. 관련된 사이트에 들어가거나 관련 홍보 포스터 등을 보는 것이 가장 효과적인 방법인 것 같다. 그들이 원하는 바와 의도를 잘 파악하고 그것에 맞춰 준비하는 것이 나에게는 가장 효과적이라고 생각한다. 이를 생각했을 때 먼저 나에게 필요한 정보를 찾아보고 정리부터 하는 것이 좋을 것 같다.

또한 지식 면에서도 지금 내가 해야 할 것은 노래나 음악이론, 시창청음, 그리고 교과목까지 내가 배우고 있는 지식들을 더 깊게 공부하는 것이다. 겉핥기식으로 아는 지식이 아닌 더 세부적으로, 더 깊게 공부하는 습관을 들여야 한다.

음악가에게 필요한 A(attitude)는 무엇일까? 가끔 그런 생각을 한다. 내가 원하고 바라는 비전과 꿈을 이루려면 어떤 자세와 태도로 나아가야 할까? 나는 성공을 꿈꾸지만 그만큼 노력하고 원하고 있는지 의문이 들 때가 있다. 지금 나에게는 아무런 노력 없이 꿈을 이루려고 하는 욕심만이 나를 지배하고 있을지도 모른다.

내가 아는 지인의 이야기를 하고 싶다. 나랑은 다른 전공이지만 나보다 훨씬 늦게 전공을 시작한 친구가 있었다. 그 친구는 전공에 대한 공부나 교과목 공부를 할 때 그 날 나에게 주어진 부분만 하는 것이 아니라 자신의 의지로 더 공부하고자 하는 마음으로 원래 주어진 분량보다 더 하는 모습을 본 적이 있다. 그 친구는 나날이 성장하는데, 나는 그렇지 못한 것 같아 두려웠던 적이 있다. 그 친구를 보면서 나도 그런 태도들이 필요하다는 생각을 하게 되었다. 그 친구처럼 내가 성장해 나가려면 먼저 초심을 잃지 말아야 한다는 생각이 들었다. 내가 어떤 마음으로 전공을 시작했는지, 내가 이것을 통해서 하고자 하는 일과 나의 계획들이 무엇인지. 그런 마음들을 가지고 성실하게 임해야 보다 흥미를 가지고 나아갈 수 있는 것 같다.

나는 그 친구를 통해서 정말 크고 값진 생각을 하게 되었고, 나의 음악과 꿈을 위해 어떤 태도로 임해야 더 성장하고 성공할 수 있는지 깨달을 수 있어서 너무 감사하고 고마웠다. 이 외에도 나 자신을 사랑할 것, 늦었다는 생각이 들어도 완전히 포기하지 않고 자신을 믿고 나아갈 것, 그리고 하나님께서 나에게 주신 아름다운 목소리에 감사하며, 나를 향해 계획하신 모든 일들을 기대하며 나아가는 태도를 가져야겠다고 생각했다.

플루트 정초록

어렸을 때부터 나는 아무 이유 없이 그냥 음악이 좋았다. 그 이유를 곰곰이 생각해 보면 음악에는 많은 감정들이 담겨 있고, 말하기 힘든 이야기들을 다 음악으로 표현할 수 있기 때문일 것이다. 그래서 음악을 오랫동안 행복하게 하는 사람이 되는 것이 나의 꿈이다.

내가 생각하기에 음악 전공자로서 내가 꿈을 이루기 위해서 꼭 필요한 'K(knowledge)'는 깊이 있는 음악적 지식과 사람들과의 인간관계이다. 음악이라는 것이 단순히 자신의 기분, 생각, 느낌을 그냥 표현하는 것이라기보다는 더 많은 음악 공부를 통해서 그 음악의 깊이 있는 이해가 있을 때 더 좋은 음악이 나온다고 생각한다. 또한 음악은 혼자서 할 수 있는 것이 아니라고 생각한다. 단순히 곡 하나를 작곡하더라도 많은 사람들의 도움이 필요하고, 그 곡을 듣고 나에게 피드백을 해줄 사람이 필요하다. 나 혼자만 공감하고 나 혼자서 그 음악이 좋다고 생각하는 것도 물론 나쁘지는 않지만, 많은 사람들이 공감할 수 있고 이해할 수 있는 그런 음악이어야 더 좋은 음악이라고 생각한다.

또 다른 내가 생각하는 내가 꿈을 이루기 위해서 꼭 필요한 'K(knowledge)'는 내가 전공하는 악기에 대한 이해이다. 내가 전공하고 있는 '플루트'라는 악기는 목관악기이자 기명악기이다. 기명악기란 공기울림악기라고도 불리며, 공기의 진동을 통해 소리를 내는 악기를 말한다. 다른 목관악기들과는 달리 리드를 사용하지 않고, 관에 바람을 불어넣어 소리가 나게 하는 간단한 원리를 이용한 것으로, 뚫린 구멍을 손가락으로 막거나 열어 음의 고저를 조절한다. 원래 플루트가란 '리드를 가지지 않는 관악기'의 총칭이나, 오늘날에는 오케스트라에 쓰이는 특정의 가로피리(橫笛)를 말한다.

오늘날 오케스트라에 쓰이는 플루트는 1847년 독일 사람 뵘에 의하여 완성된 것으로, 뵘식 플루트라고 불린다. 전 길이가 약 66cm 정도인 한쪽 끝이 막힌 피리로, 재질은 거의가 금속이지만 목제로 된 것도 간혹 있다. 본래는 목제악기였으므로 금속제로 된 현재에도 목관악기로 분류하고 있다. 전체는 윗관(head joint), 본관(middle joint), 아랫관(foot joint)의 3부분으로 되었고, 각 부를 분리할 수 있다. 윗관의 윗끝은 막혀 있고 숨을 불어넣는 불구멍(吹口)을 가지며, 다른 두 부분은 기능적으로는 일체가 되어 기능을 발휘하며, 13개의 소리구멍(tone hole)과 뵘식의 키가 붙어 있다.

금속으로 이루어져 있는 플루트가 대부분이고, 현재 내가 쓰는 플루트도 금속으로 이루어져 있기 때문에 이 악기에 충격이 가해져서 플루트의 본 형태가 찌그러지지 않도록 악기를 조심스럽게 다뤄야 한다. 흔히 악기 전공자들 사이에서 악기를 아기 다루듯이 다뤄야 한다고 말을 하는데, 그 말이 정말 맞는 말인 것 같다. 또한 오케스트라 연주나 공연 장소의 온도에 따라서 악기의 음정이 예민하게 바뀌기 때문에 연주 전에 공연장에서 그 장소의 온도에 맞게 악기를 튜닝하는 것이 꼭 필요하다.

플루트 **채 은 서**

나는 현재 세종예술고등학교에서 플루트를 전공
하고 있다. 중학교 때부터 고등학교 1학년 때까지만
해도 나는 음악교육과에 들어가서 졸업한 후 임용고
시를 통과해 음악선생님이 되고 싶었다. 그런데 막상 생각해 보니 음악교
육과에 가기 위해 입시 정보를 찾아보거나 내신 등을 미리 챙기고 신경 쓰
지 않았었고, 실제로도 내 성적으로는 아무리 실기를 잘해도 음악교육과에
절대 갈 수 없겠다는 생각에 포기했었다.

그러다가 중학교 3학년 때 뮤지컬 〈지킬 앤 하이드〉를 보고 뮤지컬에
빠져서 지금까지도 용돈을 모아 뮤지컬을 보러 다니는 게 취미이다. 올해
에도 7월에 뮤지컬 〈모차르트!〉를 보고 뮤지컬 오케스트라 피트 연주자가
되고 싶다는 꿈을 가지게 되었다.

일단 세종예술고등학교를 졸업한 후 원하는 4년제 음악대학에 들어가
서 졸업을 한다. 그리고는 내가 원하는 뮤지컬 오케스트라 피트 팀에 오디
션을 보고 입단하여 뮤지컬 오케스트라 피트 팀에서 활동하고 싶다.

뮤지컬 오케스트라 피트 연주자라는 목표를 이루기 위해서는 우선 대학
에 가고, 졸업을 하고, 오디션에 통과해야 하는데, 지금 가지고 있는 나의
많은 단점들을 보완해야 한다.

첫 번째로 무대에서 많이 떨기 때문에 무대 경험을 쌓기 위한 활동들을

많이 해야 한다. 예를 들면, 유명한 콩쿠르에 참가해서 무대 경험을 많이 쌓는다든지, 리사이틀을 열어 연주회를 하는 등의 방법이 있다.

두 번째로 실력 향상을 위해 많은 연습과 노력이 필요하다. 지금 실력으로는 아무것도 할 수 없다는 것을 누구보다 내가 잘 알기 때문에 지금보다 훨씬 더 잘하기 위해 노력해야 한다. 연습시간을 지금보다 더 늘리고, 연습한 내용을 정리해서 연습일지를 작성하고, 항상 최고의 컨디션을 유지하는 등의 노력을 해야 실력을 향상시킬 수 있다.

이러한 것들을 실천하려면 무엇보다 의지가 가장 필요하고 중요하다고 생각한다. 연습 시간 늘리기, 연습 일지 작성하기 같은 말들은 누구나 할 수 있기 때문에 말뿐 아니라 실천하는 것이 가장 중요하다.

이러한 노력들을 하고 대학을 졸업한다면 뮤지컬 오케스트라 피트 팀에 들어가기 위한 오디션 준비를 해야 한다. 지금 내가 가장 들어가고 싶은 뮤지컬 오케스트라 피트 팀은 김문정 음악감독님이 이끄는 'The M.C 오케스트라'이다. 초견 능력을 기르고 오케스트라 액쎌을 읽으며 어려운 오케스트라 곡들을 연습한 후 뮤지컬 오케스트라 피트 연주자에 적합한 연주자가 되어서 뮤지컬 오케스트라 피트 연주자가 되고 싶다. 무엇보다 가장 중요한 건 내가 하고 싶은 것을 하는 사람이 되는 것과 행복한 사람이 되고 싶다.

자기 경력 관리

자신의 수상 장면을 꿈꾸는 모습으로
자신의 경력 관리에 대해 생각하는 상황을 제시하였습니다.

학생들에게 제시된 10개의 질문 중 두 번째는 '자기 경력 관리'였다.

고등학교 졸업 후 대학 및 대학원 진학이나 관현악단 취업, 또는 프리랜

서로 활동하면서 내가 관리해야 할 나의 경력을 어떻게 관리할 것인지 정리

해 보는 것이었다.

< 기획자 허영훈 >

작곡 강혜원

글을 쓰기에 앞서 '자기 경력 관리'라는 단어의 뜻을 정확히 알고 싶어 인터넷에 자기 경력 관리에 대해 검색해 보았다.

대부분의 사람들이 '자기 관리'와 '경력 개발' 두 가지로 나누어 이 단어의 개념을 설명하고 있었다. 그렇게 찾아본 결과 나에게 자기 경력 관리란 자신을 브랜드화시키는 것이 되었다. 내 경력을 어떻게 관리하고, 나를 어떤 방향으로 발전시킬 것인지가 내가 어느 분야의 맞춤 인재가 될 것인지와 같은 말이라고 생각했기 때문이다. 내 꿈은 영화음악 감독이기 때문에 이 분야의 맞춤 인재가 되기 위해서는 먼저 음대 작곡과에 진학해 더 다양한 기법이나 음악을 접하고, 같은 분야의 사람들을 만나 견문을 넓히는 것이 중요할 것이다. 그 이후에는 영화음악에 대해 가르치는 대학원으로 진학해 영화음악에 대해서 배울 것이고, 대학원 졸업 후부터 우리나라의 드라마나 각종 프로그램의 음악을 작곡·편곡하는 경험을 쌓아 나중에는 디즈니나 픽사와 같은 큰 애니메이션 회사에서 곡을 만드는 것이 목표이다.

이런 계획·목표들이 행동으로 옮겨지기 위해서 필요한 것들이 있다. 바로 성실함과 자신감이다. 성실하게 주어진 일을 수행하고, 그에 대해 자신감을 가진다면 분명히 내가 원하는 경력을 쌓을 수 있을 것이다. 하지만 그러한 성실함과 자신감을 갖추기 위해서는 '성취'가 중요한데, 성취는 목표를 향한 강력한 원동력을 주기 때문이다. 작은 성취라도 계속해서 뭔가를 이뤄낸다면 반드시 목표에 도달할 수 있을 것이라고 생각한다.

피아노 **김보섭**

고등학교 시절부터 본격적으로 음악을 전공하기 시작했다. 하지만 사람이 인생에서 한 가지 일만 하면서 살아가는 것은 그 분야에서 완전한 성공을 거두지 않는 한 쉬운 일이 아닐 것이다. 그러므로 음악가로서 내가 챙겨야 할 경력들을 한번쯤 생각해 보는 시간이 필요하다는 생각이 든다.

일단 지금 내가 생각하고 있는 것들 중에는 음악치료사 자격증이 있다. 예전에는 자격증 없이도 내 주변 사람들을 음악을 통해 치료해 주면 될 것이라는 생각을 했었다. 하지만 올해 발표 때에 선생님께서 모든 일에는 자신의 경력을 인증하는 자격증이 필요하다는 말씀을 해주셨고, 그 말에 동의했다. 그 뒤로 첫 번째로 내가 챙겨야 할 경력 중에는 음악치료사 자격증을 생각하게 되었다.

두 번째로 생각나는 것은 음악 칼럼니스트이다. 나의 롤 모델인 손열음 피아니스트는 자신의 음악적 견해뿐만 아니라 자신이 살아온 소소하고 시시콜콜한 이야기들을 글로 풀어낸다. 이처럼 나도 글을 통해 나의 음악적 견해를 사람들과 나누고 소통하는 음악가가 되고 싶다는 생각이 들었다. 칼럼니스트가 되기 위해 필요한 조건은 없지만, 음악적 지식을 풍부하게 키워내고 무엇보다 책을 자주 읽는 습관을 들여야겠다는 생각이 든다.

마지막으로 사람들과 소통하고 사람들에게 감동을 선사하는 연주자가 되고 싶다는 생각을 가지고 있다. 그것을 위해서 필요한 능력이자 경력은 스피치 실력이라고 생각한다. 사람들과 소통하려면 솔직하고 진솔한 대화를 나누는 것도 중요하겠지만, 상대방에게 말을 할 때의 목소리와 말하는 방법 또한 아주 중요하다고 생각한다. 때문에 전문적으로 스피치를 배워 남들에게 신뢰를 줄 수 있는 목소리로 함께 소통하고 싶다는 생각을 가지게 되었다. 이뿐만 아니라 더욱 많은 경력들이 내 삶에 필요하게 될 것이다. 그렇기 때문에 항상 자신에게 필요한 경력들을 알아보고 찾아보며 계속 배우는 자세가 필요할 것 같다.

피아노 김지민

꼭 음악이 아니라 어떤 무언가를 하기 위해서 제일 중요시해야 할 것은 자기 관리라고 생각한다. 경력 관리도 마찬가지로 중요하지만, 우선 자기 관리

가 어느 정도 되어 있어야 자신을 알고 그에 맞춰 나아갈 방법을 찾을 수 있기 때문이다. 올바른 방법을 찾은 후 나아간다면 성공할지 모르지만, 옳지 않은 방식으로 자기 자신에 대해 파악하지 못한 채 성장해 간다면 분명 한 번 이상의 실패에 좌절하고 포기할 것이다. 그래서 난 나태해지지 않기 위해 시간을 금으로 여기고 시간 관리를 철저히 하려고 노력하고 있다.

사람에게는 하루에 24시간이라는 동일한 시간이 주어진다. 이 24시간 동안 시간을 어떻게 쓰는지에 따라 인생이 달라질 수도 있다. 버려지는 시간을 최소한으로 줄이고 자투리 시간에도 영어단어를 외우는 등 시간 활용을 적극적으로 하고 시간을 낭비하지 않아야 한다. 하지만 어떤 일을 꾸준히 그 시간에 맞춰 하는 것은 정말 어렵다. 한 100일 정도 계획대로 반복하게 된다면 습관을 들일 수 있을 것 같아 요즘 100일 동안의 계획을 짜서 내가 해야 할 일을 하는 중이다.

또 음악을 하려면 시간 관리만 아니라 체력 관리도 중요하다. 몇 시간 동안 앉아서 연습만 하는 일이니 체력 소모가 심하지 않을 것이라고 생각할 수도 있다. 하지만 몇 시간 동안 앉아 있는 것도 힘들고 거기에다가 손까지 계속 움직이고 어떻게 쳐야할지 끊임없이 생각하다 보니 체력 소모가 생각보다 많다. 운동을 꾸준히 하거나 한약 등을 챙겨먹으면서 건강을 챙기는 것을 우선으로 여겨야 한다.

마지막으로 슬럼프나 스트레스를 이겨내기 위해 자신을 사랑해야 한다. 할 수 있다고 생각하고 있다면 그 꿈을 위해 달려 나갈 수 있지만, 먼저 포기해 버린다면 앞으로 내가 할 수 있는 일의 폭이 좁아질 것이다. 무엇이든 지 해낼 수 있다는 긍정적인 생각을 갖는 것이 매우 중요하다.

꿈을 이루기 위해선 자기 관리뿐 아니라 경력 관리도 해야 한다. 음악계에서 일하는 사람들은 서로 연결되어 있는 '마인드 맵'과 같다. 다른 전공도 그럴지 모르지만 정말 세상이 좁다는 것을 다시 느끼게 되었다. 그러므로 인맥 관리는 필수이다. 협연을 할 때나 연주회를 할 때, 혹은 독주회를 할 때 인맥이 넓으면 도움받을 수 있는 폭이 넓어지고 함께할 연주자들을 빨리 구할 수 있는 등의 장점이 있다.

하지만 인맥 관리는 정말 어렵다. 서로 오해가 생기고 마음에 악감정이 쌓이기 시작하면 우정이 끊어지는 건 한순간이다. 좋은 학벌을 갖고 있어야 경력 관리가 쉽고 인맥 관리도 쉬워질 것 같다. 좋은 학벌을 갖고 있다면 자신의 경력 관리를 누군가 잘 아는 사람이 도와줄 수도 있고, 경력 쌓는 데에 도움을 줄 수도 있을 것이다.

피리 김지은

세종예술고등학교에 입학하기 위해 나는 중학교 3학년 1년 동안 하루도 빠짐없이 하교 후 3시간 이상 연습실에서 그동안 취미로만 여겼던 피리 연습을 하였다. 부모님을 설득하여 세종시로 이사도 했다.

매일 3시간 연습을 하니 입술이 까져 피도 났지만, 대회에서 상도 받고, 독일 한인회 초청으로 프랑크푸르트 해외공연도 다녀왔다.

세종예술고등학교 음악과 입학, 유일한 국악 전공자지만 친구들과 슬기롭게 학교생활을 보내고 있다. 그동안 여러 학교 행사에 지원했다. 특히 TV에서 학교를 소개하는 '도전골든벨'에 100번 마지막 모자를 쓰고 출연도 해 보았고, 공연예술과와 collaboration 공연도 했고, 독서캠프도 다녀왔다. 지금은 전교 학생회에서 행사기획부원으로 활동하며 나의 학교에 더욱 애착을 갖고 있다. 나의 전공인 피리를 더욱 더 좋아하게 되었고, 좋은 연주를 위해 맹연습을 하며 즐거운 학교 생활을 하고 있다.

세종예술고등학교를 졸업한 후 이화여자대학교 국악과에 입학하여 국악의 세계화에 앞장 서기 위해 전공을 비롯하여 영어에도 매진할 계획이다. 국악의 세계화를 위해 노력한 후, 후진을 양성하는 교사가 되기 위해 대학원 음악교육학과에 진학하여 석사 공부를 하고, 교사 임용고시에 합격하여 학교에서 학생들을 가르치며 생활하고 싶다. 마지막으로 '국악이 우리 청소년에게 미치는 영향(인품)'이라는 주제의 박사논문을 준비하고 싶다.

클라리넷 **남 경 원**

　연주자가 되려면 일단 음악대학에 들어가야 한
다. 음악대학에 들어가려면 현재 내가 다니고 있는
예술고에서 음악에 대한 지식과 연주의 경험을 쌓
아야 한다. 또한 음악이론이나 시창 청음, 음악사 등 대학에 가기 위해 필
요한 지식들이 예술고에서 갈고 닦아야 한다. 또한 콩쿠르, 대회 같은 무대
경험을 쌓을 수 있는데, 대학 입시를 위해서라도 그런 경험들을 많이 하면
긴장을 덜고 떠는 것을 조금 더 줄일 수 있을 것이다.

　음악대학에 들어가고 난 다음에는 연주를 많이 보거나 직접 하면서 경
험해 보는 그런 시기가 됐으면 좋겠다. 학교의 관현악 오케스트라나 학교
이외의 오케스트라, 독주회 등 많은 연주 경험을 쌓아야 될 시기라고 생각
한다.

　대학교를 졸업한 후에는 유학을 갈 생각이다. 유학 갈 나라에 따라 공부
해야 할 과목이 각각 다르기 때문에 대학교를 들어간 후 유학에 대해 깊이
고민할 필요가 있을 것이다. 각 나라별로 장단점이 있기 때문에, 그런 부분
에 대해 깊이 고민해야 될 것이다. 유학을 다녀 온 뒤에는 한국에서 활동할
준비를 하고, 귀국 독주회, 리사이틀 등 연주회를 기획하고 홍보하며 나라
는 음악가를 알리는 활동을 점차 늘려갈 것이다.

주제 2. 자기 경력 관리

작곡 **류환희**

음악을 하는 우리가 나중에 취업을 하거나 누구에게 음악을 가르치게 된다면, 그때 우리에게 중요한 것은 무엇일까. 수입? 명성? 물론 이러한 것들도 중요한 것은 맞지만, 그 전에 더 중요한 것은 바로 경력이다. 경력에는 우리가 음악가로서 쌓아온 경험뿐만 아니라 학력이나 능력도 포함될 것이다. 개인적인 능력이 엄청나게 뛰어나지 않은 이상 대학에라도 잘 들어가야 한다. 이것이 인생의 절반 이상을 먹고 들어간다는 사실이 좀 슬프긴 하지만 말이다. 그런데 인생의 목표가 대학일 수는 없다.

작곡을 전공하는 나로서는 나중에 하고 싶은 일이 많다. 나는 나중에 영화음악이나 게임음악, 광고음악을 만들고 싶다. 이러한 경우 영화음악이나 게임음악 또는 광고음악만을 전문으로 하는 음악 외주 업체에 들어가서 일을 하거나, 아예 영화 제작사나 게임 개발사에 들어가 음악담당 팀에서 일할 수도 있다. 물론 후자의 경우 대기업인 경우가 대다수이기 때문에 조금 빡셀 수 있을 것이다. 또한 작곡을 가르치는 선생님이 될 수도 있는데, 이 경우엔 작곡 본연의 일을 하고 싶은 나에게는 잘 맞지 않을 것이란 생각이 든다. 하여튼 이렇게 경력을 쌓아서 더 좋은 음악가로 성장해 나간다면, 내가 나중에 하는 모든 일들이 나에겐 더없이 좋은 기회로 다가올 수 있지 않을까 생각해 본다.

바이올린 **박 노 을**

　저는 미래에 음악선생님 겸 음악심리치료사가 되어 학교의 학생들 중 고민이 많은 학생들의 고민을 음악심리치료를 매개로 하여 같이 이야기를 나누고, 음악선생님이 되어 클래식의 즐거움을 알려주고 싶습니다. 이렇게 하기 위해서는 일단 음악심리치료사 자격증을 취득해야 되는데, 네이버나 자격증을 딴 사람들의 이야기를 들어보면 음악심리치료사 자격증은 굳이 학원을 다니거나 전공을 따로 하지 않아도 취득할 수 있다고 합니다. 인터넷에 올라와 있는 강의를 보면서 독학을 해도 충분히 취득할 수 있다고 해서 대학교를 다닐 때 미리 취득을 해 놓은 상태에서 음악선생님이 되기 위해 임용고시를 준비할 것입니다.

　그리고 음악선생님이 되기 위해서는 수많은 노력이 필요한데, 그중에서 제일 중요한 게 임용고시라고 생각합니다. 모든 사람들이 선생님이 되기 위해서는 거쳐야 할 시험 중 하나이기 때문입니다. 음악선생님 임용고시일 경우는 음악이론, 음악사 등 음악에 관한 지식들 위주로 나오기 때문에 음악에 관련된 지식들은 필수로 알아 두어야 하므로 열심히 공부를 해야 합니다. 그렇기 때문에 지금 학교에서 배울 때 열심히 배워 놓아서 나중에 더 쉽게 공부할 수 있도록 지금부터 열심히 할 것입니다.

작곡 서영준

강의하는 강사, 우리를 가르치시는 선생님 모두 한마음 한뜻으로 하는 말이 있다. "대학 가는 것이 끝이 아니다." 대부분의 고등학생들은 대학교에 가면 해방감 때문에 놀게 되고, 그로 인해 실력이 급격히 줄게 된다. 일반적인 교과를 공부하는 학생들은 그 손실을 회복하는데 몇 달밖에 걸리지 않지만, 예술인은 다르다. "연습을 하루 미루면 자신이 알고, 이틀을 미루면 선생님이 알고, 일주일을 미루면 동료들이 알게 되며, 한 달을 미루면 관객이 안다."는 말이 있다.

회사에 들어가거나 사업을 하는 등 고등학교 때 배운 교육과정과 거리가 먼 일들을 하는 이들과 달리 우리는 예술가로서의 진로를 접기 전까지 오직 한 가지 일만을 하게 된다. 만약 고등학교의 연장선인 대학에 가서, 혹은 그 이후에도 계속 논다면 그 사람은 그 어떤 백수보다 할 일이 없을 것이다. 예술가로서 자기 경력 관리의 기본은 '절대 나태해지지 않는 것'이다.

세부적으로 살펴보면, 자기 경력 관리는 크게 자기 관리와 경력 관리로 나눌 수 있다. 음악감독이 꿈인 나로서 해야 할 자기 관리는 첫 번째로 음악을 분석하는 것이다. 다양한 영화와 드라마를 보고, 그곳에 들어간 음악들을 철저히 분석하여 어떤 음악을 어떤 영상과 어떻게 조합하였을 때 시너지를 발휘하는가를 알아내는 것이 가장 중요하다. 이를 통해 배경음악의 시대적 흐름을 파악하여 어떤 영상에도 적합한 음악을 넣을 수 있게 될 것이다.

두 번째는 다양한 작곡가들을 찾아가 자문을 구하는 것이다. 비록 음악감독은 아니지만, 내가 가장 존경하고 자문을 구하고 싶은 작곡가는 유희열이다. 그는 서울대 클래식 작곡학과를 나왔지만, 실용음악 분야에 대단한 재능을 펼치며 사람들에게 기쁨을 준다. 그에게서 가장 배울 점은 다름 아닌 폭 넓은 시야라고 할 수 있다. 클래식 전공이라고 클래식 작곡만 하는 것이 아닌 다양한 음악들을 섭렵하는 그 폭 넓은 시야가 가장 배울 점이다. 그 말고도 존경하는 작곡가들이 너무 많고, 배울 점도 정말 많다. 이들을 모두 찾아가 작곡가 후배로서 조언과 자문을 구하는 것이 두 번째일 것이다.

경력 관리에 대해 말하면, 첫 번째로 다양한 일들을 해보는 것이다. 물론 드라마·영화 음악감독이 꿈이지만 그 누구도 사회 초년생 작곡가에게 그러한 대작을 맡기진 않을 것이므로, 정말 사소한 영상에 음악을 넣는 것부터 시작하여 점차 나의 실력을 많은 사람들에게 입증해야 한다. 다양한 작품들을 접하다 보면 경험이 쌓일 것이고, 이를 바탕으로 더 좋은 음악을 만들 수 있다.

두 번째는 앞서 얘기한 KASH의 법칙과 관련이 있는데, 다양한 인맥을 쌓는 것이다. 다양한 음악가들과 인맥을 쌓는 것도 중요하지만, 음악 이외의 분야를 전공으로 삼는 사람들, 이를테면 무용수, 미술가, 혹은 거리가 아주 먼 정보통신기술사, 과학자와도 친밀한 관계를 유지해야 서로 상호작용하며 유익한 정보들을 주고받을 수 있을 것이다.

이와 관련된 사례로는 댄허코리아 허영훈 대표의 이야기가 적합할 것이다. 그는 음악과 꽤 거리가 먼 무선이어폰 회사에 이어폰 연결음, 효과음을 서양 전자음이 아닌 국악으로 해보는 것이 어떻겠냐며 제안하였고, 이 말을 계기로 실제 녹음이 진행되었으며 결국 제품이 출시되었다. 그는 폭넓은, 그리고 다양한 인맥을 통해 국악앙상블인 '아라연'이 가진 음악성과 무선이어폰을 만드는 중소기업의 기술력을 결합시켜 신박한 완성품을 만들어냈다.

작곡가에게 이러한 자기 경력 관리란 필수적인 것이며, 효율적인 관리를 통해 나 자신을 성장시켜야 한다.

피아노 선지수

현재 나는 세종예술고등학교 2학년에 재학 중이고, 내년에는 대학교 입시를 준비해야 한다. 그러나 나는 대학교 입시에 크게 집중하지는 않는다. 다들 대학교 입시에 관심을 많이 가지지만, 나는 그 입시가 나의 음악에 어느 정도 영향은 주겠지만 크게 중요하다고 생각하지 않는다. 어느 대학교를 나와도 앞으로의 계획·목적·목표가 뚜렷하다면 계속 음악을 할 수 있을 것이기 때문이다. 명문대를 가는 것이 앞으로 내 인생에 많은 도움이 될 수 있겠지만, 사실 엄청난 영향을 주는 것은 아니다.

내게는 내년에 반 클라이번 국제 콩쿠르에 나가고 싶다는 소망이 있다. 첫 국제콩쿠르 출전인 만큼 좋은 성적을 기대하기는 힘들겠지만, 첫 국제 콩쿠르 참가라는 중요한 경험을 할 수 있기 때문에 더욱 나가고 싶다. 만에 하나 콩쿠르에서 수상을 하거나 좋은 성적을 내게 된다면 연주가로서의 입지는 무척 넓어질 것이다. 앞으로 진학할 대학으로 한국예술종합학교를 목표로 하고 있다. 그리고 대학교 진학 중에 서울 국제 음악콩쿠르, 차이코프스키 국제 콩쿠르, 쇼팽 콩쿠르 등 많은 국제 콩쿠르를 준비하고 참가하면서 연주가로서 세계에 발을 내딛고 싶다.

한국예술종합학교 졸업 후 미국 줄리어드 음대나 러시아 차이코프스키 국립음악원에 진학할 예정이다. 거기에서 세계의 음악을 배우고, 나아가 더 깊이 있는 음악을 할 수 있었으면 좋겠다.

그리고 음악 외에 도전하고 싶은 게 있다면 요리를 배우고 싶다. 어릴 때부터 요리에 흥미가 많았고, 중학교 때부터는 엄마랑 따로 지내면서 자연스럽게 요리담당을 맡게 되었다. 주로 김치찌개, 된장찌개 등 한식을 주로 많이 했었는데, 때로는 TV에 나오는 유명 셰프들의 레시피를 참고하여 크림 파스타, 토마토 리소토 등 양식도 점차 하게 되었다.

그리고 나중에 음악계에서 은퇴하면 레스토랑을 하나 차려서 운영하고 싶다. 음악과 함께하는 분위기 있는 레스토랑을 어릴 때부터 꿈꿔왔다. 요리를 하면서 정말 음악이랑 밀접한 관계가 있음을 항상 느낀다. 특히 슬로우 푸드 같은 경우는 정말 공감이 많이 된다. 우리가 처음 곡을 받을 때 먼저 악보를 보면서 손가락에 익을 정도로 연습을 한다. 그 후에 손가락이 돌아가면 음악을 입히고, 음악 입히는 과정이 매끄럽게 잘 되면 소위 콘셉트라고 부르는 그 음악의 분위기를 결정하는 단계를 거치고, 그 후에 무대 연습을 통해 언제든지 완벽하게 연주할 수 있게끔 반복 연습을 해야 한다.

요리도 처음에 각각의 재료를 손질하고 어울리는 재료끼리 조리를 한다. 그 후에 조미료·향신료 등으로 음식에 맛과 향을 더한다. 그 후에 음식에 깊은 맛이 우러날 수 있도록 끓이거나 볶는다. 그리고 플레이팅을 통해 분위기를 입힌다. 정말 작은 입자에서부터 큰 모형을 만드는 과정처럼 음악도 음식도 수많은 과정과 단계를 거친 다음에 우리가 듣고 먹을 수 있는 완성작이 나오는 것이다.

얼마나 인내심과 끈기가 필요한지 전공생들은 알 것이다. 비록 우리는 무대에서 연주하는 모습을 보여주고 평가받지만, 그 완성작을 보여주기까지 수많은 우여곡절과 고생스런 과정을 거친다. 또 무대에서 연주가 끝나면 무대 정리를 하는 것처럼 요리도 끝나면 설거지를 하기 마련이다. 그런 면에서 정말 요리와 음악이 비슷한 점이 많은 것 같다.

작곡 윤예원

　자기 경력 관리에 대해 생각해 보려면 첫 번째로
는 자기 경력이라는 말의 뜻을 알아야 하며, 두 번째
로는 관리라는 말에 대해서 알아야 하며, 세 번째로
는 왜 필요한지에 대해 생각해 봐야 한다.

　자기 경력이란 자신이 무엇을 했는지를 말하며, 마치 자기 소개서와 같
은 역할을 한다. 그리고 관리라는 것은 지속적으로, 자주 관심을 갖고 무언
가를 가꾸는 것이다. 그러면 자기 경력 관리는 왜 해야 하는 것일까? 바로
자신을 더 잘 알리기 위해서이다. 무엇을 하는 사람이며, 어떠한 활동을 해
왔고, 심지어는 어떠한 가치관을 갖고 있는지까지도 알 수 있는 것이 바로
경력이다. 그렇다면 우리는 자기 경력 관리를 어떻게 해야 할까? 여기에 대
한 나의 해답은 '시대에 맞게 빠르게 발맞추어'이다.

플루트 이수민

　첫 번째는 '오케스트라 단원'이라는 나의 꿈을 이
루기 위해서 고등학교 때는 일단 연습만 하기로 했
다. 최우선은 연습 또 연습이다. 그리고 입시를 성공

적으로 준비해서 좋은 대학(인 서울)에 들어간다. 거기서(대학) 또 끊임없는 연습과 함께 음악에 대한 폭넓은 지식을 쌓는다. 다양한 음악을 접하고 감상도 많이 하고 싶다. 그다음 단계로, 우리나라는 유학이 필수인 나라이기 때문에 유학을 다녀온다. 전공과정을 모두 수료한 후에는 우리나라로 돌아와서 활동하는 방법도 있을 테고, 현지에서 정착하여 활동하는 방법도 있을 것이다. 나의 바람은 다시 우리나라로 돌아와서 오케스트라 입단 오디션을 거쳐 단원으로 활동하고 싶다. 물론 해외 오케스트라에서 활동하는 것도 생각해 보았는데, 너무 어려울 것 같아서 지금으로서는 솔직히 엄두가 나질 않는다.

얼마 전 자타가 공인하는 세계 최고의 교향악단인 베를린필하모닉에 유일한 한국인 단원이자 최연소 정단원으로 임용된 박경민 비올리스트의 이야기를 기사에서 읽었다. 베를린필하모닉 오케스트라 단원 선발과정은 수습단원 오디션 → 수습단원 → 정단원 추천 → 정단원 선발 순으로 이루어진다. 베를린 필의 수습단원 선발 오디션의 경쟁률은 역시나 매우 높다. 박경민 비올리스트의 말에 의하면, 베를린 필은 정단원에 결원이 생길 경우에 수습단원으로 응시할 수 있는 초대장을 발송하는데, 다른 비올리스트 50명과 함께 초청장을 받았다고 한다. 즉 실력이 뛰어난 세계의 비올리스트들과 경쟁하여 수습단원으로 합격한 것이다. 비올리스트가 이 정도면 활동 인구가 더 많은 플루트의 경쟁률은 어마어마할 것이다. 수습단원 선발 오디션에 합격하면 수습단원이 되며, 수습기간은 보통 2년 정도이다. 수습기간 중 동일한 악기 파트 선배들로부터 정단원 추천을 받고, 총회에서 3분의 2 이상의 찬성표를 받으면 정단원이 될 수 있다. 정단원은 65세까지의 정년을 보장받기 때문에 '종신단원'이라고도 불린다. 세계 최고 오케스트라인 베를린필하모닉은 이런 과정을 거쳐야만 단원이 될 수 있다. 우리나라 오케스트라도 입단 절차도 크게 다르지는 않을 것이다. 어쨌든 굉장히 높은 경쟁률을 뚫고 입단 오디션에 합격해야만 오케스트라의 단원이 될 수 있다.

두 번째로는 플루트 수리(조율)사가 되는 것이다. 오케스트라 단원이 되는 것이 베스트이지만, 중간에 여러 가지 변수로 그 꿈을 이루지 못하게 된다면 나는 과감하게 플루트 수리(조율)사가 될 것이다. 이제 4차 산업혁명 시대로 접어들었고, 많은 분야가 인공지능(AI)으로 대체될 것이라고 한다. 그 와중에 예술 분야는 대체가 쉽지 않을 것이라고도 다들 이야기한다. 나 역시 악기 수리는 AI가 쉽게 넘볼 수 있는 분야가 아닐 거라고 생각한다. 어느 정도 기계적인 수치에 접근하는 단계까지는 할 수 있겠지만, 마지막 단계는 인간의 손을 거쳐야만 한다. 아니 처음부터도 인간의 손을 거쳐야 섬세한 소리가 만들어질 수 있다.

지금 나의 플루트를 수리해 주시는 선생님은 정기적으로 플루트를 수리하러 다니는데, 모든 과정에서 눈으로 살피고 손으로 직접 해체하고 조이고 감각을 통해서 조율하신다. 그것도 한 번으로 되는 것도 아니고, 조금씩 조금씩 짧게는 몇 차례, 길게는 몇 십 차례 소리를 듣고 다시 수리하는 것을 반복하신다. 마지막에 소리를 들어보는 것도 매우 섬세하게 진행하신다. 단 한 음이라도 소리가 제대로 나질 않으면 음악이 완성되지 않는데, 수리를 받은 후 어긋나 있던 한 음의 소리가 제대로 나면 곡 전체가 살아난다. 너무나도 신비로운 경험이다. 또 키 자체가 틀어지거나 물리적 손상이 있어서 소리가 안 날 때도 있지만, 여러 변수로 인해서 소리가 제대로 나지 않는 경우도 있다.

플루트가라는 악기는 특성상 침을 많이 묻히는데, 침 닦는 것을 비롯해서 평소 악기관리 습관, 온도나 습도 등에 매우 민감하다. 소리가 제대로 나지 않을 경우 이런 것들을 하나하나 분석하여 이유를 찾아내고, 최상의 소리가 날 수 있도록 조언을 해주신다. 수리를 받은 후 제대로 안 나던 소리가 비로소 예쁘게 날 때 너무 신기하다. 그순간은 신비로운 마법의 세계에 온 듯한 착각이 든다. 다른 악기도 비슷하겠지만, 플루트는 관리만 잘하면 영구적으로 쓸 수 있고, 오히려 시간이 지날수록 좋은 소리를 낸다고 한다.

제대로 된 소리가 나지 않는 악기로는 제대로 연주를 할 수 없고, 연주하더라도 아름다운 음악을 만들어내지 못할 것이다. 아름다운 음악이 완성되기까지 조율과 수리의 영역은 매우 중요하고, 또 항상 함께하는 영역이기에 수리사라는 직업은 매우 매력적으로 다가온다.

나의 플루트는 '마테키'라는 브랜드인데, 지금 플루트 수리를 해주시는 선생님이 처음 플루트 수리를 배우기 위해 유학을 가신 곳이 바로 마테키라는 회사라고 한다. 그래서 처음 나의 플루트를 보셨을 때 매우 반가워해

주셨다. 플루트 수리사가 되기 위해서는 국내 또는 외국의 악기 수리과정이 있는 대학이나 교육기관에 진학하여 전문적인 이론과 실습 과정을 배워야 한다. 그렇지 않으면 플루트 수리 장인이 운영하는 가게에 제자로 들어가 기초부터 실전까지 차근차근 장기간 배우며 노하우를 전수받는 방법이 있다. 이때 최소 10년 이상은 배워야 하지 않을까 싶다.

결론은 오케스트라 단원이든, 플루트 수리사든 지금 시점에서는 우선 실력을 기르는 게 가장 급하고 중요한 일이기에, 매일매일 연습을 게을리하면 안 될 것 같다. 그래도 플루트 연주하는 일이 지겹지 않아서 너무 다행이고, 계속되는 연습시간 동안 힘들고 지루한 순간도 분명 있지만, 안 되던 부분이 연습을 거쳐 고쳐지게 되는 순간을 마주할 때면 신기하고 뿌듯하고 자신감도 생긴다. 예술고 합격 후 입학 과제를 하면서 알게 된 바이올리니스트 야사 하이페츠(Jascha Heifetz)의 명언을 늘 머릿속에 새기고 있다.

'내가 하루 연습을 거르면 나 자신이 그 사실을 안다.'

'이틀이 지나면 비평가가 안다.'

'사흘이 되면 청중이 안다.'

첼로 이아현

포트폴리오를 위해 어렸을 적부터 악기와 함께 프로필 사진을 자주 찍었다. '이게 어째서 포트폴리오지?'라는 의문을 가질 수도 있을 것이다. 하지만 나는 포트폴리오 중에 프로필 사진이 가장 중요하다고 생각한다. 왜냐하면 프로필 사진은 사람들에게 가장 먼저 보여주기 때문이다. 그러므로 사진을 많이 찍어봄으로써 내게 가장 잘 어울리는 포즈나 표정 등을 알고 있는 것이 자기 경력 관리에 도움이 된다고 생각한다.

물론 프로필 사진만이 중요한 것은 아니다. 프로필 사진 외에도 시간 분배 및 미래를 위한 계획이 중요하다. 사람들은 시간은 금이라고도 한다. 그만큼 시간을 잘 분배하는 것은 나에게 2배, 3배, 나아가 10배 이상 시너지 효과를 낼 수 있다고 생각하기에 시간 분배를 잘해야 한다고 생각한다.

특히 나는 다른 사람들에 비해 시간 개념, 돈 개념이 많이 부족한 편인데, 시간을 잘 분배하고 계획해서 사용한다면 지금보다 더 많이 성장할 수 있는 발판이 될 수 있기에 시간 분배는 정말 중요하다고 생각한다.

나는 시립교향악단의 단원과 음악심리치료사가 되고 싶다. 그렇기 때문에 타인들보다 더 많은 노력을 해야 한다. 물론 어떤 일이든 많은 노력과 땀이 필요하다. 특히 시립교향악단은 어딘가에 소속되어 있어서, 준 공무원과 같은 생활을 하는 곳이기에 많은 연습과 노력이 필요하고, 단원이 되기 위해서는 많은 정보가 필요하다.

　대학교에 들어가서는 놀기보다는 나의 꿈에 향해 달려 나갈 것이다. 물론 새로 간 학교에 가서 새로운 친구들을 만나고 새로운 환경에 적응해 나가다 보면 나의 꿈에 대해 소원해질 수도 있지만, 그래도 나는 위에서 말한 것처럼 시간을 잘 분배해 대학교 1학년부터 시립교향악단 단원이 되기 위한 노력을 할 뿐만 아니라 음악심리치료사가 되기 위해 공부하고, 대학교를 졸업하기 전에 자격증을 취득할 것이다.

성악 이은수

　내게 가장 중요한 자료는 지금까지 연주했던 영상이라고 생각한다. 나의 연주 영상을 항상 파일로 저장해 두면 나의 실력이 얼마나 발전 중인지를 확인할 수 있을 뿐더러 나중에 음악과 관련된 일을 시작할 때 도움을 받을 수 있을 것이다. 그와 함께 연주 포스터도 잘 모아두면 언젠가는 써먹을 날이 있을 거라고 믿는다. 최종적인 목표인 보육원 개설을 위하여 음악과 자연이 접목된 보육원에 대해서는 아직 조사할 수 없기에 생태 어린이집을 조사해 볼 계획이다. 한국에 있는 자연 어린이집에 직접 찾아가서 사진도 찍고, 그곳을 조사하며 얻은 정보와 지식들을 파일에 넣어두는 것이다. 그 파일을 통해 보육원을 개설하는 시점에는 어린이들이 가장 행복해 할 수 있는 보육원을 개설할 수 있을 것이라고 생각한다.

대학교 입학 후에는 토익시험을 준비하려고 한다. 토익은 음악이 아닌 다른 일을 하게 된다고 해도 아주 중요한 나의 경력이 될 수 있다. 또한 유학갈 수 있다면 독일로 가고 싶기 때문에 독일어를 공부할 것이다. 대학교 졸업 후 독일에 가서 매일 일기를 쓴 뒤 그것을 책으로 엮어 출판하고 싶다. 나는 작가가 되고 싶다는 또 하나의 꿈이 있기 때문이다. 독일에서 레슨받은 것이나 중요한 사건들을 기록하여 책으로 낸다면 아마 유학을 준비하는 다른 사람들에게도 도움을 줄 수 있지 않을까 싶다. 그리고 그것 또한 나의 경력이 될 것이라고 생각한다. 글을 쓰는 것에 흥미가 있는 나는 가사를 써볼 계획도 있다. 대학교 때 작곡과 친구들이랑 협업하여 내가 썼던 가사로 곡을 내고 싶다.

피아노 이 휘 영

고등학교 입시 전 이탈리아로 마스터클래스 과정을 2주간 다녀온 경험이 있는데 그때의 감정들이 아직도 생생하게 느껴진다. 그 이후 자주자주 여행이나 유학을 통해 넓은 세계를 경험해 보고 싶다는 생각이 들었다. 이렇게 음악가로서 성장해 가는 연주 영상이나 일상 영상들로 유튜브 활동이나 클래식 카페를 만들어 병행하고 싶다.

이를 위해서 고교 졸업 후에는 음악대학에 진학하여 전공자로서의 학업을 꾸준히 이어나가는 것이 중요하고, 대학에서 음악을 전공하는 친구들이나 다른 분야를 전공하는 친구들과 네트워크를 만들어 가는 것 또한 중요할 것이다. 대학을 졸업하면 유학을 가서 보다 깊이 있는 음악 실력을 쌓아 나의 음악 세계를 풍부하게 만들고 싶다. 그 후에는 내가 목표했던 연주 활동을 온라인상뿐만 아니라 다양한 오프라인 현장에서도 선보이고 싶다. 이러한 경험들이 쌓이면 보다 더 깊이 있는 음악가로 성장할 것이라고 생각한다.

성악 정연아

인생을 살면서 한 번쯤은 이런 질문을 받아보았을 것이다.

"꿈이 뭐에요?"

나는 대답했다. "성악가요."

질문의 의도는 분명 저 대답을 원하는 게 아니라고 생각하지만 막상 덧붙이려고 하면 생각이 떠오르지 않았다. 나뿐만이 아니라 많은 청소년들이 그럴 것이다. 이제는 그냥 'B'가 아닌 'A하는 B'가 되어야 살아갈 수 있는 시대이다. 'A하는 B'가 되기 위해서 내가 이제부터 해야 할 것은 먼 훗날 나를 보다 더 빛나게 해줄 나의 경력들을 관리하는 것이다. 사실 '경력 관리'라고 말하면 어려워 보이고 복잡해 보일 수 있지만, 사실 그렇지도 않다. 우리가 일상생활에서 접하고 있는 여러 가지들을 통해서도 자신만의 경력을 충분히 살릴 수 있고, 빛낼 수도 있다. 단 한 사람을 통해 많은 사람들의 꿈이 확대되고 발전될 수 있음을 나 자신을 통해서 느꼈고, 내가 그 한 사람이 되기를 원한다.

많은 방법들이 있겠지만, 그중에서 나만의 고유한 자기 경력 관리 방법은 'Youtube'나 'Instagram'을 이용한 것이다. 사실 성악을 처음 시작한 친구들이 유명하고 좋은 노래들, 자신의 색깔과 비슷한 성악가들을 접하는 방법 중에 가장 효과적인 방법은 SNS이다. 나도 성악을 처음 시작했을 때 유명한 성악가들의 Youtube나 Instagram으로 많은 도움을 받았었고, 지금도 여전히 많이 찾아보고 있다. SNS의 장점이라고 생각하는 것 중 하나는 전 세계 모든 사람들이 공유할 수 있다는 것이고, 영상을 올린 사람은 일부러 구독자나 팔로우를 늘리려고 하지 않아도 Youtube 알고리즘이 다 연결되어 있어서 성악가인 나 자신을 조금 더 효과적이고 적은 체력 소모로 알릴 수 있다. Youtube를 통해 나를 사랑해 주는 구독자가 있다면 자연스럽게 나의 다른 SNS까지 봐주시고, 사랑해 주실 거라고 생각하기 때문에 SNS를 이용한 나의 자기 경력 관리 방법은 효과적일 것이라고 생각한다.

다양한 주제들로 많은 것들을 콘텐츠로 만들고 싶은데, 그중 가장 보여주고 싶은 소재는 나의 무대 영상이다. 내가 처음 성악을 시작하고 존경하는 성악가가 생기기까지 Youtube에서 성악가들의 노래 영상을 많이 찾아보았고, 그 어떤 영상보다 성악가들의 무대 영상을 가장 먼저 접하게 되었다. 내가 그랬던 것처럼 성악을 하는 전 세계 사람들이 내 무대 영상을 통해서 감동을 얻고, 나의 목소리를 사랑해 주었으면 좋겠다.

또 나는 일상 브이로그와 음악 상담까지 나의 Youtube에 올리고 싶다. 음악가로서 매일 같이 바쁜 나의 스케줄 속에서 나의 일상들을 나를 사랑해주시는 분들과 공유하고 싶기 때문에 내가 유학 생활을 하든, 국내에서 활동을 하던 일상 브이로그를 올려보고 싶다. 또한 나는 상처 있는 사람들을 위로하고 돕는 것을 잘한다. 어릴 때부터 아무 생각 없이 어려운 친구들을 도왔었다. 매년 학교에서 선행, 효행, 모범 표창장들을 받았었고, 모범대상 이런 상장도 받아보았었다. 고등학교에 올라와서는 특별히 선생님께서 음악 상담을 해도 정말 잘할 것 같다고 나를 독려해 주셨다. 나는 나의 이런 특기를 살리기 위해서라도 음악 상담에 관한 영상도 올리고 싶다. 나의 노래가 위로가 되고 힘이 되는 그런 소프라노 가수가 되고 싶다.

플루트 정초록

　　고등학교 졸업 후에 나는 대학에 진학해서 내가 고등학교에서 깊이 있게 배우지 못한 클래식 음악 이론과 화성학, 시창청음에 대해서 더 깊이 있게 배우고 싶다. 또한 나는 클래식 음악의 지식을 바탕으로 실용음악에 대해서 공부하고 싶다. 그래서 기회가 된다면 실용음악 플루트에 대해서도 공부하고 싶다. 내가 음악을 공부하면서 느낀 점은 영어와 다른 나라의 언어를 배우는 것이 지금이든 나중이든 음악 공부를 하는 데에 유리하다는 점을 알았다. 그래서 나는 항상 관심 있고 좋아했던 영어를 끊임없이 깊이 있게 공부한다면 음악을 비롯한 어떤 분야에서든 유리하게 적용될 것이라고 생각한다.

　　《젊은 음악가를 위한 슈만의 조언》이라는 책에서 "좋은 목소리를 타고난 사람이라면 주저하지 말고 그 목소리를 계발하라. 하늘이 주신 가장 가치 있는 선물로 여기라!"라는 구절이 있다. 플루트를 연주할 때에도 행복하고 좋지만, 노래를 할 때는 플루트 연주할 때의 행복과는 다른 행복을 느낀다. 어렸을 때부터 플루트를 전공을 하고 있지만, 많은 음악 선생님들로부터 목소리가 좋고 노래를 잘 부른다고 플루트도 좋지만 보컬을 전공해보는 것이 어떠냐는 권유를 받았다. 하지만 나는 그 모든 음악의 중심, 기초가 클래식이라고 생각을 하여 클래식 플루트를 공부하고 있다. 대학에서 클래식을 전공하고 졸업한 후에 대학원에 가서 플루트를 더 깊이 있게 공부하는 것도 좋겠지만, 또 다른 전공으로 하고 싶었던 실용음악 보컬에 대해서도 공부하고 싶다.

그렇게 대학과 대학원을 다 졸업한다면 연주자의 삶이 아닌 음악치료사가 되고 싶다. 지금 음악 공부를 하고 살아오면서 정신적·신체적으로 아픈 적이 많았다. 처음에 음악치료라는 치료가 매우 생소하였기에 '음악으로 어떻게 아픈 곳을 고친다는 걸까?'라는 의문을 항상 가지고 있었다. 하지만 정신적·신체적으로 아픈 상황에서도 꾸준히 연습하고 음악을 접하면서 어느 순간 나의 아픔들이 잠시나마 괜찮아진다는 점을 알게 되었다. 그래서 심리학을 공부하고, 심리치료 자격증과 최종적으로는 음악치료 자격증을 취득하여 음악치료사가 되어서 나처럼 힘든, 또 나보다 더 많이 힘들 사람들을 음악으로 치료해 주고 싶다.

하나의 분야만 잘 하는 사람이 아닌 많은 분야의 것들을 다룰 줄 아는 사람이 되고 싶다. 그렇기 때문에 평소에 관심이 많았던 미술, 중국어처럼 음악과는 다른 분야도 전문적으로 공부하고 싶다.

플루트 채은서

　이제야 든 생각이긴 하지만 한 해 한 해 지날수록 나는 더 발전하고 실력도 늘고 있는데, 사진이나 영상들을 더 많이 남겨두었으면 좋았겠다 하는 생각이 들었다. 지금 내가 가지고 있는 내 사진과 영상들은 고등학교 입학 후 했던 연주 관련 사진들이라 그 이전에 내가 어떻게 했었는지 잘 기억이 나지 않아서 아쉬웠다. 그래서 여유가 생긴다면 그때그때 나의 모습을 사진이나 영상으로 남겨두는 게 좋지 않을까 라는 생각을 했다. 앞으로 모든 연주들을 한 곳에 모아서 나중에 '아, 이때 내가 이랬구나' 하면서 되돌아보는 것도 재미있고 좋은 추억이 될 것 같다.

음악가의 포지션

다른 색의 음악가들 사이에 나에게 조명이 비치는 장면으로,
나는 수많은 음악가 중 음악가로써 어떤 포지션을 취해야 할지,
어떤 색을 가지고 음악을 해나가야 할지에 대해 제시하고 있습니다.

학생들에게 제시된 10개의 질문 중 세 번째는 '음악가의 포지션'이었다. 음악가로 성장하게 된다면 어떤 음악가 또는 어떤 위치의 음악가가 될 것인지, 멘토로 삼고 싶은 음악가가 있다면 누구이고 그 이유는 무엇인지 들어보기로 했다.

< 기획자 허영훈 >

작곡 강혜원

음악을 배우면서 세운 내 음악가로서의 목표는 '다른 사람에게 꿈을 주는 음악가가 되자'이다.

이런 목표를 세우게 된 이유가 있다. 어렸을 적 디즈니의 애니메이션들이 너무 좋아서 DVD를 사서 매일 돌려봤던 기억이 있다. 공주가 왕자를 만나 행복해지는 내용이 다였지만, 주인공이 겪는 슬픔 · 행복 · 공포 등 여러 다양한 감정들을 표현해 내는 음악들이 나에게 꿈을 심어주었다. 그리고 나서 디즈니의 음악을 만든 사람들을 찾아봤고, 영화음악계의 거장으로 불리는 '한스 짐머'가 나의 롤 모델이 되었다. 그는 단순히 애니메이션 음악뿐만 아니라 다양한 장르의 음악으로 대중들에게 감동을 주고, 영화의 각 장면과 딱 맞는 음악들을 많이 써내 영화음악 감독으로서 정상에 섰기 때문이다. 그에게서 가장 배우고 싶은 점은 음악만으로 영화 장면을 떠올리게 할 수 있는 능력이다.

〈캐리비안의 해적〉, 〈라이온 킹〉, 〈인셉션〉, 〈다크 나이트〉, 〈어메이징 스파이더맨〉 등 음악만 듣고도 그 영화의 줄거리나 장면 등이 바로 떠오르는 영화음악을 만들어냈기 때문이다. 인상적인 음악으로 꿈을 심어주는 한스 짐머와 닮은 음악가가 되고 싶다.

피아노 김 보 섭

스스로 어떤 사람이 되고 싶은지, 그리고 어떤 사
람이 될 것인지를 고민하고 생각하는 일은 자신이
죽을 때까지 멈추어서는 안 될 질문이라고 생각한
다. 그리고 이 질문 속에는 내가 스스로 어떤 음악가가 되고 싶은가에 대한
고민이 담겨 있어야 한다.

자신의 꿈에 대해 막연한 태도를 가지는 것은 바람직하지 않다는 생각
을 한다. 내가 꿈꾸는 음악가를 예로 들었을 때, 막연히 연주자라는 단편적
인 꿈 하나만 바라보는 것은 좋지 않을 것이라는 말이다.

중학교 시절 진로 시간에 '나는 어떤 사람이 될 것인가'라는 질문에 "사
람들과 소통하고 감동을 주는 연주자가 되고 싶다"고 대답한 적이 있었다.
이 생각은 지금도 변함이 없기에, 이제 생각해 봐야 할 것은 어떻게 사람들
과 소통하고, 감동을 주느냐이다. 우리나라만 해도 음악을 하고 있는 사람
들은 이미 너무나 많다. 하지만 그 중에서 사람들과 소통하는 연주자는 많
지 않다고 생각한다. 음악을 하며 사람들과 소통하는 방법은 여러 가지가
있을 것이다. 연주를 통해 자신이 느낀 감정을 관객들에게 느끼게 해준다
면 그것이 소통의 일환이 될 수 있을 것이고, 연주가 아니더라도 음악을 하
며 자신이 음악에 대해 느끼는 점들을 글로 써서 책을 내는 것, 사람들과
이야기의 장을 만드는 것 등 사람들과 소통하는 방법은 여러 가지가 나올

수 있을 것이라고 생각한다.

이런 부분에서 나의 롤 모델은 손열음 피아니스트이다. 그녀를 처음으로 알았을 때가 언제였는지는 생각나지 않는다. 그저 언젠가부터 변함 없는 나의 롤 모델로 자리잡고 있는 연주자이다. 일단 그녀의 연주를 들을 때면 음악 속으로 푹 빠지는 느낌이다. 아무 생각도 나지 않고 그저 음악의 흐름과 감동만이 느껴진다. 손열음은 피아니스트뿐만 아니라 칼럼리스트로 활동하며 책을 내기도 하며, 어떨 때는 사람들과 이야기를 나누는 시간을 만들기도 한다. 1년 전 즈음 손열음이 쓴 《하노버에서 온 음악편지》라는 책을 읽었다. 책 표지에 이렇게 쓰여 있다.

'딱 그 느낌이었다. 심장은 열려버린 듯, 머리는 비어버린 듯, 언제부턴가 눈물도 나는 그런 기분. 허락은 필요 없는 듯 어느새 내게 성큼 다가온 음악. 그래서 그저 내 이야기같은 음악.'

책 표지에서부터 그녀가 음악을 대하는 자세가 멋있고 따뜻한 것 같다는 생각이 들었다. 책 속의 내용에서도 그녀의 인간성을 느낄 수 있었다. 음악적으로 생각하는 내용들 또한 인상 깊었지만 자신이 살아온 일들을 솔직하게 적어놓은 내용이 좋았다. 이처럼 솔직하게 자신의 생각을 표현하고, 따뜻한 마음씨를 갖는 것은 사람들과 소통하는 데 필요한 가장 중요한 요소가 아닐까 하는 생각이 든다.

결론은 또 다른 질문을 떠올리게 만든다. 이제부터 내가 찾아갈 질문에 대한 답은 '따뜻한 마음씨가 무엇일까?'라는 질문의 답이 될 것이다. 스스로에게 질문하고 답을 찾아가는 과정에서 그저 질의하는 것이 아니라 계속해서 자신을 알아가는 과정이 될 수 있기를 바라본다.

피아노 김지민

진정한 음악가는 마냥 사람들 앞에서 음악만을 연주하며 아무 느낌이나 아무 감정 없이 그냥 자신의 음악에만 몰두하여 연주하는 것이 아니라, 관중들과 함께 즐기며 어떨 때는 사람들의 심금을 울리는 등 공감이 되도록 연주하는 사람이 아닐까 생각한다.

조성진 피아니스트는 2015년 쇼팽 콩쿠르에서 한국인 최초로 우승을 한 후 사람들의 환호를 받으며 아직까지도 팬들뿐만 아니라 일반인들에게도 많은 사랑을 받고 있다. 특히 요즘 코로나 때문에 아무데도 가지 못하는 사람들을 위해 유튜브 라이브로 연주하는 등 배려를 해준다. 이 영상에서는 외국인, 한국인 등 방방곡곡에서 다양한 사람들이 댓글을 다는데, 많은 댓글 중 기억나는 댓글이 몇몇 있었다. 그중 '더할 나위 없이 좋다. 다시 삶을 살아갈 힘이 생긴다'라는 댓글이 기억난다. 또 다른 조성진 영상 중 조회수가 엄청난 피아노 콘체르토 영상에는 '아름다운 음악을 듣는 내 인생 너무나 행복한 것. 이 영상을 보며 용기를 얻는다. 끝까지 듣고 마지막에 눈물이

터졌다. 살아 생전 이런 훌륭한 음악을 들을 수 있게 됨을 너무 감사드립니다.'라는 댓글이 달려 있었다. 이런 댓글을 읽고 상담사도 아닌 음악가도 사람들을 행복하게 만들어주고 마음의 안정을 찾아주는 비타민이 될 수 있음을 알게 되었다. 앞으로 연주자가 된다면 닮고 싶다는 생각을 했다.

피리 김지은

음악가라면 어느 누구든 알아주는 곳의 단원이 되어 연주를 하는 사람이 되는 것을 꿈 꿀 것이다. 국악에서는 최고 명인들이 모여 있는 국립국악원에서 연주하는 음악가라면 꿈을 이룬 성공한 연주자로 남을 것이다.

그러나 나는 조금 다른 음악가가 되고 싶다. 아이들에게 음악을 가르치며 우리나라 음악에서 얻을 수 있는 다른 어떤 무언가를 함께 고민해 주고 찾아주는 그런 선생님이 되고 싶다. 나에게는 그런 고마운 음악 선생님들이 계신다. 중학교 음악 선생님이셨던 김두환 선생님, 세종예술고등학교 박영주 선생님, 그리고 내가 국악인으로 올바른 길을 갈 수 있도록 지도해 주신 이건회 선생님이다. 세 분의 공통점으로 자신을 사랑하고 다른 사람을 이해하고, 그리고 그 사랑과 이해에 따른 책임까지 질 수 있는 사람이 되라며 기다려 주셨다. 나는 그런 선생님을 닮은 음악 선생님이 되고 싶다.

클라리넷 남경원

　내가 음악가로 성장하게 된다면 성공한 연주자가 되고 싶기도 하지만, 사람들과 소통하고 음악으로 듣는 사람들과 같이 공감할 수 있는 그런 연주자가 되는 것이 나의 꿈이자 나의 연주자로서의 마지막 목표다.

　멘토로 삼고 싶은 연주자라기보다는 롤 모델인 연주자가 있다. 내 스승님이자 현재 대전에서 활발하게 활동하고 계신 김종영 선생님이다. 내가 선생님을 롤 모델로 하게 된 배경은 다음과 같다. 내가 중학교 2학년 때 클라리넷을 배우러 서울에 갔었을 때의 기억이 있다. 하지만 그곳의 연습 생활은 순탄하지 않았다. 지방 사람이라는 이유만으로 무시를 당하기 일쑤였고 그런 무시는 날이 갈수록 더욱 심해졌다. '지방 사람'이라는 이유뿐만 아니라 실력이 좋지 않아서, 음악적인 지식을 잘 몰라서 등 내겐 약점인 것들이 점점 떠올랐고, 그 사람들은 그것들을 놀림거리로 사용하며 나를 점점 더 무시했다.

　이후 대전에 와서도 선생님에 대한 믿음이 깨져 있는 상태여서 처음에는 마음을 열기 쉽지 않았다. 그런데 선생님을 처음 뵈러 대전에 갔을 때 내가 지금까지 받았던 레슨들과는 조금 달랐다. 선생님은 내가 곡을 다 연주한 뒤 악기를 잡고 조금 더 보완하면 좋을 점을 알려주셨고, 내 말을 들어주시고 공감해 주셨다. 그때부터 선생님을 믿고 따라갈 수 있었다. 만약 선생님을 만나지 못했더라면 지금의 나는 없었을 것이다. 아직 서울에서의 안 좋은 기억들은 종종 생각날 때가 있지만, 지금은 좋은 스승님과 좋은 사람들을 만나 그 기억이 떠올라도 괴롭지 않다. 김종영 선생님은 나에게 있어 최고의 스승님이자 가장 존경하는 연주자이시다.

작곡 류환희

나는 나중에 음악가로서 작곡 본연의 일을 하며 살아가고 싶다. 이렇게만 보면 너무 행복한 미래인 것 같지만, 그 속에서 우리는 금전적인 문제도 고려해봐야 할 것이다. 금전적인 문제는 취업과 연관되어 있고, 취업은 학력과 연관되어 있다. 이 모든 문제를 고려하면서 나의 음악가로서의 미래를 다시 생각해 보면 결코 순탄치 않을 것이다.

음악가는 상위 1퍼센트를 제외하고 배고픈 직업이라고 한다. 물론 자기 전공 본연의 일(연주가, 작곡가)에서 말이다. 이것 말고도 음악 선생님, 레슨 강사, 음악심리치료사 등 길은 많으니까 말이다. 하여튼 그중에서도 상위 1퍼센트에 속한, 흔히 말해 '성공한 사람'들이 있다. 이들을 보면 하나같이 자신의 꿈을 위해 노력해왔다. 일반사람과는 차원이 다른 노력 말이다. 노력 없이는 성공할 수 없다는 말의 증인이 되시는 분들이다. 우리는 이러한 사람들을 롤 모델로 삼아 본받을 필요가 있다.

바이올린 **박 노 을**

저의 롤 모델이자 제가 음악 선생님을 꿈꾸게 하신 분은 중학교 3학년때 만난 담임선생님이십니다. 담임선생님은 저와 같은 바이올린을 전공하셨고, 음악선생님을 하고 계셨습니다. 선생님이 저희를 가르치는 모습을 보고 미래에 음악선생님을 되면 좋을 것 같다는 생각을 했습니다. 선생님은 항상 제가 힘들거나 지쳐 있을 때 저를 응원해 주셔서 힘이 나게 해주셨고, 제가 세종예술고등학교에 원서를 넣을 때도 도와주셨으며, 세종예술고등학교 준비하는 과정에서 저에게 많은 격려를 해주셨습니다. 제일 힘든 시기에 저를 제일 많이 도와주신 분이셔서 항상 감사하며 살고 있습니다.

그리고 다른 한 분은 중학교 때 제 개인레슨 쌤이십니다. 저는 늦은 나이에 바이올린 전공을 선택하여 바이올린 기본기도 확실하게 배우지도 못한 상태로 갔는데, 저에게 이 나이 때에 전공을 결정하는 아이들은 많다고 괜찮다고 해주셨습니다. 그리고 세종예술고등학교에 합격하기 위해 매일매일 저에게 시간을 항상 내주시면서 저를 열심히 가르쳐주셨습니다. 그랬기에 제가 예술고에 합격을 할 수 있었던 것 같습니다. 그래서 개인레슨 선생님 또한 저에게 큰 힘이 되어준 또 다른 한 분이십니다.

작곡 서 영 준

사업가가 물건을 사고파는 사람이라면 예술가는 감정과 마음을 사고파는 사람이라 할 수 있다. 그중 음악가는 그 감정과 마음을 이용해 이뤄낸 결과물인 음악을 사고파는 사람이다. 그러므로 사업가가 소비자의 성향에 맞춰 제품을 생산하는 것처럼 음악가도 관객의 입장에 서서 음악을 들려줘야 한다. 개인적으로, 자신만의 예술관에 빠져 본인의 음악 세계를 개척해나가는 예술가의 작품은 그 자체의 예술성은 높이 평가될지 몰라도 일반적으로 대중성은 떨어진다고 생각한다. 내가 생각하는 음악가의 포지션은 남들이, 또 관객들이 원하는 음악을 들려주는 것이다. 그들은 원하는 음악이 들려올 때 환호하고 열광할 것이며, 그들에게 만족감을 주는 것이 음악가의 포지션이라 할 수 있다.

하지만 예술가가 음악적인 관점을 관객의 취향에만 맞추게 되면 시중에 나와 있는 음악을 베끼는 일이 다반사일 것이고, 모순적이지만 그것은 대중성은 높이 평가될지 몰라도 예술성은 떨어지게 된다. 이 상황에서 내가 가장 강조하고 싶은 단어는 '뉴밀리어(Newmiliar)'이다. 뉴밀리어는 '새롭지만(New) 익숙한(Familiar)'이라는 뜻을 가진 신조어로, 21세기 산업을 이끌어 가는 키워드이다. 전자기기, 요리, 의류를 넘어 예술에까지 적용될 수 있는 뉴밀리어는 대중에게 익숙함과 새로움 두 가지를 모두 제공해야 하는 예술가에게 꼭 필요한 키워드라 생각한다.

예술가, 그중 음악가는 대중이 원하는 음악을 하는 동시에 예술성과 새
로움을 창조해 나가야 하는 어려운 포지션에 있다. 다양한 작품을 통해 시
대적 트렌드를 파악하고 자신만의 특색을 개발해야 좋은 음악가가 될 수
있다.

피아노 **선지수**

나는 좋은 음악가가 되고 싶다. 좋은 음악가가 된
다는 것은 아까도 말했지만 좋은 음악을 들려줄 수
있는 내 음악을 통해서 청중들이 행복해 할 수 있는
음악가가 되는 것이다. 나 혼자서 하는 음악이 아니라 청중들과 공감하고
느낄 수 있는 음악을 하는 것이 정말 뿌듯하고 행복한 음악이 아닐까 싶다.

지금까지 나는 청중들보다는 나 자신에게 초점을 맞추고 음악을 해왔던
것 같다. 아무리 내가 내 음악을 표현하고 나 혼자 만족해도 청중들이 듣기
거북하거나 시끄러우면 그건 좋은 음악이 아니다. 나 혼자 자기 만족하는
것일 뿐. 나도 정말 몇 년 전까지만 해도 그래 왔었다. 하지만 음악을 전공
한다는 것은 나 혼자 만족하는 게 아니라 내 음악을 통해서 청중들이 감동
을 받고 즐거워해야 하는 것이 아닐까? 그게 바로 청중들과 교감하고 공감

하면서 소통하는 것이 아닐까 생각 한다. 그런 면에서 음악이 정말로 어렵다고 느낄 때가 많다. 나 혼자 만족하는 게 아니라 청중들과 어떻게 소통해야 할지 많은 연구와 연습이 필요하기 때문이다.

나 혼자 만족하는 연주는 어떻게 보면 무식한 음악이다. 그렇지만 정말 음악을 깊이 알고 느끼고 청중들의 마음까지 흔들 수 있는 연주는 유식한 음악이라고 할 수 있다. 그래서 우리가 레슨과 음악 공부를 지속해 나가는 게 아닐까 싶다. 좋은 음악을 만들기 위해서는 정말 많은 과정과 배움이 필요하다고 본다.

멘토로 삼고 싶은 음악가를 들자면 음악 자체로는 임동혁 피아니스트를 닮고 싶다. 음악 자체가 나랑 잘 맞고 내가 표현하고 싶은 포인트를 기가 막히게 표현하는 피아니스트이다. 좀 오버스럽게 음악을 표현하고, 과할 때도 있지만 적절한 루바토 표현과 절제된 감성은 좋은 음악을 만들어낼 수 있는 멘토다. 또 마인드를 닮고 싶은 음악가는 송영민 피아니스트다. 송영민 피아니스트는 자기의 스토리를 솔직하게 음악으로 잘 표현함으로써 청중들에게 감동을 주는 피아니스트이다. 그러한 면에서 송영민 피아니스트를 닮고 싶고, 그처럼 나도 청중들의 마음을 움직일 수 있는 피아니스트가 되고 싶다.

작곡 윤예원

만일 음악가가 된다면 어떠한 음악가로서 살고
싶은가? 이 질문은 지금도 많은 전공생들이 스스로
에게 던지는 질문일 것이다. 나에게도 이와 관련하
여 정말 명확하며 동시에 가장 추상적인 말이 하나 있다.

'인생은 드뷔시처럼, 작곡은 라흐마니노프처럼'

이것은 바로 내 전공 명언이다. 드뷔시는 여러 면에서 남들과는 다른 작
곡가였다. 남들이 추구하지 않는, 그러나 아주 혁신적이어서 현대에서야
비로소 시도되는 것을 그 시대에 추구하였고, 자신의 곡에 대해 남들이 뭐
라 말하든 간에 상관하지 않았다. 그만큼 자신이 원하는 것이 무엇인지 확
실히 알았던 것이다. 남들과는 다르게 혁신적인 것을 추구하는 것은 매우
어려운 일이다. 하지만 우리는 남들이 뭐라 하든 자신이 원하는 것을 위해
노력하는 점은 닮을 수 있다.

여기서 주의해야 할 점은 나는 지금 남들의 조언을 무시하라는 것이 아
니라 남들의 비난 때문에 자신의 꿈을 접지는 말자는 이야기를 하고 있는
것이다. 남들의 조언은 내가 생각할 수 없는 것들을 생각하게 만드는 아
주 중요한 요소라고 생각한다. 그러나 남들의 비난은 결코 우리에게 도움
이 되지 않는다. 비난을 받음으로써 자극을 받아 성장할 수는 있겠지만, 비
난 그 자체가 우리에게 좋은 영향을 주지는 않는다. 그렇기 때문에 우리는

비난에 대해 조금 무뎌질 필요가 있다. 비난 그 자체는 우리의 인생에서 쓸 모없는 것이며, 우리가 신경 쓰고 의식하고 받아들여봤자 우리에게 도움이 되는 것이 없기 때문이다. 드뷔시는 이것을 매우 잘했다.

플루트 이수민

내가 만약 플루티스트, 음악가로 성장하여 음악적으로 성공하게 된다면 플루트를 전공하고 싶은 학생(사람)들에게 내가 가지고 있는 음악적 기술·재능을 나눠주는 그런 음악가가 되고 싶다. 플루트를 배우거나 접하고 싶지만 개인적으로 또는 지역적으로 여건이 안 되어 시작하기 어려운 사람들에게 수준 높은 플루트 레슨뿐만 아니라 연주를 할 수 있도록 자리를 기획하여 만들어 주고 싶다. 레슨도 해주고 연주회도 기획하여 무대에 설 수 있도록 해주고 싶다. 또 연주회 무대에 설 때 실질적으로 필요한 메이크업이나 헤어, 드레스, 소품까지 필요한 여러 가지 준비도 같이 해주고 싶다.

메이크업과 헤어는 중학교 때 메이크업 과정을 이수했기 때문에 내가 직접 해 줄 수 있고, 여기에 적당한 드레스 업체 등을 연결시키면 된다. 내가 가지고 있는 재능을 모두 나누어, 플루트를 좋아하고 배우고 싶은 학생(사람)들이 꿈을 이룰 수 있도록 조금이라도 보탬이 되면 좋겠다는 생각이다.

또 내가 멘토로 삼고 싶은 사람들은 플루티스트 최나경과 엠마누엘 파후드이다. 우선 엠마누엘은 정말 아름다운 플루트 소리 · 테크닉 · 호흡 등을 가지고 있다. 엠마누엘처럼 되기 위해 이러한 부분들을 열심히 습득한 다음 다른 사람들에게도 알려주고 싶다.

또 최나경을 선택한 이유는 음악적으로 매우 뛰어나신 부분도 있지만, 내가 실제로 닮고 싶은 음악가상에 근접한 분이기 때문이다. 이 분은 진짜로 복지원, 보호시설, 장애인시설 등에 다니시면서 플루트를 알려주시고 봉사를 해주신다. 이런 부분이 너무나 훌륭하다고 생각하며, 이 분의 이러한 부분을 닮고 싶고, 나 역시 행동으로 옮길 것이다. 정리하면 플루트 실력은 엠마누엘처럼, 따뜻한 마음과 행동은 최나경처럼 하고 싶다.

첼로 이아현

계속해서 말하지만 나는 '사람들에게 감동을 줄 수 있는 첼리스트'가 되고 싶다. 물론 이 말만 보면 굉장히 광범위하고, 많은 뜻을 담고 있는 것 같다. 조금 더 자세하고 세세하게 말하면 나의 음악으로 누군가를 돕고 싶다. 물론 내가 좋아서 하는 음악이지만 내가 좋아하는 음악으로 타인도 같이 행복해 한다면 이것보다 더 금상첨화는 없을 듯하다. 물론 내가 그런 음악가가 되기 위해서는 많은 노력이 필요할 것이다.

　나의 롤 모델은 20세기에 　활동한 첼리스트 중 단연 최고라고 말할 수 있다. 그녀의 이름은 자클린 뒤프레로, 첼로에 관심이 있는 사람이라면 누구나 알 정도로 유명하다. 그녀는 엄청난 재능을 가지고 이른 나이에 죽었지만, 내가 그녀를 롤 모델로 삼은 이유는 완벽한 연주는 당연할 뿐 아니라 모든 음악을 자신의 색깔로 표현하고, 진심으로 행복해 하면서 연주하는 모습 때문이다. 내가 그녀처럼 유명하고 훌륭한 첼리스트가 될 수는 없겠지만, 그녀처럼 진정 음악과 첼로를 사랑하고, 확실한 내 음악적 색깔을 가지고 싶기에 나의 롤 모델인 그녀의 동영상을 보며 배우고 닮아가고 싶다.

성악　이은수

　내가 음악가로 성장하게 된다면 노래와 연기 모두 잘하는 성악가가 되고 싶다. 나의 롤 모델은 바로 소프라노 임선혜이다. 나는 노래와 연기 모두 잘하는 대표적인 성악가는 소프라노 임선혜라고 생각한다. 소프라노 임선혜는 〈돈조반니〉 오페라 공연에서 체를리나 역을 맡는데, 그 공연은 유럽 전체에 생중계가 되었다고 한다. 한국인인 소프라노 임선혜가 아주 당돌하고 명랑한 캐릭터를 소화해내는 것을 보고 유럽인들은 신기해 했다고 한다. 지휘자

르네 야콥스는 "나는 최고의 노래에 최고의 연기를 동시에 보여주는 가수를 두 명 아는데, 그 중에 한 명이 바로 임선혜이다."라고 말했다고 한다.

또한 소프라노 임선혜가 했던 말 중 내 마음에 와 닿았던 말이 있다.

"누군가 제 커리어를 두고 끼, 깡, 꿈이라고 말해줬어요. 이 세 개가 조화를 이루면 훌륭한 무대를 만들 수 있죠. 끼가 있다고 신중함 없이 달려들다가 꽃이 일찍 피고 빨리 질까 봐 항상 신중 했어요. 끼를 어떻게 풀어야 할지 늘 고민했는데, 깡으로 이어가다 보니 그게 결국 꿈이 됐어요." 나는 이 말을 마음에 새기고 끼, 깡, 꿈을 잊지 않기 위해 노력하고 있다.

피아노 **이 휘 영**

내가 음악가로 성장하게 된다면 멘토로 삼고 싶은 음악가인 다니엘 바렌보임과 헨리처럼 음악적인 지식과 전문성을 갖춘 자상한 음악가가 되고 싶다.

다니엘 바렌보임(Daniel Barenboim)은 지휘자 겸 피아니스트로 전 세계에서 영향력 있는 음악가로 인정받고 있다. 나는 곡을 공부하기 전에 항상 이 분의 연주 영상을 먼저 찾아본다. 그럴 때마다 편안하게 느껴진다고 해야할까, 실력과 연륜에서 묻어나는 차분하면서도 깊이 있고 진실된 음악 세계가 느껴진다. 유튜브를 통해 마스터 클래스 영상을 보았는데 곡의 폭넓은 구조에 대한 이해를 넘어 음 하나하나의 의미를 가지고 자신이 생각하는 바를 전달해 주는 것이 멋있다고 생각했다.

헨리는 뛰어난 음악 실력과 예능감을 갖춘 만능 엔터테이너다. 버클리 음대를 졸업했고, 바이올린과 피아노, 작곡 등 모든 분야를 과감히 소화해 내는 능력의 소유자다. 이러한 음악적인 실력뿐 아니라 무대에서 그가 보여주는 퍼포먼스는 이러한 실력들을 더욱 배가시키는 작용을 하여 관객들에게 감동을 줄 수 있는 충분한 능력을 가진 사람이라고 생각한다.

성악 정연아

나는 어떤 음악가가 되고 싶은가? 나에게 질문한다면 나는 '말을 잘하는 성악가'라고 말하고 싶다. '말'이라는 단어는 초등학생도 아는 단어이지만, 이 단어에 뜻에 대해 설명하라고 한다면 머리에서 이해하는 것만큼 설명하기 어렵다. 주로 사람들은 '말'이라 하면 목소리로 자신의 생각을 말하는 정도로 설명할 수 있을 것이다. 이 단어의 정확한 뜻을 알아보면 국어사전에 이렇게 나와 있다. ① 사람의 생각이나 느낌을 표현하고 전달하는 행위. 또는 그런 결과물, ② 일정한 주제나 줄거리를 가진 이야기.

이 시대의 예술가로 성장하려면 사람들에게 작곡가의 의도, 주제, 어떤 느낌으로 불러야 할지, 그리고 노래에 대한 나의 해석된 표현까지도 필요하다. 나는 하나님께서 나에게 주신 건강한 성대와 아름다운 목소리로 나의 생각이나 느낌을 표현하고 전달하는, 즉 말을 잘하는 성악가가 되고 싶다. 세계적인 성악가들을 보면 자신의 생각을 잘 이야기하고 자신의 주장이 뚜렷한 것을 볼 수 있다. 내가 존경하는 성악가 황수미 소프라노를 보면 노래를 할 때 이 소프라노가 어떤 노래를 하고 있는지 표정과 말로 잘 표현하고 전달되는 것을 알 수 있다. 황수미는 내가 본받고 싶은 부분이 많은 소프라노이고 노래하는 것 이외에 말하는 것도 차분하게 자신의 의견을 뚜렷하게 잘 이야기한다. 나는 황수미 소프라노처럼 '말을 잘하는 성악가'가 되고 싶다.

플루트 정초록

내가 음악가로 성장하게 된다면 나는 많은 아이들에게 음악을 접할 기회, 배울 기회를 주는 그런 음악가가 되고 싶다. 또한 작곡도 배워서 나만의 음악을 만들고 나만의 음악 세계관을 넓혀가고 싶다.

내가 그러한 음악가가 되기 위해서 멘토로 삼고 싶은 음악가는 플루티스트 이설이다. 플루티스트 이설은 현재 유튜버로 활동하고 있는 음악가이다. 그 유튜브 채널에는 플루트로 K-POP과 재즈 커버 영상, 클래식 곡의 연주 영상, 직접 작곡한 자작곡 연주 영상을 업로드하고 있다.

종종 플루티스트 이설의 영상 중에는 클래식과 K-POP 가요들을 같이 섞거나 생소한 현대적 플롯 연주기법을 적용하는데, 바로 그 점이 배울 점이라고 생각했다. 또한 최근에는 팬들과 소통하기 위해서 '제니의 소원램프'라는 콘텐츠를 만들었는데, 이는 플루티스트 이설이 직접 팬들의 소원을 들어주는 콘텐츠로, 나는 이 점을 보고 더욱더 플루티스트 이설과 같은 음악가가 되고 싶다는 생각을 했다. 그것은 팬들의 여러 사연을 받아서 그 중에서 플루티스트 이설이 팬 몇 명을 선정하여 직접 만나 같이 연주하는 콘텐츠이다. 이때 내가 가장 인상 깊었던 점은 이 콘텐츠에 같이 참여한 팬들은 몸이 불편한 분들이라는 점이다. 내가 원하는 음악, 내가 추구하는 음악은 모든 사람의 신체적 · 정신적 차별 없이 모든 연령대가 함께 음악을 하는 것이다. 그래서 나는 플루티스트 이설과 같은 음악가가 되고 싶다는 생각을 하고 있다.

플루트 채은서

나는 내 음악으로 사람들에게 감동을 주고, 마음을 울리는 연주를 할 수 있는 사람이 되고 싶다. 또 내가 지금까지 살아오면서 도움을 받은 것들을 미래에 내가 훌륭한 사람이 되어서 모두 되갚아 줄 수 있는 사람이 되고 싶다.

초등학교 5학년 때부터 교회에서 플루트와 피아노로 봉사하고 있는데, 처음에는 그저 시켜서 한 것이지만 지금은 감사한 마음에 더 열심히 하고 있다. 나중에 내가 좋은 플루티스트가 되어서 필요한 곳에 나의 재능을 베푸는 사람이 되고 싶다. 또 항상 겸손함을 잃지 않고 성실하게 사는 사람이 되고 싶다. 그리고 어떤 안 좋은 일이 생기더라도 낙심하지 않고 좌절하지 않고 그 상황을 옳게 해쳐나갈 수 있는 강인한 사람이 되고 싶다.

혁신과 마케팅

상품과 소비자를 연결해주는 마케팅,

그리고 혁신으로 점점 더 확장되는 삶을 추상적으로 나타내었다.

학생들에게 제시된 10개의 질문 중 네 번째는 '혁신과 마케팅'이었다.

현대 경영학의 창시자로 불리는 피터 드러커(Peter F. Drucker) 박사는 경영의 2가지 성공 요소를 '혁신'과 '마케팅'이라고 언급했다. 제4차 산업혁명 시대에서 남다른 음악가가 되기 위한 '혁신' 아이디어와 나 또는 나의 작품을 어떻게 고객들에게 효과적으로 알리고 판매할 것인지 '마케팅' 전략을 정리해보는 것이었다.

< 기획자 허영훈 >

작곡 강혜원

처음에는 제4차 산업혁명 시대에서 음악가로 살아남는 방법은 더 자극적인 음악을 만들어내는 것이라고 생각했다. 하지만 다시 곱씹어 생각해보니 그렇지 않다는 생각이 들었다. 대개 사람들은 자극적이고 더 날카롭고 공격적인 음악을 자주 접하고, 그게 익숙해져서 점점 더 자극적인 것들을 찾게 된다. 예를 들면 '단짠단짠'처럼 말이다. 하지만 그런 음악만으로는 제4차 산업혁명 시대에는 '그저 그렇고 그런 남들과 비슷한 작곡가'가 될 뿐이라고 생각한다.

강렬하고 자극적인 음악도 좋지만, 그런 음악들은 대부분 쉽게 질리기 마련이다. 그렇기 때문에 자극적인 것보다는 적당히 밍밍한 음악을 만드는 것이 오히려 뛸 수 있는 방법이라고 생각한다. 복잡하게 전개되다가도 한순간 단순해지면서 주제를 강조하거나 새로운 이야기를 풀어내는 등 '단짠단짠'보다는 그냥 '달달한' 음악을 만든다면 더욱 특별한 음악이 될 것 같다.

피아노 김보섭

내가 태어났을 때만 해도 지금처럼 인터넷이 활발하지 않았던 것 같다. 오늘날 인터넷은 엄청난 속도로 발전되었고, 지금은 인간이 AI에게 일자리를 빼앗길지도 모른다는 말까지 나오고 있다. 4차산업 시대가 찾아온 지금 사람들의 생활 방식에는 너무나도 큰 변화가 찾아왔고, 우리는 음악을 하는 사람으로서 일상적인 삶에서도, 음악적인 삶에서도 변화를 맞이하는 자세가 필요하다.

얼마 전 인터넷에서 원격 피아노라는 것을 보았다. 지구 반대편에서 피아노를 쳐도 다른 장소에 있는 피아노에 실시간으로 그 소리가 담기는 피아노였다. 이 피아노를 화상 레슨에 접목한다면 높은 효율로 레슨을 할 수 있을 것 같다는 생각이 들었다. 약 3달 전만 해도 코로나로 인해 온라인으로 수업을 했었다. 그때 전공시간에 있는 레슨을 카카오톡 보이스톡으로 진행했었다. 음악적인 소리의 질을 높이기 위해서 받는 레슨이었음에도 좋지 않은 음질로 인하여 레슨 진행이 어려웠다. 이 영상을 보고서 소리의 음질을 그대로 전달하는 이 원격 피아노를 사용한다면 레슨을 진행하는 것이 보다 용이하지 않을까 하는 생각이 들었다.

원격 피아노를 구입할 때에 비용이 많이 들기는 하겠지만, 앞으로 예술고등학교나 음악 레슨실 등 격리시킨 방에 원격피아노를 도입하게 된다면 코로나 같은 전염병에도 쉽게 대처할 수 있을 것이라는 생각이 든다. 하지만 이를 도입하는 데에 필요한 금액이 만만치 않기 때문에 또 다른 대처방안을 생각해야 하겠다는 생각이 든다. 금전적인 문제로 인해 자신이 하고자 하는 일에 대해 방해를 받지 않을 수 있는 사회가 찾아오기를 바라본다.

피아노 **김지민**

나는 나 자신을 마케팅하기 위해 SNS나 유튜브 등에 연주방법이나 연주영상들을 올리고 100일 동안 피아노에 대한 블로그를 꾸준히 하려고 노력하고 있다. 처음에는 인터넷에 나의 영상과 사진 등을 올리는 것이 관종과도 같은 일이라고 생각했다. 특이한 콘텐츠들로 관심을 받고 싶어서 올리는 것으로만 보았기 때문이다.

하지만 지금은 자신의 포트폴리오가 되고 용기를 주는 것 같아서 의외로 좋은 점도 많다는 생각을 가지게 되었다. 100일 블로그를 하면서 앞으로 나의 꿈은 무엇인지, 내가 어떻게 연습해야 하는지, 어느 부분을 고쳐야 하는지 등을 혼자 고민하며 점점 나아가고 있는 것 같다. 영상 하나에 내가 느낀 점을 글로 쓰며 하루를 되돌아 볼 수도 있고, 나의 연습 방법을 타인과 공유함으로써 사람들과의 친분을 쌓는 재미도 있다.

마케팅은 4차 산업혁명 시대에 점점 발전해 나갈 것이고, 많은 사람들 또한 배우고 자신을 홍보하게 될 것이라고 생각한다. 내가 한 발짝 더 성장하기 위해 무엇이 필요한지, 어떻게 나를 공유하고 사람들에게 알릴 수 있을지. 이런 방법들을 고민해 봐야겠다.

무엇보다도 자기만의 새로운 커뮤니케이션을 하는 것이 중요하다고 생각한다.

피리 김지은

코로나19로 2학년 수업은 온라인 원격수업으로 시작받았다. 방탄소년단은 기네스북 세계 기록에 등재되었다. 코로나로 해외 공연을 하지도 않는데, 어떻게 세계에서 인정을 받을 수 있었을까? 그건 뮤직비디오로 전 세계인에게 더 많은 공연 및 음악을 들려주었기 때문이다. 올해 8월에 피리 선생님은 무관중 유튜브 생방송으로 공연을 했다. 우리도 유튜브로 향상연주회 생방송을 진행했다. 지금은 많은 이들이 유튜브 생방송으로 자기 소개를 하고 있다.

나도 이에 뒤쳐지지 않도록 현장에서 직접 체험하며 공연을 소개하는 이야기가 있는 국악인이 되고 싶다. 예를 들면 우리 악기에 깃든 재미난 이야기들을 소개하며 연주하는 것처럼 말이다.

클라리넷 남경원

　연주회를 열기 위해 홍보를 할 때 다른 경쟁자들과 차별을 두어 내 연주회로 더 오게 할 수 있는 방법을 고안하다가 문뜩 이런 생각이 떠올랐다. 요즘 티켓팅이나 홍보의 경우 인터넷 발달에 힘입어 디지털 방식으로 홍보하거나 인터넷을 통해 쉽게 디지털 티켓을 예매할 수 있다.

　하지만 요즘 아날로그적인 것들이 다시금 유행하고 있는 만큼 티켓이나 홍보, 포스터 등을 아날로그 감성으로 꾸며 사람들의 시선을 잡을 수 있게 만드는 것도 방법 중 하나라고 생각한다. 보통 클래식 하면 조금 다가가기 어려운 그런 음악으로 생각하는 경우가 많다. 그러므로 쉽게 접할 수 있고 관객과 소통하는 그런 연주회, 예를 들어 임창정 콘서트처럼 관객들과 소통하고 함께 웃을 수 있는 그런 차별화된 아이디어도 좋은 방법 중 하나라고 생각한다. 그다음은 클래식을 이해하기 어려운 분들이 조금 더 이해하기 쉽도록 곡 중간중간에 그 곡과 관련된 재미있는 이야기를 들려 드리는 것도 좋은 방법인 것 같다.

　또한 악기를 접하기 쉽게 캐릭터 같은 것을 만들어 팜플렛에 설명하는 것도 좋은 방법이라고 생각한다. 우리같이 평범한 사람들은 음악을 귀로 들으면서 공감하며 연주회를 본다. 하지만 청각장애인들은 귀로 들을 수 없어 연주를 감상하는 데 어려움이 있다. 이런 문제들을 고려해 악기마다

의 진동을 표현하는 것도 좋은 방법이 될 수 있다. 청각장애인 발레리나의 경우에는 소리가 들리지 않아 발을 차서 그 진동으로 그 동작이나 표현을 알아들으실 수 있다고 한다. 이와 마찬가지로 우리 클래식도 악기마다 내는 진동이 각각 다른 것을 활용하여 이 악기는 이런 진동을 내고 저 악기는 저런 진동을 낸다는 것을 우리뿐만 아니라 청각장애인들에게도 알려드리고 싶다. 이렇게 생각해 보면 많은 아이디어들이 우리 곁에 있고, 이런 아이디어들이 다른 경쟁자들과 차별화 시키는 것이다.

바이올린 박 노 을

저는 음악을 접해 보지 못한 사람들과 함께 오케스트라를 만들어 연주를 하고 싶습니다. 음악을 아예 못해보거나 경제적인 어려움 때문에 음악을 못하는 사람들을 모집해 악기를 대여해 주고, 쉬운 오케스트라 곡으로 조그마한 연주회를 열 것입니다. 꼭 전공자인 사람만 연주회를 해야 할 이유가 없고, 전공자가 아닌 사람들도 음악을 충분히 즐길 수 있다고 생각하기 때문에 저는 새로운 시도를 해볼 것입니다.

작곡 서영준

묵은 풍속, 관습, 조직, 방법 따위를 완전히 바꾸어서 새롭게 하는 혁신과 제품을 생산자로부터 소비자에게 원활하게 이전하기 위한 기획 활동인 마케팅은 음악가에게 필수적인 요소라고 볼 수 있다. 작곡가로서 선보일 수 있는 혁신과 마케팅 중 하나는 맞춤형 옷·구두를 넘어선 '맞춤형 작곡'이 있겠다. 베토벤도 자신이 사랑하는 엘리제를 위하여 맞춤형 작곡을 하였다. 수많은 작곡가들이 존경하는 사람에게 헌정곡을 썼지만, 현재에 와서 그것이 많이 사라졌다. 어찌 한 곡만으로 모든 사람을 만족시키겠는가. 다양한 카테고리별로 작곡을 하고 제공하는 '그룹 맞춤형 작곡'이 있고, 개인적인 신청을 받아 개개인의 취향을 저격하는 '개인 맞춤형 작곡'이 있을 수 있다. 이것이 혁신이다.

그렇다면 이 혁신을 어떻게 사람들에게 알릴 것인가? 다시 말해 어떻게 마케팅을 할 것이냐인데, 이것이야말로 허영훈 대표님이 가장 강조하시는 것처럼 'SNS'를 잘 활용해서 실현할 수 있다.

우선 개인 맞춤형 작곡을 마케팅할 경우 "경매를 통해 최고가를 제공해주시는 10분께 맞춤형 작곡을 해드립니다! 경매 일시와 장소는…"이라고 SNS를 통하여 홍보를 한 뒤 10명을 선정하여 맞춤형 작곡을 제공할 수 있다.

그룹 맞춤형 작곡을 할 경우 다양한 카테고리를 만든 후 SNS를 통해 1분 미리듣기가 가능하도록 하여 사람들이 자신이 원하는 음악을 골라 들을 수 있도록 한다. 이러한 메커니즘이 반복되다 보면 소비자의 취향이 축적될 것이고, 그것을 빅 데이터로 삼아 좀 더 효율적으로 작곡을 진행할 수 있게 될 것이다. 이것이 마케팅이다.

혁신을 일으킬 수 있는 능력과 그것을 사람들에게 알릴 수 있는 마케팅 기술, 이것이 앞으로 음악가에게 필수적인 역량이 될 것이다.

피아노 선지수

요즘에는 정말 수많은 콘서트를 접할 수 있게 되었다. 시대가 변하고 3차 산업이 발달하면서 여가시간의 활용이 높아지고 문화사업도 발달한다. 그러나 이제는 4차 산업혁명 시대에 가까워진 만큼 문화사업도 변화되어야 한다. 우리가 흔히 연주회를 한다고 생각하면 엄숙한 분위기의 청중들, 무게감 있는 조명의 무대 위 연주를 생각할 수 있다.

그러나 나는 너무 똑같은 콘셉트로 연주회를 하면 청중들이 시시해 할 걸로 본다. 특히 귀국 독주회 같은 특별한 연주회를 그런 똑같은 콘셉트로 진행하면 일반 독주회랑 별 차이가 없지 않을까. 미래에 정말 다양한 콘셉트로 연주회를 열고 싶다. 잠옷을 입고 나와서 연주하는 베드(bed) 연주회, 개그와 연주회를 합친 개그 콘서트, 마술쇼와 예술의 콜라보레이션, 음식과 함께하는 푸드콘서트 등 지금은 말도 안 되는 이야기이지만 나는 꼭 실현하고 싶다. 그래서 청중들에게 색다른 자극을 주어 행복을 느끼게 하고 싶다.

플루트 이수민

나의 연주회(독주회 포함) 등을 기획할 때 다른 사람들과 다르게, 다른 작품과 비교하여 어떠한 차별점을 둘 것이냐 하면, 관객들과 함께 호흡할 수 있는 그런 연주회를 할 것이다. 지금까지의 연주회는 연주자가 무대 위에서 연주를 하고, 연주회가 끝나면 관객들의 박수소리와 함께 무대 뒤로 사라지는 것이 일반적이다. 하지만 나는 지금까지 연주회와는 다른 방식으로 연주회를 진행하고 싶다. 연주가 끝나고 잠깐 쉬는 시간이나 공연이 끝난 다음 음악회에 대한 질문(종이 설문 조사가 아닌 실제로 얼굴 보면서)을 한다든가, 살짝 맛보기 레슨들을 해주며 직접 관객들과 소통할 것이다. 오롯이 감상을 하는 연주회를 마치고, 또 하나의 연주회가 다른 방식으로 펼쳐지는 것이다.

요즘은 관객과 청중이 감상만 하는 수동적인 시대는 아니다. 무대 위 주인공과 소통하고 주인공의 느낌으로 적극적으로 의견을 제시하고 참여하는 것 자체를 즐기는 시대가 되었다. 모두가 주인공이 될 수 있는 시대가 되었다. 그렇기에 단순히 공연만 즐기고 집에 돌아가는 방식으로는 인상 깊은 연주회를 만들어내지 못할 거라고 생각한다.

그렇다면 이 방식을 어떻게 홍보할 것인가? 어찌 보면 원시적이고 요즘 시대에 맞지 않을 수도 있겠지만, 나는 입소문(과 살짝 더 더하자면 포스터 정도)이 최고라고 생각한다. 아무리 SNS 등으로 홍보를 한다고 해도 가장 많이 말이 오가는 것은 역시 입소문이다. 입소문은 온라인을 통해서일 수도 있고, 오프라인을 통해서일 수도 있다. 나의 무대를 한번 경험해 본 사람들이 소문을 내주어 결국 확실하게 인기가 많아지는 그런 방식을 그려보고 있다.

내가 생각하는 이 방식은 어찌 보면 이상적일 뿐 실현 자체는 어려울 수도 있다. 나의 이 방법이 통하기 위해서는 실력도 정말 탁월해야겠지만, 요즘은 관객에 대한 서비스도 매우 중요한 시대이기에 연주회의 서비스에 신경을 많이 쓸 것이다. 무대 위에서도 무대 아래에서도 관객들과 직접적이고 편하게 소통하는 전략으로 나갈 것이다.

첼로 이아현

나 자신을 마케팅하기 위해 유튜브나 블로그 등 SNS를 꾸준히 하려고 한다. 요즘은 인터넷이 많이 활성화되어 있기 때문에 SNS를 통해서 나라는 첼리

스트가 있다는 것을 알리고 어떤 활동을 했었는지, 현재 어디에 소속되어 있는지, 어떠어떠한 활동을 하고 있는지 등을 적어 놓거나 영상을 찍어 게시한다면 나를 위한 마케팅으로는 가장 최고라고 생각한다. 현재 10대와 20대는 SNS를 안 하는 사람이 더 드물고, 요즘은 어떠한 활동을 하더라도 다들 SNS에 기재하고, 홍보하고, 알리기 때문에 나를 알리기 위해서라도 SNS 활동을 할 필요가 있다고 생각한다.

성악 이은수

요즘은 SNS가 너무나도 활성화되어 SNS를 안 하는 사람이 드물 정도이다. 그렇기에 나를 가장 빠르고 넓게 알릴 수 있는 것은 SNS이지 않을까 싶다.

그래서 나는 인플루언서를 꿈꾸고 있다. 그것도 평범한 인플루언서가 아닌 자신이 가지고 있는 색깔을 가장 잘 살릴 수 있는 인플루언서를 꿈꾼다. 음악을 하고 있지만 옷에 관심이 많은 나는 내가 좋아하는 스타일의 옷들로 인스타그램 마켓을 열어볼 생각이다. 또한 유튜브를 시작하여 음악뿐만 아니라 다양한 방향으로 나아가서 사람들과 소통하고 싶다.

피아노 **이 휘 영**

앞으로는 대부분 온라인으로 연결되는 시대일 것 같다는 생각이 든다.

기본적으로 온라인 시장에 진입해야 할 것이고, 오프라인에서의 연주는 기존의 정형화된 연주회 방식을 탈피하여 관객과 함께하는 음악회를 통해 차별화해도 좋을 것 같다. 예를 들면 준비된 홀에서 연주자는 연주만 하고, 관객은 객석에 앉아 듣기만 하는 것이 아니라 무대와 관객의 위치를 구분짓지 말고 같이 어울리는 파티 형식의 연주회를 여는 것이다.

성악 **정 연 아**

JTBC의 〈비긴 어게인〉, 〈팬텀 싱어〉 프로그램을 보며….

〈비긴 어게인〉은 국내 최정상의 뮤지션들이 해외의 낯선 도시들을 찾아 '버스킹 음악여행'을 떠나는 프로그램인데, 이를 통해서 음악으로 사람들에게 감동을 주고 위로를 준다. 나는 이 프로그램을 보고 비긴 어게인 클래식 편을 만들고 싶다는 생각이 들었고, 여러 나라들을 돌아다니면서 버스킹하면서 사람들에게 감동을 주고, 우리나라의 음악성을 알리고 싶다는 생각이 들었다.

또한 〈팬텀 싱어〉를 보면서 여성 편도 만들어보고 싶다는 생각이 들었다. 팬텀 싱어는 성악, 뮤지컬, 국악, K-POP 보컬에 이르기까지 각 분야의 천상의 목소리를 갖고도 아직 빛을 보지 못한 진정한 실력파 보컬리스트들을 총망라하는 국내 최초 크로스오버 보컬 오디션 프로그램이다. 하지만 아직까지는 남성 편밖에 나오지 않았기 때문에 여성 편도 나오면 좋겠다는 생각을 했다. 내가 오디션에 참가를 하든, 심사위원으로 가든, 프로그램이 만들어지고 진행되는 데에 소프라노 정연아를 알리고, 나의 노래와 목소리를 알리고 싶다고 생각했다.

플루트 정초록

제4차 산업혁명 시대에 나처럼 음악을 하는 많은 사람들과 똑같은 형태로 연주를 하면 나는 더 이상 살아남을 수 없을 것이다. 클래식 공연 독주회는 대부분 약 2시간 정도의 공연을 한다. 하지만 그 2시간을 온전히 내가 전공하는 플루트로만 무대를 준비해서 연주하면 기존의 많은 음악가들의 연주방식과 다른 점이 없다. 그래서 그렇게 무대를 준비하기보다는 내가 전공하는 플룻 연주, 그리고 나의 노래도 함께 준비하여 무대를 꾸민다면 다른 플루티스트와는 다른 무대가 될 것 같다.

클래식을 들어보면 사실 나도 이해가 잘 안 가는 곡들이 많다. 하지만 많은 사람들이 대중가요에는 쉽게 공감한다. 클래식 음악도 그에 맞는 해설이 있다. 그 해설과 그 곡에 맞는 대중가요를 준비해서 내가 클래식 플루트를 연주한 후, 그 곡에 알맞은 가요를 부른다면 사람들과 공감대를 조금 더 형성할 수 있지 않을까 생각된다. 실제로 이렇게 공연을 하는 플루티스트가 몇 있을까 잘 모르겠지만 아직 많은 사람들이 도전해 보지 않은 무대인 것 같다. 제4차 산업혁명 시대에 '노래 부르는 플루티스트'로서 남 다른 음악가가 되지 않을까 생각한다.

하지만 이런 무대는 많이 생소하기 때문에 많은 사람들이 공연을 보러 오지는 않을 것 같다. 그래서 나는 이 공연의 주요 연령층을 10~20대로 잡고 싶다. 이 연령대의 관객들은 다른 연령층보다 잘 공감하고 즐길 수 있을 거라고 생각한다. 대중가요를 많이 듣고 또 클래식에도 어느 정도 관심이 있는 연령층이 바로 10~20대라고 생각되기 때문이다. 이 연령층들에게 가장 효과적인 홍보 방식은 SNS를 활용하는 것이다. 인스타그램이나 페이스북은 이 연령층들이 가장 많이 이용하는 SNS이다. 그래서 그 SNS에 게시글을 통해서 홍보를 하면 효과적인 홍보를 할 수 있지 않을까 생각된다.

플루트 채은서

　지금 우리 사회에 코로나 19 바이러스가 퍼져서 모든 콩쿠르, 연주회가 취소되고 있다. 실시간 유튜브 방송 같은 라이브 연주회를 개최해서 내 음악을 많은 사람들에게 들려주고, 나라는 플루티스트를 알리는 기회를 만들고 싶다.

　인스타그램, 페이스북 같은 인터넷 커뮤니티에 내 연주 영상을 올려서 많은 사람들과 음악과 연주에 대해 소통하고 리사이틀을 열 때 나의 SNS를 보고 온 사람들에게는 티켓을 할인해 주거나 작은 선물을 주는 마케팅을 할 수도 있다. 혹은 나의 연주회 정보를 공유하면 추첨을 통해 티켓을 무료로 주는 SNS 이벤트를 통해 나를 더 많은 사람들에게 알릴 수 있는 기회를 만들 수도 있다.

40세 음악가의 자기 소개서

40이라는 숫자와 함께 거울 속 40대인

미래의 나를 마주하는 장면을 그려

자신의 자기소개서에 대한 조언을 듣는 상황을 제시했습니다.

학생들에게 제시된 10개의 질문 중 다섯 번째는 '40세 음악가의 자기 소개서'다. 40세의 성공한 음악가로 평가받는 미래의 나에 대한 자기 소개서를 상상으로 작성해 보는 순서다.

< 기획자 허영훈 >

작곡 강혜원

　안녕하세요. 영화와 드라마 등 다양한 영상매체
의 음악을 만드는 강혜원입니다. 제가 어떤 과정을
거쳐 어떤 경력과 어떤 노력을 통해 지금의 제가 될
수 있었는지 이야기해보겠습니다. 저는 5살 때 처음 음악을 접했습니다.
피아니스트셨던 고모의 낡은 피아노를 물려받아 심심할 때 건반을 두들겨
보고, 고모가 연주하시는 음악을 따라 더듬더듬 연주하던 게 다였지만, 이
후 제가 음악에 관심을 갖자 피아노 레슨을 받게 되었고, 차차 바이올린·
가야금·성악 등 다양한 악기와 경험을 통해 초등학교 3학년이던 10살 무
렵부터 작곡을 시작하였습니다.

　처음에는 한 도막 곡을 써보는 것이었고, 그 이후 차근차근 길이를 늘려
가며 곡을 쓰는 연습을 했습니다. 음악이 너무나도 좋았던 저는 결국 중학
교 3학년 때에 급하게 작곡을 전공하기로 결정하였고, 세종예술고등학교
에 진학하여 전문적인 기초 지식들을 찬찬히 쌓아갔습니다. 그 결과 연세
대학교 작곡과에 진학하여 다양한 장르의 음악을 써보고 연구하는 등 음악
에 대한 지식을 넓히고 다양한 작품을 쓰는 등의 활동을 하였습니다.

　이후 뉴욕대학교 영화음악작곡 대학원 과정을 거치며 영화음악 작곡가
로서의 기본 지식을 쌓았고, 다양한 예능 프로그램과 드라마 음악을 쓰면
서 경력을 쌓았습니다. 그 이후 국내 흥행영화 최다 작곡자로서 프로듀서

상, 작곡가상, 음악감독상 수상 경험이 있습니다. 또한 제 목표가 디즈니, 픽사 등 해외 애니메이션 영화사와 협업하여 곡을 만드는 것이었는데, 디즈니에 직접 콘택해 현재 디즈니의 새 애니메이션 OST 작곡 작업에 참여하고 있습니다.

저는 여러 가지 장점을 가진 사람입니다.

첫째로 오랜 음악 공부로 인해 기본기가 굉장히 탄탄하다고 할 수 있습니다. 여러 다양한 곡들을 연구하고 배웠기 때문에 다른 사람들보다 수월하고 신속하게 작업할 수 있습니다.

두 번째로 매사에 적극적입니다. 디즈니에 직접 곡을 내고 협업을 이뤄낸 것을 보시면 알 수 있듯이 꼭 추진하고 싶은 일이 있다면 망설이지 않고 도전할 수 있습니다.

세 번째로 다른 사람들과 협업 경험이 많습니다. 영화음악은 대부분 혼자 작곡하는 경우보다 협업하는 경우가 많습니다. 저는 국내외 영화나 드라마, 다양한 영상매체의 음악을 작곡해 보았고, 그 과정에서 다양한 사람들과 다양한 작업을 했기 때문에 어떤 상황이더라도 협업을 이룰 수 있습니다.

저는 이러한 장점들을 가지고 사람들에게 감동과 꿈을 주는 작업을 하고 싶습니다. 감사합니다.

피아노 김보섭

　제가 살아온 일생을 적어보려 합니다. 벌써 제가 살아온 시간이 40년이라는 숫자를 가리키네요. 일단 40년이라는 시간 동안 만족스런 삶을 살았느냐 물어본다면 자신 있게 그렇다고 말하겠습니다. 제가 살아온 모든 순간 속에는 언제나 저의 결정이 담겨 있었기 때문이죠. 자신이 살아온 시간 동안 무엇을 해왔는지도 물론 중요하지만, 더욱 중요한 것은 '어떻게' 살아왔는가라고 생각합니다. 자신이 선택한 일이 항상 행복만 가져다 줄 수는 없습니다. 어떨 때는 좌절을, 때로는 슬픔을, 가끔은 다 포기하고 싶은 충동을 가져다주기도 하겠지요. 하지만 분명한 것은 그 선택이 결국 제게 행복으로 찾아왔다는 것입니다. 그리고 한 가지 더, 지금까지의 선택들이 제게 고난을 안겨주었다고 해도 그것은 모두 저의 선택들이었기에 후회하지 않습니다. 인생에서　남에 의한 선택은 결국 후회를 낳는다는 것을 느낍니다. 내가 내려야 할 선택들의 주체는 바로 '내'가 되어야 합니다.

　제가 음악을 전공하리라 마음먹은 시기는 꽤나 늦은 편이였습니다. 예술고등학교라는 것이 무엇인지, 일반 인문계 고등학교와 무엇이 다른 지도 몰랐던 사람이었습니다. 그런 저는 중학교 2학년 때부터 본격적으로 클래식 피아노를 시작하게 되었습니다. 음악에 대해 무지했던 저였지만 선생님들의 열정적인 가르침 속에 세종예술고등학교에 입학할 수 있었습니다. 제

131

주제 5. 40세 음악가의 자기 소개서

가 학생 생활을 해온 전체를 통틀어서 정말 행복한 시간을 보내온 학교입니다. 물론 모든 학교가 그렇겠지만, 이 학교를 다니며 진정으로 느꼈던 점은 학교라는 공간은 정말 아름다운 곳이라는 점이었습니다.

저는 이곳에서 교과목과 음악을 중점으로 공부했지만, 더하여 저의 가치관이 확립되었던 시기이기도 합니다. 다정한 사람들을 정말 많이 만났습니다. 내 삶의 중심은 내가 되어야 하지만 다정한 사람들이 나의 곁에 있다는 것은 정말 큰 의지가 된다는 것을 느꼈습니다. 이렇듯 제 고등학교 생활은 이루 말할 수 없이 행복했습니다.

그렇게 세종예술고등학교를 졸업하고 저는 제가 고등학교 시절 내내 꿈꾸었던 한국예술종합학교에 입학하게 되었습니다. 그곳의 교육은 정말 체계적이었으며, 학생들 또한 음악적으로 매우 열정적이었습니다. 음악을 사랑하는 학생들과 친구가 되어 연주 활동을 함께하고 음악가로서 우리는 어떤 방향으로 나아가야 할까에 대한 이야기도 자주 나누었었습니다. 그렇게 눈 깜짝할 새에 한국예술종합학교를 졸업하게 되었습니다.

그때부터 앞으로 무엇을 하고 살아가야 할까를 고민했습니다. 어렸을 때부터 제가 생각해왔고 제가 되고 싶은 연주자의 모습은 '사람들과 소통하고 사람들에게 감동을 주는 연주자'였습니다. 좋은 학교를 나오고 연주만 잘하는 것은 사람들과 소통하고 감동을 주는 것과는 관계없는 일이라는 생각을 하게 되었습니다.

그때부터 저는 음악치료사 자격증을 취득해야겠다는 생각을 했습니다.

제가 고등학생 시절 자신의 꿈을 발표하는 시간에 음악치료사가 되고 싶다는 소망을 밝힌 적이 있었습니다. 그때 선생님께서 음악치료사가 되려면 어떤 자격증을 취득해야 되는지 아느냐고 질문하셨습니다. 저는 꼭 자격증을 따지 않더라도 제 주변사람들을 음악으로 치료해 주고 싶다고 대답했었지요. 지금 생각해 보면 음악치료사에 대해 너무 무지하고 안일한 생각을 가지고 있었다는 생각이 듭니다. 선생님은 모든 일에는 자신의 능력을 인정할 수 있는 자격증이 필요하다고 말씀해 주셨습니다. 더군다나 음악치료사는 마음이 어렵고 힘든 사람들을 도와주는 일을 하는 사람인데, 아무리 지인들이 그 대상일지라도 음악치료에 대해 아무것도 배우지 않고서 남을 치료하려 했던 것은 잘못된 생각이었던 듯합니다. 그렇게 저는 음악치료사 자격증을 취득하게 되었습니다.

음악치료사 자격증을 취득하였다고 해서 연주자의 길을 멈춘 것은 아닙니다. 음악치료를 하며 사람들의 아픈 마음을 더 자세히 알 수 있었고, 이 덕분에 연주자로서 사람들과 소통하는 것 또한 자연스러워졌습니다. 연주로만 소통하는 것이 아닌 연주회 속에서 사람들과 의견을 나누는 시간이 행복합니다. 저와 이야기를 나누고 싶어 찾아오는 사람들에게 감사합니다. 이런 마음을 가질 수 있게 도와준 제가 알아온 모든 분들께 고마움을 전합니다.

앞으로 남은 삶의 목표는 멋진 사람이 아닌 멋있게 살아가는 사람이 되고 싶다는 것입니다. 행복하려 노력하기보다는 자신에게 부끄럽지 않게 자신이 어떤 일을 해내왔다면 행복은 자연스레 찾아올 것이라는 생각이 듭니다. 때문에 저는 항상 어떤 생각과 자세를 가지고 살아가야 하는지 고민하고 알아갈 것입니다. 스스로에게 부끄럽지 않은 그런 사람이 되고 싶다는 생각이 듭니다.

피아노 김지민

나는 피아노를 6살 때부터 시작했다. 피아노 학원에 가게 된 계기는 어이없게도 제일 친한 친구가 피아노 학원에 다니고 있었기 때문이다. 하지만 열심히 배우던 도중 4학년 때 유학을 가게 되어 피아노를 1년 쉬었다.

5학년 후반에 한국에 들어온 후 손이 다 굳었다 생각하고 피아노를 접을 생각이었다. 하지만 유학가기 전 더 어렸을 때 대회에 나가 상도 많이 타고 연습한 세월이 아까워서 다시 시작하게 되었다. 다시 시작한 후 몇 개월 있다가 바로 대회에 나갔지만 결과는 예상과 달리 처참했다. 난 전처럼 상을 받을 줄 알고 기대를 품고 있었는데, 결과가 좋지 않게 나와 정말 비참했고 그 뒤 더 이상 피아노를 하고 싶은 생각이 들지 않을 정도였다.

대회가 끝나고 집에 돌아와 왜 상을 타지 못했는지 계속 생각을 했다. 오랫동안 쉰 만큼의 벌을 받는구나 생각하고 다음 날 정말 열심히 할 각오로 다시 학원에 가서 남들보다 잘 할 수 있다는 희망을 갖고 매일 연습을 하며 피아니스트라는 꿈을 키웠다. 중학생이 된 후 전공을 할 생각은 사실 없었다. 하지만 많은 선생님들의 강요로 인해 꿈은 없었지만 오직 대학만을 목표로 열심히 공부하고 연습해 명문대를 졸업한 후 레슨을 하면서 협연도 하며 만족스러운 삶을 살았다.

그 즈음부터 레슨 경험을 많이 쌓기 위해 중학생부터 천천히 가르쳐 왔다. 여러 학생을 거쳐오면서 어떻게 가르쳐야 하는지, 어떤 지식을 갖고 있어야 잘 가르칠 수 있는지 등을 학생들 덕분에 많이 배우고 알게 된 것 같다. 레슨을 하고 여러 가지를 배우면서 다양한 이론도 알게 되고 대학원을 다니면서 석사·박사학위를 땄다. 하지만 어릴 때부터 해온 게 음악밖에 없어서 다른 것과 병행하며 음악과는 다른 분야의 직업을 하면 어떨까 하는 생각에 지금까지 하던 레슨을 그만두고 내가 좋아하는 것을 찾으려고 수 없이 고민했다.

음대를 나와 음악교육만 받으며 살던 내가 무엇을 해야 행복하게 나아갈 수 있을까 생각하다가 생각해 낸 것은 바로 책 출판이었다. 글을 읽는 것은 싫어하지만 그래도 글 쓰는 것을 흥미로워 하는 나는 어릴 때부터 있었던 일을 차근차근 정리해가며 지금까지 어떻게 살아왔는지 그저 내 일상과 솔직한 심정을 담은 이야기를 쓰고 싶었다. 이전까지의 내 소소한 일상과 앞으로의 발전 등 나의 이야기가 담긴 책을 쓰는 것이 목표로 삼았다. 하지만 결국 포기를 밥 먹듯이 하는 나는 매일같이 집에 와서 글만 쓰고 있자니 재미도 없고 나 혼자 읽으면 될 것을, 출판해봤자 사람들이 읽지 않을 것 같은 조바심이 들어서 책 출판하자는 생각을 잠시 접고 내 전공인 음악을 다시 살려 음악교수가 되기 위해 노력했다. 하지만 또 시련이 찾아왔다. 임용을 마치고 음악교수가 된 후에도 난 아직도 내 적성을 찾지 못했다는 안타까움이 마음속에 폭풍우가 쳤다. 이전에 그만두었던 책을 다시 써 볼까 생각하며 안정을 되찾고, 교수를 하며 작가가 되겠다는 다짐을 했다.

피리 김지은

세종예술고등학교 학생 여러분 반갑습니다. 저는 세종예술고등학교 2회 졸업생 김지은입니다. 저도 여러분이 사용하고 있는 최고의 연습실에서 '연습만이 살길이다'를 외치며 연습하여 이화여자대학교 국악과에 입학 후 음악 활동 및 그 외 다른 다양한 대학 생활를 하였습니다. 음악 활동으로는 '별하소리'라는 국악앙상블을 결성하여 4개의 음반을 냈고, 해외교포들의 초청으로 많은 나라에서 국악 공연을 했습니다.

그리고 여러분도 잘 아는 평화 유지를 위해 설립된 국제기구인 UN에서 인턴으로 뉴욕에서 생활했습니다. UN의 인턴 생활은 세계 여러 나라에서 공연할 수 있는 계기가 인연이 되어 문화 국제협력단에서 평화와 전쟁방지 문화에 대한 일을 하였습니다. UN에서 일하는 것도 좋았지만, 더 늦기 전에 여러분과 만나고 싶어 서울대 음악교육과 대학원에서 석사와 박사를 취득하였습니다. 음악, 특히 국악이 우리 청소년에게 미치는 성품(인품)이라는 주제로 모교인 세종예술고등학교에서 여러분을 만나 반갑습니다.

클라리넷 남 경 원

나는 편안한 동쪽인 안동에서 태어나서 항상 나를 지지해주는 아빠와 편안하고 푸근한 엄마, 그리고 항상 나를 화나게 하지만 뒤에서 묵묵하게 지지해주는 오빠의 가족으로 태어났다. 내가 클라리넷을 처음 잡은 것은 초등학교 3학년 때였는데, 그것은 학원 원장선생님께서 클라리넷을 전공하셨고 내가 관악기를 좋아하여 클라리넷을 추천해 주신 것이 계기가 되었다. 그 후 취미로 안동 꿈의 오케스트라에 들어가 다양한 클래식 곡을 접해 보며 점점 클라리넷이라는 악기에 관심이 생기기 시작하였다.

그렇게 시간이 지나고 중학교 2학년 때 나는 클라리넷을 전공하기로 마음을 먹고 서울클라리넷 아카데미라는 곳에 들어가게 되었다. 그곳은 내가 지금까지 악기를 연습해왔던 공간과는 조금 다른 분위기었다. 서울을 올라가 아직 부족한 실력에 열심히 하려고 노력했지만, 현실은 그렇게 쉽지 않았다. 지방 사람이라는 꼬리표가 나의 서울 생활을 힘들게 만들었으며, 나의 실력은 무시로 이어지는 수단이 되었다. 그런 무시와 폭언을 들어가며 나는 악기를 하였는데, 이런 행동들이 내가 악기를 그만두고 싶어하는 생각을 만들어냈다.

그렇게 생활하던 서울에서 내려와 대전에서 새로운 선생님을 만나게 되었는데, 그분이 바로 김종영 선생님이시다. 서울에서 받은 상처는 모든 사람들에게 적용되어, 처음 선생님을 만났을 때도 나는 선생님을 믿고 의지할 수 없었다. 하지만 선생님은 나에게 계속 말을 걸어주시고 소통하려고 노력하셨으며, 같이 공감해주시고 같이 울어주셨다. 이를 계기로 나는 점점 선생님을 믿게 되었고, 나는 점점 악기 하는 것이 재미있어지게 되었다. 그렇게 노력한 끝에 세종예술고등학교에 진학하여 3년을 무사히 끝내고 한국예술종합학교에 입학하여 순탄히 졸업하게 되었다.

26살이 되어 진정한 음악을 배우고 느끼기 위해 유럽으로 유학을 갔다. 4년간의 유학 생활을 마쳐 30살에 귀국해 독주회를 열고 나라는 연주자를 알리기 시작했다. 그리고 도향 또는 시향에 들어가기 위해 자리가 비어 있는 관현악단에 계속 도전하였다. 그때의 도전이 나를 지금 대전시향의 수석 자리까지 올라갈 수 있게 만들어주었다. 나는 아직 더욱 많은 꿈을 꿀 수 있고, 많은 도전을 할 수 있다고 생각한다. 40살 남경원은 아직 많은 것을 할 수 있으며, 더 열심히 활동할 것이다.

작곡 류환희

　내가 생각하는 나의 성공적인 인생은 거창한 말
필요없이 그저 내가 하고 싶은 걸 즐기면서 사는 삶
이다. 경제적으로 안정도 되고, 어느 정도 작곡가로
서의 입지를 다지고, 어느 정도 명예를 쌓으면서 말이다. 사실 이게 평범하
다고는 못하겠지만 남들처럼 거창한 꿈도 아니다. 내가 40세가 되어 쓴 자
기 소개서보다 내가 그때까지 이루고 싶은 것들을 써보겠다.

　좋은 대학을 나오고, 회사에 들어가서 작곡을 하는 것부터 시작해서 회
사를 차려 음악 외주를 받고, 여러 유명한 영화나 게임의 음악도 작곡하면
서 돈도 많이 벌면서 말이다. 물론 내가 이렇게 되리란 보장은 없다. 지금
내 앞에는 불확실한 미래뿐이지만, 매사에 충실하고 열심히 살다 보면 언
젠간 그중에 일부, 아주 조금이라도 이룰 수 있으리라 생각한다.

바이올린 박노을

　안녕하세요. 저는 박노을이라고 합니다. 저는 이
제 막 40세가 되었고 항상 제 삶의 목표인 행복을
위해 살아온 것 같습니다. 이제부터 제 인생에 대해

얘기를 시작하겠습니다. 저는 8살 때 피아노 학원에서 처음 악기를 접했는데, 그때만 해도 제가 음악의 길로 갈 줄 정말 몰랐습니다. 그 다음으로 다녔던 초등학교에서 현악기 중 하나를 배웠어야 했고, 그때 바이올린을 처음으로 접하게 되었습니다.

처음에는 그냥 취미로 배웠지만, 수학, 영어와는 달리 바이올린이 재미있어서 계속하게 학원에 다니게 되었습니다. 그렇게 초등학교 2학년부터 중학교 2학년까지 취미로 하다가 중학교 2학년 말에 바이올린을 전공으로 정하고 우리 지역에 있던 학교인 세종예술고등학교에 합격하려는 목적으로 연습을 시작했습니다. 처음에는 바이올린 기본기도 잘 안 되어 있었고, 내가 배운 바이올린 켜는 방법이 달라 포기할 뻔했습니다. 그런데 그때의 개인레슨 선생님께서는 제가 포기하지 않게 옆에서 절 열심히 가르쳐 주셨습니다. 그 결과 저는 세종예술고등학교에 합격할 수 있었습니다.

처음 학교에 들어갔을 때는 방학숙제도 연습이었고, 시간표에도 전공이라는 시간이 따로 있었던 것에 놀랐습니다. 그리고 처음으로 향상 연주회, 실기시험, 예술제 등 음악에 관련한 많은 연주회들이 있다는 것도 알게 되었습니다. 고등학교에 들어와 음악에 관한 정보를 무척 많이 알게 되어서 좋기도 했지만, 그만큼 힘들었습니다. 연습시간도 훨씬 늘려야 했고, 음악만 잘해야 되는 것이 아니라 일반 교과 점수도 잘 받아야 했기에 정말 너무 힘들었습니다. 음악이 점점 하기 싫어졌고, 음악을 왜 해야 되는지도 모르게 되었습니다. 정말 포기하고 싶어졌지만 음악을 포기하면 무엇을 해야 되는지 도저히 생각이 안 나서 포기조차 할 수 없었습니다. 정신적으로는 많이 힘들었지만 그렇게 버티면서 지냈습니다.

어느덧 대학교 입시 기간이 다가와서 평소 꿈꾸던 음악선생님이 되기 위해 대학교의 음악교육과에 원서를 넣어서 합격을 했습니다. 그래서 대학교에서 음악교육과 교과들을 열심히 듣고 무사히 졸업한 후 임용고시에 합격해 중학교 음악선생님으로 일했습니다. 하지만 음악선생님으로만 지내기에는 재미가 없다고 느껴져 저는 시간이 날 때마다 작은 연주회를 열기로 마음을 먹었고, 남들과는 다른 연주회를 열기 시작했습니다.

제가 했던 연주회의 예를 하나 들면 관객을 어린아이들로 잡고 동화를 읽어주면서 클래식을 연주하는 것인데, 그 동화의 분위기와 맞는 음악을 골라 연주하는 동화 연주회를 열었던 적도 있었습니다. 이렇게 특색 있는 연주회를 열다 보니 저는 꽤 유명해졌고, 제 특색 있는 연주회를 보러 오시는 사람들도 많아져서 아직도 시간 날 때마다 연주회를 열고 있습니다. 음악선생님도 하고 싶었고, 바이올린도 너무 좋아했던 저는 둘 다 포기하지 않고 열심히 버텨서 여기까지 올 수 있었습니다.

이상으로 저에 대한 얘기를 마치겠습니다. 감사합니다.

작곡 서영준

안녕하세요. 안테나 뮤직에서 작곡을 하다가 지금은 영화 및 드라마 음악감독으로 활동하고 있는 서영준입니다. 저를 소개하기 위해 어떻게 음악을 시작하게 되었고, 이 자리까지 어떻게 오게 되었는지 설명하겠습니다.

제가 6살 때 외할머니께서 피아노를 선물해주셨는데, 그때부터 피아노 레슨을 받게 되었습니다. 선생님과 다양한 장르를 연주하며 음악에 흥미가 생기던 도중, 초등학교 6학년 때 한 드라마를 보고 영감을 얻어 작곡을 시작하게 되었습니다. 이를 시작으로 꽤 많은 곡들을 쓰기 시작했고, 과거 음악선생님이셨던 이모께 만든 곡들을 자랑하며 작곡에 재미를 붙이게 되었습니다.

곡이 계속 잘 써지자 작곡에 재능이 있다는 것을 깨닫게 되었으며, 중학교 2학년 때 전문가와 상담한 후 음악을 전공하기로 결정하였습니다. 이후 세종예술고등학교에 진학하여 다양한 전문적인 지식을 쌓으며 열심히 노력하였고, 서울대학교 작곡학과에 입학하게 되었습니다. 대학교를 다니는 동안 수많은 장르의 곡들을 분석하고 연구했으며, 클래식 이외의 다른 다양한 곡들을 작곡하며 실력을 증진하였습니다.

대학교 졸업 후 저명한 작곡가들을 찾아다니며 작곡기법과 미래에 대한 조언을 구했는데, 이것이 인생에서 큰 도움이 되었습니다. 이후 평소 존경하던 롤 모델 유희열의 소속사인 안테나 뮤직에 취직하여 평소 좋아하던 샘 킴, 이진아, 정승환 등 다양한 음악가들과 협업하였습니다. 활동을 활발히 하며 좋은 시간을 보냈으나, 원래 꿈이 음악감독이었기에 사표를 던지고 나와 드라마 음악을 공부하기 시작했고, JTBC에서 방영 예정인 드라마의 배경음악을 맡게 되었습니다. 드라마 종영 이후 계속 드라마 배경음악 의뢰가 들어왔고, 영화 배경음악도 의뢰가 들어와 맡게 되었습니다. 앞으로 계속 사람들에게 즐거움을 줄 영화와 드라마 음악을 만들어갈 예정입니다.

제가 이 자리까지 오게 된 이유는 저의 세 가지 장점 덕분입니다.

그중 첫 번째는 모든 일을 성실히 하여 무조건 끝마치는 것입니다. 아무리 규모가 작은 영상, 광고, 심지어 게임 음악까지도 의뢰가 들어오면 성실히 맡아 완성시키는 것이 큰 장점이라고 생각합니다.

두 번째는 대인관계를 잘 유지하는 것입니다. 어떤 음악이 필요할 때 그것을 공개모집하는 기업은 많지 않습니다. 대부분 건너서, 흔히들 말하는 인맥을 통해 인력을 구합니다. 그러므로 평소에 다양한 사람들과 좋은 관계를 유지해야 됩니다. 저는 애초에 음악감독이 꿈이었기 때문에 방송 및 연출을 전공하는 사람들과 친하게 지냈는데, 이것이 제게 좋은 기회를 안겨준 것 같습니다.

마지막 장점은 모든 음악을 기록으로 남기는 습관입니다. 실용음악을 하는 대부분의 사람들은 악보를 남기지 않고 미디로만 작곡하는 것이 대부분입니다. 그러나 저는 클래식을 전공하였기에 악보를 남기는 것이 습관이 되었고, 추후 어떤 콘셉트의 곡이 필요할 때 미리 작곡해 둔 악보를 참고하여 수정하고 편곡하여 어떤 의뢰가 들어와도 그 누구보다 빠른 시일 내에 완성할 수 있었습니다.

이러한 장점들을 최대한 살리려 노력하였고, 그 결과 이 자리까지 올 수 있었습니다. 물론 여러 시련과 고난이 있었지만 확고한 꿈이 있었기에 이겨낼 수 있었습니다. 앞으로도 계속 꿈과 노력이 공존한다면 못할 일은 없다는 신념을 가지고 성실히 일할 계획입니다.

피아노 선지수

안녕하세요. 피아니스트 선지수입니다. 제가 2040년 쇼팽 국제콩쿠르 심사위원으로 참가하게 되어 정말 영광입니다. 저는 어릴 때부터 쇼팽 콩쿠르에 관심을 많이 가져왔고 실제로 참가도 하여 상도 탔습니다. 그래서 쇼팽 콩쿠르가 원하는 음악이 무엇인지, 무슨 음악을 요구하는지 많은 관심을 가져왔고, 정말 훌륭한 인재를 많이 배출하기도 하였습니다.

제가 이번 심사위원으로 참가하면서 가장 중요하게 생각하는 것은 쇼팽이 원하는 음악을 누가 더 진실하게 솔직하게 표현하는가 입니다. 현재 시대에 와서 과한 루바토 사용과 올바르지 못한 해석으로 인하여 쇼팽이 원하던 음악이 실로 많이 변질되고 있습니다. 저는 이번 심사위원으로 있으면서 정말 누가 더 쇼팽의 음악에 가깝게 표현하는가를 중점을 두고 심사하려고 합니다. 이번 쇼팽 콩쿠르에는 정말 많은 인재들이 있겠지만, 그 중에서 쇼팽의 음악을 표현하는 보석 같은 음악가가 나오길 기대합니다. 감사합니다.

작곡 윤예원

아주 오래 전, 나는 어렸다는 말로 이 글을 시작하고 싶습니다. 그때 나는 급하게 진로를 바꾸어 작곡을 선택하였고, 시간이 흐른 뒤에는 그 선택을 후회하기도 했고, 한편으로는 잘했다 생각하기도 했습니다. 그러나 작곡을 선택한 것을 후회할 때도 나는 음악을 들었고, 작곡을 선택한 것을 잘했다 생각할 때도 음악을 들었습니다. 그때 나는 단순히 음악이 좋았던 어린아이였던 것 같습니다. 어린 나는 항상 '다시 한 번만 더 해보자'라고 늘 생각했습니다. 아니 그래야만 했습니다. 나는 늘 실패했기 때문입니다. 늘 스스로에게 실망하고 슬퍼함에도 불구하고 '만일 내가 나중에 작곡을 안 하게 된다면 아쉬울까?' 하고 생각해 보면 늘 아쉬울 것 같다는 답이 나왔기 때문에 늘 다시 한 번 더 시도해야 했습니다.

그러나 다시 한 번 더 시도를 한 것에 있어서 '하지 말 걸'과 같은 후회는 없었습니다. 오히려 조금만 더 열심히 했었다면 하는 아쉬움이 늘 존재했지요. 그리고 그것은 미래에 큰 도움이 되었습니다.

20살이 되어 대학에 들어간 이후, 드디어 하고 싶은 공부에만 온전히 시간을 쏟으며 공부할 수 있게 되었습니다. 그리고 그때가 지나자 26살, 나는 사회에 갓 나온, 어찌할 바를 모르는 사회 초년생이었습니다. 그래서 이곳 저곳 내 곡을 사용해줄 곳을 알아보기 시작했습니다. 그리고 그때, 나의 '다시 한 번만 더'가 빛을 발휘했습니다. 갓 대학을 졸업한 초짜 작곡가의 곡을 사용해줄 기업은 많지 않았습니다. 그래서 매번 거절당하기 일쑤였고, 절망스러운 감정은 늘 나를 따라다녔습니다.

그러나 이제는 '다시 한 번 더'를 외치는 것이 두렵지 않았기에 나는 끊임없이 일어날 수 있었습니다. 또한 그래야만 했습니다. 늘 절망감이 따라다님에도 불구하고 나는 작곡을 관두면 아쉬울 것이라는 생각이 늘 있었기 때문입니다. 그래서 나는 방향을 살짝 바꾸어 학문적인 연구를 하기 시작했고, 학문이 더욱 깊어지자 곡은 자연스레 아름다워졌습니다. 그렇게 시간이 흘러, 나는 지금 여기에 서 있다고 생각합니다.

그리고 다시 한 번 더를 얼마 외치지 않아 생긴 또 다른 것이 있습니다. 그것은 바로 내 곡의 방향성이었습니다. 바로 사람을 생각하게 만드는 음악을 만드는 것입니다. 나는 늘 음악에는 거대한 힘이 있다고 생각했습니다. 그리고 그것은 시간이 흐르며 과학적으로도 증명되곤 했습니다.

사람을 생각하게 만드는 힘은 음악이 갖고 있는 힘 중 가장 거대하고 가장 중요한 것이 아닐까 싶습니다. 그래서 나는 음악을 단순히 청각적인 활동으로 보는 것이 아니라, 상상을 하거나 감정을 공유하게 만들어주는 제6의 감각기관으로 봐야 한다고 생각합니다. 그래서 내가 원하는 곡의 방향이 정해진 이후로는 늘 내가 생각하는 감정과 나의 생각을 곡에 담으려고 노력했습니다. 그때의 그 습관 역시 지금의 나를 만드는 데 도움이 된 것 같습니다.

마지막으로 음악을 시작하는 이들에게 조언을 하자면, 음악을 온전히 즐기라고 이야기하고 싶습니다. 전공자이건, 그저 취미로 시작하는 사람이건, 그저 음악을 즐기는 시간 · 음악과 공감하는 시간은 반드시 필요하다고 생각합니다. 특히 전공으로 음악을 하는 사람들에게는 더욱 부족한 시간이기 때문에 가끔씩이라도 모든 것을 버려두고 온전히 음악과 공감하는 시간을 가졌으면 좋겠다고 생각합니다.

플루트 이수민

고등학교 때 연습을 많이 해서 그당시 꿈이었던 인 서울(in seoul)에 성공하였다. 나름 우리나라의 메이저 대학을 나와 유학(독일, 프랑스, 일본 3개 국 중 한 곳)을 다녀왔으며, 유학하는 동안 엠마누엘 파우드에게(소망^^) 사사하였다. 유학

과정을 마치고 그 나라에서 정착하려고 하였으나, 그보다는 우리나라로 와서 활동하는 것이 더욱 의미가 있을 것 같아서 귀국하였다. 귀국연주회(독주회)를 열어 나의 복귀를 알리는 것을 시작으로 세종시 시립오케스트라에 입단하였다.

세종시가 처음 생길 때 초등학교 5학년인 나는 서울에서 이사를 왔다. 그당시에 세종시에는 아파트와 아파트 건설 장비밖에 없었다. 이후 생활 편의시설들이 조금씩 생겨나긴 했지만, 문화시설은커녕 의료시설, 일반 편의시설도 부족할 때부터 살았기 때문에 세종시는 문화적으로 많은 부족함이 있었다. 변변한 음악회나 미술전시회는 꿈도 못 꾸고, 음악이나 미술·체육 등 여러 가지 전문적인 것을 배우기 위해서는 주변 도시로 나가야만 했다. 나 역시도 예술고에 입학해서부터 플루트를 전공으로 한 다음부터는 서울로 레슨을 다녀야 했고, 다른 친구들도 역시 인근 대전이나 서울로 레슨을 다녔다. 그만큼 문화적인 배움의 기회도 문화 행사도 부족했다. 그때부터 음악가로 성공하게 된다면 다시 세종에 내려와서 세종의 문화 발전을 위해서 부족한 힘을 보태고, 이곳에서 나의 음악적 입지를 다져야겠다는 생각을 하였다.

40대가 된 나는 제2의 고향인 이곳 세종시에서 시립오케스트라 단원으로 활동할 것이다. 위에서도 얘기했듯이 여건이 되지 않아 플루트를 배우지 못하는 학생들을 가르치고 후원하면서 나의 음악적 재능을 나누어 문화적 발전을 이루는 데 보탬이 되는 사람으로 자리매김할 것이다.

세종하면 플루트, 플루트 하면 세종!! 플루트를 배우고 싶으면 세종으로 가라!!

또한 후원을 받거나 나의 재산을 털어서라도 연주회를 많이 만들어서 연주하고 싶은 사람에게는 연주할 수 있는 기회를 주고, 음악회(연주회) 감상을 하고 싶은 사람들에게는 그러한 기회를 만들어주는 징검다리 역할을 하는 사람으로 살고 싶다.

첼로 이아현

안녕하세요. 저는 첼리스트 이아현입니다. 제가 첼로를 시작한 지 어느덧 많은 세월이 지났네요. 처음 첼로를 시작을 때 저의 마음가짐은 '사람들에게 감동을 줄 수 있는 첼리스트가 되자'였습니다. 제가 지금도 그 마음가짐 그대로 연주 활동을 하고 있는지는 모르겠지만, 첼로라는 악기를 사람들 앞에서 연주할 수 있다는 그 자체가 저에게는 행복이고, 그것이 저의 전부입니다. 저는 세종에 있는 세종예술고등학교를 졸업 후 OO대학교에 들어가 열심히 공부하여 졸업한 후 OO시립교향악단에 들어가서 현재까지 그곳의 단원으로 활동 중입니다. 그 외에도 OO예술고, △△예술고, □□예술고와 여러 대학교에 출강하고 있는데요. 많은 학생들을 만나고 가르치면서 저도 아이들에게 많은 것을 배우고 많이 성장했습니다.

첼로라는 악기는 다른 악기와는 다르게 안고 연주한다는 특징이 있어요. 그것이 제가 첼로라는 악기를 좋아하는 가장 큰 이유 중 하나인 것 같습니다. 저는 어렸을 때에는 첼로가 커서 들고 다니기도 힘들고, 대중교통을 이용할 때에는 눈치가 보여서 앉을 자리가 있음에도 불구하고 서서 타고 다니기도 했습니다. 하지만 나이가 좀 든 지금 생각해 보면 첼로라는 악기를 선택한 것은 저의 인생에서 무척 잘한 일인 것 같습니다. 첼로를 안고 연주할 때면 사람을 안고 있는 것 같은 느낌이 들었고, 첼로의 울림은 마치 사람이 말하는 것 같이 느껴져 제게는 너무 좋고 행복하기에 아직까지 이 악기를 하고 있는 것이 아닐까 하는 생각이 듭니다. 앞으로 제가 어디서 어떻게 활동할지는 저를 포함한 그 누구도 모르지만, 앞으로 저는 첼로를 처음 시작할 때의 마음인 '사람들에게 감동을 줄 수 있는 첼리스트가 되자'라는 마음가짐으로 연주하는 이아현이 되겠습니다.

성악 이은수

안녕하세요. 저는 시골에서 음악과 자연이 접목된 OO보육원을 운영하고 있는 이은수입니다. 저는 세종예술고등학교를 나와 숙명여자대학교 성악과에 진학하였습니다. 어린 동생이 있는 저는 고등학생 때부터 유아교육에 큰 관심이 있었습니다. 유아기의 아이들을 어떻게 하면 행복하게 할 수 있을지 많은 고민을 했습니다. 도시화된 이 세상 속에서 어린아이들만큼은 자연과 함께 자유롭게 크는 것이 좋지 않을까라는 생각을 했습니다. 사실 한국에 생태 어린이집은 많습니다. 하지만 저는 음악을 전공한 사람인만큼 음악과 자연이 함께하는 보육원을 개설하겠다고 계획해 왔습니다.

저는 이 보육원을 위해서 고등학생 때부터 생태 어린이집을 조사하여 좋은 점, 아쉬운 점을 기록해 왔습니다. 그렇게 무수히 많았던 아쉬운 점들을 보완하여 만들어졌기 때문에 아이들을 위한 가장 최적화된 보육원이라고 자부할 수 있습니다.

저는 대학 졸업 후 독일로 유학을 다녀왔습니다. 독일에서 얻은 지혜와 경험을 적은 책을 출판하였습니다. 그리고 제가 적었던 가사들로 곡을 내기도 하였습니다. 유학 후에는 성악가로 활동하며 보육원 개설을 위한 기반을 만들었습니다.

성악 정연아

오늘은 2042년 1월 2일. 어느 순간 눈을 떠보니 40살이 되었다. 레슨이 끝나고 나면 숨어서 홀로 울었던 기억이 많은데, 요즘 우리 제자들을 보면 새삼

그때의 내 모습들이 떠오른다. 24년 동안 음악을 하면서 정말 많은 길들을 걸었다. 16살에 처음 성악을 시작하여 세종예술고등학교에 입학하였고, 3년 동안 배우고 서울대학교 성악과에 입학하였다. 당시에는 대학교만 가면 고생이 끝나는 줄 알았고, 행복의 끝을 볼 수 있을 거라 생각했는데, 그것은 크게 잘못된 생각이었다.

대학은 배움의 시작이고, 행복의 시작이었다. 나는 대학교 때 그 어떤 때보다 하루하루를 열심히 살았다. 장학금을 받으며 학교를 다녔었는데, 장학금만큼 좋은 게 없었다. 나는 덕분에 대학생 때 많은 돈을 모을 수 있었다. 나는 대학교 4학년 때 학교를 다니면서 각종 콩쿠르와 유학을 위한 언어 공부를 하면서 지냈고, 때마침 수석으로 졸업했다. 졸업 후 바로 유학을 준비하여 프랑스로 떠났다. 처음 혼자 프랑스로 떠났을 때는 풍경이 너무 예뻐서 신나기도 했고, 아무것도 몰라서 무섭기도 했다. 어떻게 준비하고, 어떻게 살아야 할까 생각이 많았지만 주변 사람들이 많은 도움을 주어서 잘 적응할 수 있었다. 프랑스에서 지내면서 가장 기억에 남았던 것은 아무래도 2027 뮌헨 ARD 국제음악콩쿠르 성악 부문에서 1위를 했던 것이 아닐까 생각한다.

이 콩쿠르도 나의 성장의 일부분이였지만, 이 경험이 나에게는 그동안 준비했던 모든 과정의 결과라는 생각이 크게 들었고, 나 스스로 자랑스럽다는 생각도 할 수 있었다. 5년 동안 유학 과정을 거치면서 많은 경험을 했고, 큰 깨달음이 있었다. 2030년 5년간의 유학을 마치면서 나의 인생 마지막 콩쿠르를 준비했고, 2030 벨기에 퀸엘리자베스 콩쿠르 성악 부문에서 우승을 했다. 마지막 콩쿠르인 만큼 나에게는 너무도 귀한 시간이었고, 결과마저 나를 눈물 흘리게 했다.

그렇게 꿈같은 유학을 마치고 한국으로 돌아왔고, 큰박수와 환호를 받았다. 한국에 돌아와 귀국 독주회와 각종 연주회, 인터뷰를 진행했고, 성공적으로 마칠 수 있었다. 한국에서 활동하면서 오페라 가수 활동도 하고, 독주회나 연주회, 음악 여행이나 음악 프로그램 등, 내가 하고 싶은 분야에서 다양한 활동을 벌였고, 지금은 아이들을 가르치는 데에 집중하고 있다.

아이들을 가르친다는 것은 책임감을 가져야 하고, 체력적으로도 정말 힘든 분야 중의 하나이다. 그런데도 내가 하는 이유는 '음악'을 사랑하고 배우고 싶어하는 학생들이 나를 통해서 진정 더 깊은 음악을 알았으면 좋겠고, 이 아이들이 성장해서 음악을 알리고 대중화할 것이라는 소망이 있기 때문이다.

40살이 되어 보니 철 들었나 보다. 앞으로 내가 이루어야 할 꿈들이 정말 많고 살아갈 날도 많기 때문에 하루하루를 알차게 살아가는 내가 되어야겠다는 생각이 든다.

플루트 정초록

나는 올해 40세가 된 플루티스트이자 음악학원 원장이다. 나는 세종예술고등학교를 졸업하고 연세 대학교 음악대학에 입학하여 대학원 과정을 마치고 박사과정을 공부한 다음, 현재 공연도 하면서 음악학원 원장으로서 재능이 있는 많은 학생들을 발굴하여 가르치고 있다.

세종예술고등학교에 다닐 때 특강으로 듣게 된 화성학 수업에서 작곡에 관심을 가지고 대학교에 가서 작곡에 대해 공부를 하면서 나만의 자작곡들을 만들어 직접 연주회에서 연주도 하고 노래도 불렀다. 또한 학생 때부터 배우고 싶었던 심리학과 음악치료를 대학교를 졸업한 후 공부하여 자격증을 땄다. 나의 앞으로의 바람은 행복하게 내가 좋아하는 음악을 오래오래 하는 것이다.

또한 내 삶에서 나의 좌우명은 "내가 그냥 살아가는 하루하루가 누군가에게는 간절한 하루이다. 나는 그 하루를 열심히 살아가야 한다."이고, 누군가에게는 간절할 그 하루를 나는 누구보다 행복하고 건강하게 열심히 살아가고 싶다. 또한 나의 음악들을 많은 사람들에게 들려주고, 알려주고 싶다.

앞으로 나의 꿈은 음악학원을 운영하면서 음악치료상담소도 같이 운영하여 내가 좋아하는 음악으로 심적으로 정신적으로 온전치 못한 사람들을 치료해 주고 싶다.

플루트 채은서

안녕하세요. 저는 뮤지컬 오케스트라 피트 연주자로 활동하고 있는 플루티스트 채은서라고 합니다. 저는 8살 때 플루트를 처음 시작했고, 중 3 때부터 전공을 시작해 세종예술고등학교를 졸업한 후 OO대학교를 나왔습니다. 대학 졸업 후 뮤지컬 오케스트라 'The MC 오케스트라'에 들어가 플루트 연주자로 활동하고 있습니다. 가끔 리사이틀도 열고 재능기부 봉사 활동도 다니며, 미래의 플루티스트가 될 학생들도 가르치는 플루티스트의 삶을 살고 있습니다. 또 지금은 제가 졸업한 OO대학교의 교수가 되기 위해 외부 활동도 많이 하고 있고 논문도 쓰고 있어요.

제가 10대 때 대학 진학 때문에 한창 걱정이 많을 때가 있었어요. 버스랑 지하철을 타고 여유 있게 나와도 늦을까봐 발에 불이 나게 뛰어다니면서 왕복 3시간을 레슨 받으러 다녔어요. 부모님이 데려다 주실 수도 있었지만, 저는 왜인지 부모님 손 빌리는 것이 너무 미안해서 혼자 하려고 했던 것 같아요. 가끔은 내가 왜 이렇게까지 해야 하나 하는 생각이 들기도 했고, 레슨받은 것이 마음에 들지 않는 날에는 집으로 가는 버스에서 혼자 울기도 했어요. 방학 때는 아침 일찍 연습실에 가서 삼시세끼 라면으로 때우고 밤늦게 막차타고 오면서 지냈어요. 또 대학 콩쿠르에서 난생 처음으로 예선 탈락해서 슬럼프에 빠질 뻔 하기도 했어요. 하루하루가 너무 피곤하고 힘들어서 그만두고 싶을 때도 물론 많았습니다. 내가 왜 플루트를 시작했나 후회하기도 했고요.

그런데 지금 되돌아 생각해 보면 이러한 힘든 과정들이 있었기 때문에 지금의 저라는 사람이 존재하는 게 아닌가 하고 생각해요. 만약 10대 때 제가 편하게 사람 많은 버스와 지하철을 타지 않고 부모님 차를 타고 레슨을 다니고, 연습실에 가는 것도 오후 늦게 일어나 대충 하고 집에 오고, 매 끼니 맛있는 음식들을 먹으면서 보냈다면 저의 10대 시절이 흐지부지 지나갔을 것 같아요. 힘들고 고생하는 시간이 있었기 때문에 지금 제가 강한 사람이 될 수 있었다고 생각해요.

'고생 끝에 낙이 온다'라는 말이 있듯이 지금 열심히 살고 힘들게 지내다 보면 나중에 훌륭한 사람이 되어 있지 않을까요? 힘내세요!

Co-creation

합주는 그 자체로 여러 악기들의 cocreation이다.
함께 cocreation하는 연주자들의 모습을
서로 다른 색이 어우러지는 모습으로 그려내었다.

학생들에게 제시된 10개의 질문 중 여섯 번째는 'Co-creation'이다.

필립 코틀러(Philip Kotler) 박사가 그의 저서 《마켓 4.0》에서 언급한 4C 중 'Co-creation(공동 창조)'을 고민해 보는 부분으로, 나의 음악, 나의 작품, 나의 공연에 대해 고객과 함께 창조해야 하는 또는 고객과 함께 창조할 수 있는 것은 무엇인지 구체적으로 작성해 보는 것이었다.

< 기획자 허영훈 >

작곡 **강혜원**

코플러 박사는 책 《마켓 4.0》에서 4차 산업혁명 시대인 지금은 고객과 기업이 상호작용하는 형태로 달라져야 한다고 말한다. 그렇다면 이를 음악에 어떻게 적용할 수 있을까? 예를 들어 설명하면 SNS 등으로 관객들과 소통하여 어떤 음악을 듣고 싶어하는지 조사한 후, 그 의견을 수렴해 공연의 편성을 정한다든가, 관객이 참여할 수 있는 공연 만들기 등이 있을 수 있다. 이러한 다양한 방법으로 관객과 의사소통하며 공연을 만드는 것이 예술가와 관객 간의 거리를 좁히는 방법일 것이다.

또한 내 곡의 가사를 관객이 지은 글을 채택해 완성한다든가, 관객과 함께 즉석에서 작곡하는 퍼포먼스 등을 실현한다면 더욱 창의적인 공연이 될 수 있을 것이다.

피아노 **김보섭**

오늘날 세계는 아이디어의 전쟁이라는 생각이 든다. 같은 물건을 두고서도 한끝 차이로 그것을 발전해내는 사람이 성공을 이룬다. 나는 음악을 하는 사람으로서 그 '한끝 차이'라는 것을 관객들과 함께 나의 공연을 창조해나가는 것으로 만들어나가려면 어떻게 해야 할지 고민해 보려고 한다.

이건 어떨까? 관객들에게 어떤 형식이든 피아노곡을 작곡해 달라는 공지를 띄우는 것이다. 그런 식으로 작곡되어 선정된 곡의 악보를 당일에 받아 초견으로 연주하는, 이름하여 '초견 연주회'이다. 선정된 곡을 작곡한 사람에게는 상금과 상장을 수여하는 방식이다. 더 나아가 초견에 자신이 있다고 하는 관객이 있다면 무대에서 서로 초견 대결을 펼치게 하여 어떤 사람의 초견 연주가 더 좋은지 관객들의 투표를 받는 것이다. 공정성을 위해 대결은 블라인드로 진행하는 것이 좋을 것 같다. 만약 도전자로 나온 관객이 투표에서 승리한다면 그 사람에게도 상금과 상장을 수여할 것이다.

하지만 이렇게 되면 평소 음악을 전문적으로 하지 않았던 사람들은 작곡과 연주에 참여하기 힘들 것이라는 생각이 든다. 때문에 내가 실제로 초견 연주회를 개최하게 된다면 작곡가를 섭외하여 기본적인 음악부터 점점 심도 있는 음악으로 작곡을 해나갈 수 있도록 무료 특강을 열고 싶다. 그리고 이 작곡 특강 속에서 피아노를 배우고 싶은 사람들은 특강 기간 동안에 자신이 피아노를 배우고 싶은 이유를 사연으로 받아서 내가 직접 피아노를 가르쳐주고 싶다는 생각이 들었다. 관객이 참여할 수 있는 연주회를 만드는 것 이전에, 음악을 전공하지 않았더라도 누구에게나 음악 연주회에 참여할 수 있는 기회를 만들어주는 사람이 되고 싶다.

클래식 피아노를 전공하고 있지만, 나의 생각은 클래식이라는 틀 안에서만 박혀 있고 싶지는 않다. 때문에 초견 연주회뿐만 아니라 더 다양한 분야에서 내 연주 활동의 폭을 넓혀 가고 싶다.

피아노 김지민

Co-creation은 공동 창조를 의미한다. 많은 주제 중 Co-creation에 대해 어떻게 적어야 될지 또 무엇을 해야 공동 창조가 될지 제일 오랫동안 생각하였다.

생각해 본 결과 먼저 시각장애인과 똑같은 조건으로 연주하는 건 어떨지 첫 번째 의견을 내보았다. 말 그대로 눈을 감고 손가락 느낌으로만 연주하는 것이다. 딱 들었을 때 "저게 뭐야. 이상해!" 등의 말이 나올 수 있겠지만, 다른 의미에서 보면 시각장애인들에게 꿈과 희망과 용기를 조금이나마 줄 수 있는 시간이 될 거 같아서 생각해 보았다. 내가 매우 어렸을 때 장애를 가진 피아니스트 이희아의 연주회에 간 적이 있었다. 그 피아니스트는 원래부터 장애를 갖고 있었는데, 손가락이 4개뿐인데도 불구하고 멋지고 화려하게 연주를 마무리했다. 정말 대단했다. 또한 장애에도 불구하고 타인의 도움 없이 혼자 척척 해낼 수 있다는 것에 한 번 더 감탄했고, 이만큼의 결과를 위해 얼마만큼 노력을 했을지 놀라움을 느꼈다. 사실 선천적

장애를 가진 사람이 장애를 가진 사람들 앞에서 피아노를 치는 것과는 달리 비장애인이 장애를 가진 사람들을 위해 눈을 감고 피아노를 치는 것은 기분 나쁠 수도 있다. 하지만 사람들에게 할 수 있다는 용기와 희망을 주는 것은 그 사람들을 위한 배려일 수도 있다는 생각을 했다.

두 번째는 독주회나 연주회를 할 때 나만을 위한, 즉 세상에 하나뿐인 새로운 드레스를 만드는 의상 후원은 어떨지 생각해 보았다. 사람들과 의견을 내고 협력하여 공동 창조로 나만 갖고 있는 드레스를 만드는 것도 괜찮다는 생각이 들었다. 여러 사람들이 이렇게 자신만의 창조를 하면 좋겠다는 생각도 했다.

피리 김지은

아이들에게 재미없는 음악시간이 아니라, 다 함께 활동하면서 재미를 느낄 수 있는 음악시간을 만들어 주고 싶다.

우리에게는 마당놀이가 있다. 국악에서는 '얼쑤, 좋다' 등의 추임새가 있다. 추임새는 함께 즐기며 만들어가는 음악이다. '예'를 갖춰야 하는 종묘제례악도 있지만, 대중적으로 퓨전 국악으로 편하고 가깝게 다가가는 함께 즐기는 국악을 만들고 싶다.

클라리넷 남경원

　내가 연주팀을 만들어 연주회를 기획하는 첫 단계는 연주하게 되는 지역 주민들과의 소통이다.

　내가 이 지역에서 연주회를 개최하게 된 동기나 이유 등을 말하여 주민들의 공감을 얻고, 주민들과 함께 어디서 하면 좋을지를 첫 번째로 생각한다.

　두 번째는 곡 선택이다. 솔직히 클래식은 전공생인 나도 아직 이해하기 어려운 곡들이 많다. 이렇게 이해하기 힘든 부분들이 사람들을 쉽게 지루하게 할 수 있는 요소다. 이런 문제를 해결하기 위해 많은 사람들도 알고 있는 곡, 또는 접하기 쉬운 곡들을 선정하여 주민들이 연주회를 쉽게 관람할 수 있게 만드는 것이 두 번째라고 생각한다.

　곡을 정했으면 그다음인 세 번째는 어떻게 이 연주회를 홍보할 것인가이다. 우리가 흔히 아는 홍보 방법은 팜플렛이나 포스터를 만들어 널리 알리는 것이다. 물론 그런 홍보가 대중적이지만 예산을 아껴야 하는 상황에서는 입소문이라는 것이 큰 도움이 된다. 주민들의 입을 통해 우리의 연주회 소식이 점점 많은 곳으로 퍼져 나갈 것이며, 이런 소문들이 많은 사람들을 불러 모을 것이다. 이러한 소문 말고도 개개인의 SNS에 우리의 연주회를 홍보하여 주민들 이외에 다른 분들도 보러 올 수 있게 홍보하는 것이 세 번째라고 생각한다.

네 번째는 이렇게 우리들이 생각했던 것을 실행으로 옮기는 것이다. 무대 세팅과 무대를 놓을 장소 등을 다시 생각하며 준비를 철저히 하는 그런 단계이다. 이때 주민들의 도움을 받을 수 있다. 도움을 받으면서 우리에게거는 기대를 저버리지 않도록 연습을 열심히 하며, 홍보도 계속해 나갈 것이다.

마지막은 실전이다. 우리가 지금까지 꾸미고 생각해온 것들을 다 보여주는 시간이고, 마지막으로 주민들과 함께하는 곡을 넣어 소통의 시간을 가질 수 있다. 이렇게 클래식이 어렵지 않다는 것을 마지막으로 알려드린다면 이 연주회는 성공적으로 끝날 것이다. 이것은 생각만 해도 어렵다고 하는 모두와 함께 협동을 이루어 하는 연주회이기 때문이다. 협동은 어렵지만 그만큼 의미 있는 일이라고 생각한다.

바이올린 박노을

연주회를 보러 가면, 보통 연주자들이 나와 연주를 하고 관객들은 앉아서 연주를 감상하며 박수를 치는 그런 연주회들이 많습니다. 그래서 어린아이들은 거의 안 보이고, 졸고 있는 사람들도 많이 보입니다. 저는 이런 연주회가 아닌 특별한 연주회를 열면 좋을 거 같다고 생각합니다. 동화를 읽어주면서 그 동화에 맞는 연주를 하는 '동화연주회'라든가, 유명한 연주자들이 서울에서만 진행하는 연주회가 아니라 지역의 전공생들이 모여 연주를 하는 '지역 전공 발표회' 등과 같은 연주회가 많이 생겼으면 좋겠습니다.

작곡 서영준

우리가 살고 있는 이 시대를 제4차 산업혁명 시대라 한다. 마케팅 전문가들은 이와 같은 시대의 변화에 따라 마켓 1.0~4.0로 구분해야 하며, 그때마다 키워드가 다르다고 정의한다.

코플러 박사는 《마켓 4.0》이라는 책에서 마켓 3.0, 다시 말해 1960년대 3차 산업혁명 시대 때는 자본이 있는 생산자와 판매자 중심의 세계였으나, 마켓 4.0 시대인 지금은 기업과 고객이 상호 작용하는 구조로 달라져야 한다고 저술하였다.

자세히 살펴보면 코플러는 마케팅 핵심 가치가 4P, 즉 Product(제품), Price(가격), Place(유통), Promotion(촉진)에서 4C, 즉 Co-creation(공동 창조), Currency(통화), Communal activation(공동체 활성화), Conservation(대화)로 달라졌다고 말하면서, 추가적으로 소비자의 요구는 가격이나 질이 아닌 가치로 이동하였다고 덧붙였다.

이러한 마케팅 기법은 제품이나 서비스뿐만 아니라 음악에도 적용할 수 있다. 삼성, 애플과 같은 대기업들이 핸드폰을 만들기 전 소비자의 요구를 조사하고 함께 만들어나가는 Co-creation(공동 창조)을 적용하였듯이, 우리 음악가들도 관객들의 다양한 요구를 조사하여 음악을 만들고 연주하는 데 적용시킬 수 있을 것이다. 넓게는 공연장 만들기, 라디오 편성 결정하기 등 음악과 관련된 모든 분야에서 Co-creation(공동 창조)는 매우 중요한 부분이다.

산업은 빠르게 변화하는 시대의 트렌드를 따라가려고 노력하지만, 현재 대부분의 예술은 그렇지 못하다. 성공한 예술가, 음악가가 되려면 단순히 실력을 증진하는 것뿐만 아니라 시대적 흐름을 읽을 수 있는 능력을 기르는 것도 중요하다.

피아노 선지수

요즘 음악을 하면서 정말 많은 생각을 하게 된다. 쉼없이 반복되는 연습, 끊임없는 연구. 나는 이러한 행위를 왜 계속하고 있을까?

여러 가지 이유가 있겠지만 가장 큰 이유는 바로 관객들에게 내 음악을 들려줌으로써 나의 음악을 느끼고 공감하면서 소통하기 위함이다. 그래서 나는 끊임없이 연습하고 연구하는 것이다. 물론 1차적으로는 먼저 내가 내 음악을 듣고 느끼고 레슨 선생님께 들려주면서 피드백을 통해 점차 곡의 완성도를 높여가야 한다. 그리고 최종적으로 관객들에게 내 음악을 들려줌으로써 같이 소통하는 것이다.

그러나 현실에서 그런 경험을 하기는 매우 힘들다. 관객 앞에서 연주할 수 있는 경험은 학교에서 지원받아서 하는 정도이지, 큰 콘서트홀에서 많은 관객들과 소통하는 경험은 정말 힘든 시대이다. 특히 요즘처럼 코로나 바이러스가 만연한 이 시대에는 더더욱 힘들 것이다. 그런 면에서 정말 마음이 많이 아프다. 음악을 즐기고 관객들과 소통하는 것이 음악을 하는 이유가 되어야 하는데, 안타깝게도 요즘 시대는 입시와 레슨에만 집중되어 있는 현실이 음악하는 것을 정말 힘들고 지치게 만든다.

'음악으로 관객들과 소통할 수 있는 방법은 없는 걸까?'를 생각해 보았다. 그순간 나에게 떠오르는 아이디어가 있었다. 바로 관객들과 함께하는 연주회이다. 관객들은 그동안 연주를 듣기만 했지 직접 무대에서 연주하는 경험이 없었을 것이다. 그래서 관객들에게도 무대에서 같이 연주하고 소통할 수 있는 기회를 마련해주는 것이다. 완성도보다는 어떻게 하면 관객들과 함께 소통할 수 있는가를 비중에 두고 같이 즐겁게 연주할 수 있도록 하는 것이 관객들과 함께하는 연주회이다. 이렇게 음악은 사람과 사람의 마음을 이어주는 역할을 한다.

앞으로 음악이 더 다양한 관점에서 넓어졌으면 좋겠다. 소수의 사람만 즐기는 것이 아니라 다양한 사람들이 모여서 즐길 수 있는 음악으로 말이다. 그것이 진정한 음악을 즐기는 자세가 아닐까 생각해 본다. 음악을 위해 자유를 억압당하는 것이 아니라, 음악을 통해 비로소 자유를 얻는 것 그

것이 진정한 음악의 필요성이라고 나는 생각한다. 그러기 위해서는 자신의 마음가짐이 중요하다.

나는 한때 음악에 갇혀 내 자유를 잃었다고 생각했다. 그렇게 생각하니 아무리 열심히 해도 좋은 성과가 나오지 않았다. 그러나 나는 불과 몇 달 전 그냥 내 음악을 '표현하자', '즐기자' 이렇게 생각을 바꾸었고 아무런 스트레스 없이 자유롭게 생각했다. 그랬더니 훨씬 나아졌고, 그 결과 레슨 쌤들도 다들 놀라셨다. 내 음악 자체가 달라졌다고…. 나는 그때 느꼈다. '아, 내가 그동안 얼마나 내 음악을 억압하고 있었던 것일까.'

작곡 윤 예 원

음악에서 관객은 결코 빠질 수 없는 중요한 요소이다. 어쩌면 단순히 하나의 요소로 치부할 수 없을 만큼 중요한 역할을 할지도 모른다. 음악은 자신을 들어주는 사람을 위한 것이기 때문이다. 그래서인지 많은 음악가들은 관객을 위한 곡을 작곡한다. 관객과 더욱 소통하려 하고, 관객의 의견을 들으려 한다. 최근에는 설문조사부터 시작해서 댓글, 사이트 혹은 앱을 이용한 쌍방향 소통 등 여러 가지 다양한 시도를 한다.

만일 내게 관객과 소통을 어떻게 하고 싶은지 질문한다면, 나는 제일 먼저 앱을 이용한 쌍방향 소통을 이야기할 것이다. 최근 코로나19로 인해 화상 기술이 대두되고 있다. 이 기술은 시간이 지남에 따라 더욱 발전해갈 것이다. 그렇기 때문에 미래에는 화상 기술이 지금보다 발달하여 좋은 음질과 더 좋은 화질로 소통을 원활히 하게 될 것이다. 이는 지역 간, 더 나아가 세계 국가 간 거리를 좁혀주는 중요한 요소로 작용하게 될 것이다. 따라서 화상기술은 음악가가 자신의 곡을 홍보하기에도 더할 나위 없이 좋은 수단이 된다.

플루트 이수민

고민을 많이 하였다. 관객과 함께 만드는 기획이 무엇이 있을까 하고…. 물론 앞에서 언급한 잠깐의 쉬는 시간 또는 끝나고 난 시간에 관객들에게 잠시 플루트 레슨을 해주는 것도 방법이지만, 그 외에는 또 무엇이 있을까 하고 고민하다가 한 가지 방법이 생각났다.

오래 전부터 항상 이러한 생각을 해왔는데, 난 예술고에 다니지는 않는 (또는 가정이 어려운) 아이들을 대상으로 오디션을 보고, 오디션에 선발된 아이에게 레슨을 통해 실력을 키워주고, 나의 연주회에서 함께 연주하는 그런 기회를 주는 기획을 하고 싶다. 그렇게 되면 그 아이도 실력도 기르고, 나아가 연주 기회가 생겨서 좋고, 나도 연주회에 설 수 있을 만큼 그 아이를 가르치고, 연주 기회까지 마련해 주므로 매우 보람될 것이다.

한편 그 아이의 입장에서 보면 동경하던 플루티스트의 연주회(내가 그 아이의 동경 대상이라고 가정한다면)에 자신이 참여하여 함께 주인공이 될 수 있는 경험은 참신하면서도 영광스럽지 않을까 싶다. 내가 그 아이의 입장이라도 그럴 것 같다.

첼로 이아현

아직까지 많은 사람들은 클래식을 재미없고 지루한 음악이라고 생각한다. 물론 나 역시도 지루하고 재미 없는 공연이라는 생각이 드는 공연을 본 적도 있다.

그래서 나는 조용하고, 기침할 때조차 눈치 보이고, 잠이 오는 공연이 아닌 공연을 보러온 관객들도 함께 즐길 수 있는 공연을 생각한다. 예를 들어 드레스 코드를 맞춘다든지, 연주를 하고 난 후 작곡가가 누구인지에 대해 퀴즈를 내면서 퀴즈를 맞힌 관객에게는 상품을 준다든지 등 연주자 혼자 만들어 나가는 연주회가 아니라 관객들과 함께 만들어 나가고, 함께 완성하는 무대를 만들고 싶다. 그렇기에 내가 만약 나중에 독주회를 열게 된다면 나는 SNS를 통해 사람들에게 곡을 추천 받거나, 독주회에 오는 사람들과 대화를 나누는 시간을 가질 것이다.

성악 **정연아**

코틀러 박사의 저서 《마켓 4.0》에서 언급한 4C 중 'Co-creation'은 무척 고민되는 부분이다. 나의 음악, 나의 작품, 나의 공연에 대해 고객과 함께 창조해야 하는, 또는 고객과 함께 창조할 수 있는 것은 무엇이 있을까?

내가 생각한 고객이 더 만족하고 즐거워 할 'Co-creation'은 먼저 고객이 원하는 노래로만 구성해서 연주회를 하는 것이라고 생각했다. 고객들을 무조건 오게 만드는 그런 조건을 만드는 것이다. 고객은 자신이 원하는 곡을 라이브로 듣기 위해서 무조건 연주회 티켓을 예매할 것이다. 나는 이 연주회를 준비하기 위해서 많은 시간이 필요할 것 같다. 고객들이 원하는 곡을 여러 곡 준비해야 하기 때문에 많은 시간을 투자해서 준비해야 할 것이다.

더불어 고객들과 함께 창조할 수 있는 것은 무엇이 있을까를 생각해 보았을 때 고객들에게 행복한 추억을 만들어 주기 위해 연주회에 온 고객들을 위해 선물을 준비하고, 사진과 싸인 등 많은 이벤트를 준비하면 더 좋을 것 같다.

또한 고객들과 소통하고, 함께 공연도 만들고 싶다는 생각을 했다. 관객들의 소중한 공연 후기나 답가 공연 같은 구성으로 프로그램을 짜서 추첨으로 선물 증정도 해보고 싶다. 이 글을 쓰면서 아직 나만의 공연, 창조에 대한 나의 생각이 부족하다는 생각이 들었다. 앞으로 나만의 공연에 대해 더 많이 생각해 보아야겠다.

플루트 정초록

    'Co-creation'이란 공동 창조라는 뜻으로 나의 무대를 만들 때 나와 나의 공연을 관람해 주는 관객들과 함께 무대를 꾸며나갈 방법을 생각해 보았다.

    그러던 중 지난 2019년도 세종시 문화재단에서 주최한 청소년 음악회 '리듬의 매력'이라는 공연이 떠올랐다. 이 공연에서 나는 협연자로서 연주를 했었다. 이때 카로스 타악기 앙상블이 주된 무대를 꾸몄는데, 그때 관객들과 함께 음악에 맞추어 박수치기를 했던 연주가 떠올랐다. 다만 내가 그 무대를 보면서 느낀 점은 관객들의 참여가 조금 소극적이었다는 것이다. 많은 사람들이 앉아 있는 자리에서 다 같이 박수치기를 하는 건 좋은 아이디어이지만, 조금 더 적극적으로 관객들이 참여할 수 있는 무대를 꾸몄으면 어땠을까를 생각하게 되었다.

    그래서 나는 관객들과 함께하는 연주회를 만들고 싶다. 내 공연을 시작할 때 음악을 잘 모르는 사람이라도 다루기 쉬운 악기 몇 개 정도를 공연에 앞서 연주 방법을 간략히 설명을 하고, 그 공연장에 있는 사람들 중에서 추첨으로 몇 명을 뽑아서 같이 연주하는 방식의 연주회를 만들고 싶다. 그렇게 된다면 내가 앞서 언급한 박수치기보다는 조금 더 적극적으로 관객과 하나되는 무대를 만들 수 있을 거라고 생각한다.

플루트 채은서

　관객과 함께하는 연주회를 기획하고 싶다. 연주
자가 앞에 나와 연주하고 박수치며 끝나는 형식적인
연주회가 아닌 연주자와 관객 모두가 함께 참여할
수 있는 연주회를 기획하고 싶다.

　첫째는 아이·부모와 함께 참여하는 희망 연주회를 개최하는 것이다.
음악을 배우는 아이들에게 꿈과 희망을 심어줄 수 있는 연주회를 기획한
다. 프로그램은 아이들이 한번쯤은 들어봤을 법한 클래식 음악으로(동물의 사
육제, 비발디 사계, 유모레스크 등) 정한다. 연주회 중간중간 인터뷰 형식으로 음악
을 배우는 아이들에게 꿈이 무엇인지, 어떤 사람이 되고 싶은지와 같은 인
터뷰를 하고 멘토링을 해준다. 연주회 시작 전 사전에 미리 받은 색종이에
꿈과 목표를 적고 연주회가 끝난 후 종이비행기를 접어 날리면서 꿈을 이
루기 위해 한 발자국 나아가는 연주회를 기획하고 싶다.

　둘째는 아마추어 피아니스트와 함께하는 따뜻한 음악회를 개최한다. 피
아노를 배우고 싶었는데 여건이 되지 않아 배우지 못한 어른들, 피아노 전
공을 했지만 바쁜 삶을 사느라 어쩔 수 없이 다른 일을 하고 있는 사람들,
취미로 배우기 시작한 사람들과 함께 듀엣 연주를 하는 소규모 연주회를
기획한다. 사전에 몇 번 미리 맞춰 봐도 좋고, 즉석에서 맞춰 봐도 여러 의
미로 좋을 것 같다. 참가 인원은 피아노를 다룰 줄 아는 사람이면 남녀노소

누구나 가능하다. 이 음악회를 통해 음악을 하고 싶었지만 어쩔 수 없이 할 수 없게 된 사람들에게 무대 경험을 제공하고, 못다한 꿈을 이룰 수 있는 경험을 할 수 있는 기회를 제공한다.

미래 기술과 예술작품

과학기술은 우리 삶과 예술을 더욱 확장시켜준다.

유명한 예술작품 중 하나인 피카소의 게르니카를 통해 추상적으로 나타내었다.

학생들에게 제시된 10개의 질문 중 일곱 번째는 '미래 기술과 예술작품'

이다. 이제는 예술에도 첨단기술이 접목되는 시대다. 인공지능 또는 첨단기

술과 융합할 수 있는 나의 작품의 미래상을 그려보기로 했다.

< 기획자 허영훈 >

작곡 강혜원

'4차 산업혁명'하면 빼놓을 수 없는 것이 있다. 바로 AI와 첨단기술이다. 이 기술과 음악을 어떻게 접목하면 더욱 편리할지 생각해 보았다.

가장 먼저 떠오른 것은 '화성학 문제를 채점해 주고, 그 결과를 축적해 어떤 부분이 부족한지 알려주는 기계가 있었으면 좋겠다'라는 생각이었다. 입시생, 작곡가를 꿈꾸는 많은 사람들에게 필수적인 장비가 아닐까. 매번 내가 어느 부분에 취약한지, 어떤 부분을 더 보완해야 하는지 헷갈리는 학생들에게는 최고의 선생님이 되어 줄 수 있을 것이다. 뿐만 아니라 차근차근 성장하는 자신의 모습에 더욱 뿌듯함을 느끼고 앞으로 나아가게 해 주는 원동력이 되어 주기도 할 것이다.

피아노 김보섭

불과 10년 전만 해도 기계가 사람의 일자리를 대치하리라고는 생각하지 못했다. 4차 산업혁명 시대가 본격적으로 시작되고 있는 오늘날, 사람과 AI는 서로 공존하며 현재를 살아가고 있다. 때문에 내가 음악가로 살아가며 음악과 AI를 융합시켜 나의 작품을 만들 필요성이 다분히 있어 보인다.

그중에서 한 가지는 센서와 반응하는 공간을 하나 만드는 것이다. 그다음 손가락에 센서를 연결하여 그 어떤 악기도 없는 공간에서 센서와 공간이 반응하면 소리가 나도록 하여 음악회를 여는 것이다. 그리고는 관객들에게 연주자와 다른 종류의 센서를 지급한 후, 연주를 들으며 생각나는 색깔이나 선 등을 센서를 통해 표현할 수 있도록 하여 관객과 함께 3D 연주회를 열어보면 굉장히 재밌을 것 같다는 생각이 들었다. 이와 같은 아이디어를 VR기기를 통해서도 실현시킬 수 있을 것 같다. 각자 연주를 들으며 VR 속에서 그린 그림들을 공모전을 통해 전시해도 좋을 것이다. 공모전 장에서의 음악은 센서를 통해 연주되었던 그 곡을 재생하는 방식이다.

또 다른 한 가지는 로봇과의 듀엣이다. 사람과 로봇의 듀엣 연주는 이미 이루어진 적이 있었다. 4년 전 성남아트센터에서 이루어진 이 듀엣 연주 영상에서 로봇은 고개를 움직이기도 하고, 입 꼬리를 올리기도 하며 아무 표정이 없는 기계에서 동작과 표정까지 가진 연주자로 제법 발전된 모습을 보여주었다. 로봇의 연주 또한 생각보다 자연스러웠다. 다만 이 로봇의 손가락이 너무 많아서 피아노를 치는 데 더할 나위 없이 유리했다. 그리고 팔을 움직이지 않고 피아노를 연주하므로 상체의 움직임이 없어 연주에 생동감을 더하지 못한 것이 나에게는 아쉬운 점으로 느껴졌다. 때문에 앞으로 기술이 더 발전하게 된다면 사람처럼 10개의 손가락을 가진 로봇도 자연스럽게 연주할 수 있는지 듀엣을 하며 대결까지 해보고 싶다는 생각이 들었다.

요즈음은 인공지능의 발전에 의해 기계가 사람의 일자리를 앗아가게 될 것이라는 기사를 자주 접하게 된다. 이와 반대로 그만큼 새로운 직업의 종류가 생길 지도 모르겠다는 생각이 든다. 인공지능의 발전을 두려워만 하지 말고, 바뀌어가고 있는 사회의 흐름 속에서 어떻게 하면 나만의 아이디어를 인공지능과 융합시킬 수 있을지 생각해야 하는 시대가 찾아오고 있다는 생각이 든다.

피아노 김지민

미래 기술 하면 로봇, 인공지능, 날아다니는 자동차 등이 떠오를 것이다. 나도 마찬가지로 전혀 특별하지 않은 인공지능 로봇을 택했다. 예를 들면 요즘같은 코로나 시대에 다른 사람과 대면으로 연주하며 앙상블을 맞추는 것은 쉽지 않은 일이다. 이쯤 되면 사람들은 내가 무엇을 생각했는지 다 알 것이다.

첫 번째로 로봇과 사람이 각자 피아노에 앉아 연주하는 방법이다. 미래 기술이라고 하면 대단하고 창의적인 것을 떠올릴 수도 있겠지만, 난 평범하고 간단하게 생각해 보았다. 그것은 감염될 일도 없을 것이고, 걱정할 필요도 없는 로봇과의 협연이다. 앞으로의 사회가 어떻게 변화할는지 모르는 판국에 사람들을 만나 같이 하는 것보다는 인공지능과 라이브로 연주하는 것도 좋겠다고 생각했다.

두 번째로 생각해 둔 것은 관중들은 3D안경을 쓰지 않았지만, 관객석에서 공연을 보는 시점에서는 3D 연주 홀로그램처럼 보이도록 하는 것이다. 안경이 불편하다는 의견이 많이 있고, 앞으로 계속 안경을 쓴 채로 3D영화를 볼 수는 없기 때문에 새로운 방법을 생각해 보았다. 우리가 흔히 보는 3D영화는 안경을 쓰고 봐야 하는데, 그러다 보면 보면서 머리가 아프고 눈도 아프고 어지러워지는 상황이 발생할 수 있다. 이에 대비해 연주회장이나 영화관에서 3D안경을 쓰지 않고도 3D처럼 보이게 하는 기술을 개발하여 적용하면 좋을 것이다.

피리 김지은

어린아이들도 쉽게 이해할 수 있도록 청각과 시각, 후각, 미각, 촉각을 이용한 다양한 AI 시스템 및 LED 불빛을 활용한 공연이면 좋겠다. 음악이 만들어진 시대적 배경과 그때의 작곡가의 심정을 아이들도 쉽게 이해할 수 있도록 그저 보는 공연에서 벗어나 느끼고 함께 체험하는 공연 말이다. 또한 예술작품 및 공연장, 오케스트라를 보러 직접 가지 않고 집 또는 학교에서 공연장에 온 느낌으로 음악을 더 쉽고 편하고 재미있게 접할 수 있으면 좋겠다.

클라리넷　남경원

　　오늘날 인터넷은 매우 발전했으며, 그만큼 음악을 대중에게 홍보도 예전보다 더 활발하게 할 수 있고, 예전보다 더 빠르고 정확하게 전달할 수 있게 되었다. 옛날에는 불가능했던 온라인 콘서트같은 인터넷상의 연주회를 볼 수 있는 기회가 많아졌고, 우리의 생각보다 미래 기술은 우리에게 더 가까이 있는 소재 중 하나이다. 그만큼 우리는 미래 기술과 융합된 다양한 아이디어를 더 많이 생각해 낼 수 있을 것이고, 더 많은 연주회나 영상 등을 인터넷상에 더욱 활발하게 올릴 수 있을 것이다.

　　내가 지금 다니고 있는 연습실에서는 유튜브 채널을 만들어 초대한 연주자들아 한 연주 영상을 라이브나 녹화 영상으로 채널에 업로드한다. 이런 활동들을 내가 직접 눈으로 보니 한 번 한 번 영상을 찍을 때마다 많은 분들이 고생하고 있다. '어떻게 하면 이 영상을 보는 사람들이 좋아할까?'라고 고민하시고, 그 후 그 의견을 실행하기 위해 조명의 위치나 카메라의 각도, 의자의 위치, 연주자들의 동선, 음량들을 매번 꼼꼼하고 철저히 준비하시는 모습을 보게 된다. 그렇게 영상 한번 찍는 것이 얼마나 힘든 것인지 알게 되었다.

　　나는 미래에 이런 온라인으로 할 수 있는 범위가 더욱 넓어지면 영상 말고도 클래식이 더욱 알려질 수 있도록 다양한 방법들로 다양한 기획을 생각해 내어 클래식을 지금의 실용음악처럼 쉽게 들을 수 있고 쉽게 접할 수 있는 그런 음악이 되도록 노력할 것이다.

작곡 류환희

나중에는 AI 또는 첨단기술이 지금보다 훨씬 더 발전할 것이고, 우리 사회에 끼치는 영향력은 커질 것이다. 과연 음악이라는 분야와 첨단기술이 어떤 식으로, 어떻게 융합될 수 있을 것인지 생각해 보자.

미래에는 인공지능이 작곡을 할 수도 있을 것이고, 지금보다 더 질 좋은 악기가 더 값싼 가격에 생산될 수 있을 것이다. 우리는 더 좋은 녹음 기술로 녹음된 음질 좋은 음악을 더 좋은 스피커로 실제 연주회장에서 듣는 것처럼 들을 수 있을 것이고, 또한 컴퓨터가 발전함에 따라 MIDI로 구현할 수 있는 음악은 좀 더 수준이 높아질 것이다.

우리는 분명 지금보다 더 좋은 시대를 살아가게 될 것이다. 내가 앞으로 미래에 만들 음악은 지금 내가 상상하는 것과는 많이 다를 수 있다고도 생각된다. 하지만 구체적으로 생각해 보기엔 아직은 어려운 일인 것 같다.

바이올린 박노을

코로나로 인한 온라인 클래스에서 강사 선생님과의 수업을 화상 통화로 해본 적이 있습니다. 그때는 음질이 썩 좋지 않았지만, 지금 계속해서 더 좋아지

고 있고 미래에는 아마 더 선명하게 잘 보이고 더 잘 들리지 않을까 생각합니다. 그렇게 되면 화상 통화를 이용하여 실시간으로 다른 지역에 있는 사람들에게 온라인 연주회를 보여주는 것도 좋다고 생각합니다.

항상 서울로부터 먼 지역에서 살아서, 아니면 연주회를 한 번도 보지 못했거나 경제적으로 어려우신 분들을 위해 재능 기부 차원에서 연주회를 실시간으로 전송하면 좋을 것 같다고 생각합니다. 요즘 실시간 방송 시스템도 잘 되어 있으니, 화질이나 소리 품질만 좋아지면 문제가 없으리라고 생각됩니다.

작곡 서영준

아무리 시간이 흘러도 예술을 하는 주체가 인간이라는 사실은 변하지 않을 것이다. 그런데 AI와 첨단기술이 즐비한 요즘 시대에 그것을 가공하고 제공하는 것마저 인간이 한다면 매우 비효율적일 것이다. 인간들이 만들어 놓은 다양한 음악들을 AI가 소비자의 성향을 넘어 현재의 기분까지 파악하여 음악을 제공한다면 어떨까?

기분이 좋지 않은데 차 안 라디오에서 신나는 노래가 나와 채널을 돌린 경험이 한 번씩은 있을 것이다. 아무리 좋은 음악이어도 관객 및 소비자의 기분에 맞지 않는다면 적절하지 않은 소음일 뿐이다. 그 누가 기쁠 때 베토벤의 〈월

광 소나타〉를 들으며, 슬플 때 멘델스존의 〈결혼행진곡〉을 듣고 싶겠는가. 그것은 느끼한 음식을 먹고 싶을 때 김치볶음밥을 주는 것과 다름없다.

예술가가 소비자의 성향은 파악할 수 있으나, 관객의 기분까지 파악하는 것은 사실상 불가능하다. 그렇다면 관객의 바이오리듬을 분석하여 기분을 파악하고, 이에 걸맞는 음악을 제공하는 역할을 AI가 한다면 어떨까? 생산자와 공급자를 완전히 분리하는 것이다. 이를 통해 관객에게 더욱 큰 만족감을 줄 수 있으며, 수요가 늘어남에 따라 방대한 양의 빅 데이터가 쌓이면 더욱 세밀한 서비스를 제공할 수 있을 것이다.

음악뿐만 아니라 소비자의 기분에 따라 다른 그림을 전시해 주는 디지털 전시판, 그날 꿨던 꿈과 관련 있는 뮤지컬을 보여주는 인공지능 TV 등 미래 기술을 예술에 접목시킨다면 더욱더 큰 시너지를 발휘할 수 있을 것이다.

피아노 선지수

미래에 대해 생각이 많다. 원래 나는 미래보다는 현실에 집중하는 타입이라 미래에는 무슨 일이 일어날지 상상을 많이 안 해봤지만, 요즘 코로나 바이러스 창궐 이후 미래에 대한 관심이 많아졌다. 갈수록 인간이 해결할 수 없는 상황이 점점 많이 일어날 것 같다. 지금 지구 온난화로 북극에 있는 얼음이 녹으면 그 안에 꽁꽁 얼려져 있던 바이러스가 녹아서 지금의 코로나 바이러스보다 더 강력한 바이러스가 창궐할 가능성도 있다. 그렇게 되면 미래에는 예술문화가 활동하기란 매우 힘들어질 것이다.

미래에 정말 그런 상황이 온다면 예술 문화는 없어지는 것일까?

나는 이번 가을에 계획한 부활 콘서트(독주회 타이틀 이름)에서 아이디어를 얻었다. 이번 콘서트는 코로나 바이러스로 인해 사회적 거리두기를 함께 지키기 위해서 무관중 독주회를 할까 생각해 보았다. 카메라 장비들로 영상을 실시간으로 촬영해서 각자 개인 공간에서 연주회를 관람할 수 있도록 계획하고 있다.

그러나 그러한 연주회에는 한계가 있다. 실제 라이브로 보는 듯한 느낌을 받을 수 없을 뿐더러 연주회라고 하기에는 너무 몰입이 안 될 것이다. 나는 이 문제의 해결 방법을 미래 영화에 나오는 3D 입체 영상에서 아이디어를 얻었다. 그러한 영상 시스템을 이용한다면 무관중 콘서트로 집단 감염을 막을 수 있다는 장점을 살리면서 몰입도가 떨어진다는 단점도 보완할 수 있을 것이다. 물론 실제 라이브의 느낌을 100퍼센트 살릴 수 없더라도 단점을 최대한 보완할 수 있다는 것은 매우 긍정적이다. 미래에는 코로나 바이러스보다 더 어마무시한 것이 등장할 수도 있다. 그러기 위해서는 이러한 시스템을 최대한 빨리 완성하는 것이 너무나 중요하다고 생각한다.

플루트 이수민

AI가 연주를 하고, 인간 관객이 감동의 눈물을 흘린다는 것은 상상 자체가 잘 되지 않지만 가능성이 없는 것은 아니다. 아니 가능성이 높을 수도 있다. 어쩌면 AI와 인간이 함께 연주를 하고, AI와 인간이 관객석에 앉아 함께 웃고, 눈물을 흘리는 상황이 올 수도 있다. 각종 미디어들은 머지 않아 AI로 대표되는 미래 기술들이 우리의 생활을 지배할 거라고 앞 다투어 보도하고 있다.

앞에서도 언급했듯이 음악이라는 분야 자체는 인공지능이 손댈 수 없고 대체할 수 없는 몇 안 되는 분야라고 전문가들이 이야기하지만, 장담할 수는 없다. 그런 상황을 피하지 못한다면 인공지능과 음악을 잘 융합시킬 수 있는 접점을 함께 어우러지는 방법을 진지하게 고민하는 것도 미래시대를 맞이하는 방법 중 하나일 것이다.

그렇지만 구체적인 방법은 떠오르지 않는다. 이 분야는 좀 더 전문적인 내용에 대해 공부를 한 다음 쓸 수 있을 것 같다. 사실 옛날에 비하면 요즘에는 예술을 감상하기에 너무 좋은 환경이다. 옛날에는 특정한 장소에 가야만 예술을 감상할 수 있었다. 하지만 지금은 마음만 먹으면 휴대폰이나 여러 기기들을 통해서 감상할 수 있다. 물론 그 퀄리티도 매우 뛰어나다.

이런 상황을 초월하여 미래에는 어떤 첨단 기술이 나올지…. 또 그러한 기술과 예술작품을 어떻게 연결할지는 아직 생각이 떠오르질 않는다. 좀 더 고민해 봐야 할 것이다.

첼로 이아현

지금까지 클래식 연주에서는 보지 못했던 색다른 공연을 하고 싶다. 관객들이 즐길 수 있는 공연뿐만 아니라 연주자를 위해 악보를 인공지능에 넣으면 연주자의 연주를 듣고 악보가 자동으로 넘어가게 할 수도 있다. 또한 많은 오케스트라 단원들과 지휘자가 다 오지 않더라도 오케스트라는 영상으로 연주하고 연주자만 무대 위에서 연주한다면 좁은 홀이나 공간에서도 협연이 가능할 것이다.

클래식과 실용음악 모두 음악의 한 분야인데, 사람들이 클래식은 졸리고 지루한 음악이라고 생각하는 반면, 실용음악은 재미있고 함께 즐기는 음악이라고 생각하는 이유는 무엇일까? 나는 이에 대해 클래식은 틀에 박혀 있고 아직까지는 어렵다고 생각하는 사람들이 많기 때문이라고 생각한다. 반대로 실용음악은 함께 즐기는 분위기와 관객들과 연주가 소통할 수 있어서 사람들이 쉽게 접근할 수 있는 것 같다. 그러므로 클래식 업계에서 종사하시는 분들은 틀에 박힌 공연을 준비하고, 무대를 꾸미고 진행하기보다는, 실용음악처럼 연주자가 움직일 때마다 조명이 같이 움직인다든지,

연주 안에 재미있는 요소들을 첨가해 사람들이 클래식을 마냥 지루한 공연이라고 생각하지 않게 했으면 좋겠다.

성악 정연아

나는 음악과 미래 기술을 융합한 융합 예술에 대해 생각해 보려 한다. 지금 생각하기엔 너무 웃기지만 떠오른 아이디어가 있다면 '청소기'와 관련된 것이다.

요즘 나오는 청소기는 청소할 때 너무 시끄럽다. 미래에 이런 소음과 관련된 문제를 해결하여 청소를 할 때 시끄러운 모터 소리 때문에 정신없는 것이 아니라, 클래식을 비롯한 다양한 노래들이 흘러나온다면 청소를 할 때 마음도 편안하고 다방면에서 좋을 것 같다는 생각이 들었다. 이 기술이 개발되면 일상생활에서 클래식을 더 쉽게 접할 수 있게 되는 계기가 될 것이고, 많은 사람들이 보다 더 클래식을 사랑하게 될 것이다.

또 다른 아이디어는 미술과 융합된 예술 전시회이다. 제주도에 놀러 갔을 때 '빛의 벙커'라는 전시회에 갔었는데, 그 전시회는 진짜 일상생활에서 느낄 수 없는 편안함과 감동, 말로 형용할 수 없는 감정들을 느끼게 해주었다. 빛의 벙커 전시회는 눈으로는 미술 작품들을 보며, 귀로는 클래식과 성악을 감상할 수 있는데 꼭 가봐야 할 곳이다. 미술과 음악의 융합도 정말 멋진 작품이 완성된다는 걸 너무도 크게 느꼈고, 미래에 그런 전시회들이 더 발전되었으면 좋겠다는 생각이 들었다.

플루트 정초록

코로나19 시대가 지속되면서 우리 삶의 모습들이 많이 변화하고 있다. 길거리를 걷다 보면 마스크를 끼지 않은 사람들을 찾기가 어렵고, 식당이나 공연장·영화관 같은 곳에서는 사회적 거리두기가 실행되고 있다. 그리고 코로나가 계속 확산됨에 따라서 공연장과 영화관과 같이 많은 사람들이 밀집되는 공간은 찾기 힘들 정도로 많이 사라졌다. 특히 음악을 전공하는 사람의 입장에서 보면 코로나19 상황의 지속으로 공연장에서 연주할 기회가 많이 사라진 것이 안타깝다. 그 결과 많은 연주회들이 실시간 온라인으로 전환되고 있다.

실시간 온라인 연주의 단점은 내가 직접 그 연주를 듣고 있다는 생생함이 떨어진다는 것이다. 제4차 산업혁명 시대를 대표하는 첨단기술인 가상현실(VR)은 실시간 온라인 연주의 단점을 보완할 가장 좋은 방법이라고 생각한다. 가상현실(VR)은 컴퓨터 등을 사용한 인공적인 기술이 만든 실제와 유사하지만 실제가 아닌 어떤 특정한 환경이나 상황 혹은 그 기술 자체를 의미한다. 이때 만들어진 가상의 환경이나 상황은 사용자의 오감을 자극하며 실제와 유사한 공간적·시간적 체험을 하게 함으로써 현실과 상상의 경계를 자유롭게 드나들게 한다. 이 기술을 연주에 접목시킨다면 관객들이 공연장이 아닌 다른 공간에서도 연주자들의 음악을 공연장에서 직접 감상하는 것처럼 느낄 수 있을 거라 생각한다. 그래서 나는 이 가상현실(VR)을 통해 나의 무대를 더 많은 사람들이 접하고 감상할 수 있는 날이 오기를 기대해 본다.

플루트 채은서

재미와 감동이 없으면 성공한 공연이 아니다. 인공지능과 나의 연주를 결합해서 연주회를 기획한다면 색다르고 재미있는 연주회가 될 것이다.

그 한 예를 들면 자동 연주 피아노에 반주를 사전에 미리 입혀두고 연주회장에는 나와 자동 연주 피아노 둘만이 무대에서 연주를 하는 것이다. 또는 연주를 들으며 3D 안경을 쓰고 음악 안에 있는 스토리를 3D로 보여주는 연주를 하면 어떨까 하는 아이디어가 떠올랐다.

예전에 가족들과 함께 클래식 연주를 보러 갔었던 적이 있었다. 나는 정말 재미있게 들었지만 아빠는 지루해 하시고 마지막에는 꾸벅꾸벅 조셨다. 아빠처럼 클래식을 지루해 하거나 클래식에 흥미가 없는 사람들이 3D 안경을 쓰고 음악 안에 있는 이야기를 보면서 음악을 듣는다면 훨씬 재미있고 흥미롭게 들을 수 있을 것이고 남녀노소 누구나 즐길 수 있는 재미있고 감동적인 공연이 될 것 같다고 생각한다.

보도 자료

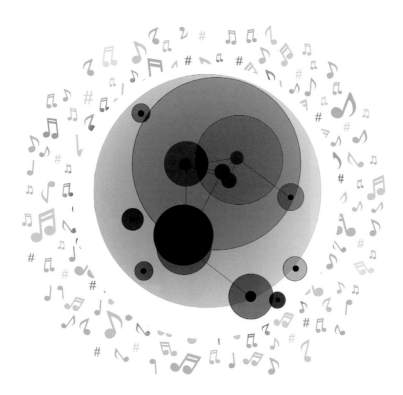

데이터가 수집되고 서로 연결되어 이루는 빅데이터를 나타내었다.

학생들에게 제시된 10개의 질문 중 여덟 번째는 '보도 자료'이다.

약 10년 후인 27세, 세계 최고 권위의 국제 콩쿠르에서 아시아 음악가

중 최초로 1위를 차지한 자신의 보도 자료를 상상으로 작성해 보는 시간이

었다.

< 기획자 허영훈 >

작곡 강혜원

　2029년 세계 최고의 권위를 가진 국제 콩쿠르인 퀸 엘리자베스 콩쿠르에서 한국의 작곡가 강혜원이 아시아인 최초로 1위를 거머쥐었다.

　그녀는 연세대학교 작곡과를 졸업하고 뉴욕에서 영화음악을 공부하던 중, 교수의 추천으로 콩쿠르에 참여하게 되었다. 바이올린 협주곡을 작곡한 그녀에게 사람들은 '어디서도 들어보지 못한 새로운 음악', '감동이 벅차오르는 음악' 등의 수식어를 붙이며 새로운 음악에 놀라워 하는 반응을 보였다. 그녀는 수상 소감으로 "저를 잘 키워주신 부모님과 선생님들께 가장 감사드리고, 앞으로 더 노력해 훌륭한 작품으로 보답할 것"이라고 말했다. 그녀는 대학생 시절 중앙 음악콩쿠르에서 2위를 수상한 경력이 있으며, 진은숙·김신 등의 대가들에게 가르침을 받은 수제자였다. 또한 대학을 졸업한 이후에도 다양한 작품을 작곡하는 등 새로운 시도들을 보여주었다.

　강혜원의 스승인 김신은 "자랑스럽다. 사실 이렇게까지 대단한 성과를 가져올 줄은 상상하지 못했는데 정말 놀랐고, 그동안 정말 고생했다고 말해주고 싶다. 스승을 뛰어넘는 제자가 될 것 같다."고 말하며 자랑스러워했다.

　작곡가 강혜원의 앞으로의 행보를 응원한다.

피아노 김보섭

　세계 최고 권위의 국제 콩쿠르에서 아시아 음악가 중 최초로 '김보섭' 피아니스트가 올해 27살의 나이로 영예의 1위를 차지했다.

　다음은 김보섭 피아니스트와의 인터뷰 내용이다.

[앵커] 안녕하세요, 김보섭 씨. 이번 국제 콩쿠르에서 1등을 차지하신 소감이 어떠신가요?

[김보섭/피아니스트] 일단 정말 기쁘고, 저를 응원해주신 모든 분들께 감사하다는 말을 하고 싶습니다.

[앵커] 네, 그렇군요. 이번 콩쿠르에서 우승하신 것이 아시아 음악가 중 최초로 우승하신 것으로 알고 있습니다. 이번 아시아 최초 1위 타이틀, 마음에 드십니까?

[김보섭/피아니스트] 타이틀도 마음에 들지만 무엇보다 이번 우승이 제 연주에 설득력이 있었다는 것을 인정받는 것 같다는 생각이 들어서, 그 부분이 마음에 듭니다.

[앵커] 알겠습니다. 혹시 이번 콩쿠르를 준비하면서 특별하게 준비하셨던 점이 있을까요?

[김보섭/피아니스트] 저는 대회에 참가하였지만, 사실 음악이라는 분야에 점수를 매기는 것에는 어느 정도 모순이 담겨 있다고 생각해요. 때문에 저 자신만의 음악을 심사위원들에게 보여주기 위해서 최선을 다했습니

다. 그리고 한 가지 더, 제가 학생 시절에 우연히 보았던 음악관련 신문기사 중에 이런 내용이 있었습니다. "비등비등한 실력 중, 합격 여부를 나누는 것은 바로 '자신감'의 차이입니다. 두려움과 불안함에 움츠러들지 말고 자신이 흘린 땀을 믿고 더 자신감 있게 나아가세요." 라는 내용이었는데, 제가 항상 연주나 콩쿠르를 준비할 때 저 내용을 마음에 새기려고 노력을 정말 많이 했습니다. 예술가가 되기로 마음먹은 우리는 정말 열심히 연습하고, 연구하고, 공부하지만, 결국 그 노력의 결과물을 보여주는 장소는 무대 위니까요. 무대 위에서 자신감을 가지지 못한다면 아무리 뛰어난 연주자라도 빛을 발하지 못한다고 생각해요. 그래서 전 항상 제가 해온 노력의 시간들을 믿고, 자랑스럽게 여기며, 스스로 자신감을 가지고 무대에 오르려고 노력해요.

[앵커] '자신이 해온 노력의 시간들을 믿어라.' 좋은 말인 것 같네요. 마지막으로 김보섭 씨는 앞으로 어떤 연주자가 되고 싶으신지 여쭤보고 싶습니다.

[김보섭/피아니스트] 어렸을 때부터 쭉 해온 생각이 하나 있는데요, 사람들과 소통하고 사람들에게 감동을 선사하는 연주자가 되고 싶다는 마음이에요. 우리가 올림픽이나 월드컵 경기를 볼 때 대한민국이 승리하면 함께 기뻐하고 패배하면 함께 격려하며 우리나라를 열심히 응원하듯이, 음악에서도 똑같다고 생각해요. 제가 콩쿠르에서 우승하는 것은 저를 위한 것만이 아니라 저를 응원해 주시는 모든 분들과의 소통이라는 생각을 하고 있어요. 때문에 앞으로도 사람들과의 소통을 통해 서로 의견을 나누고 함께 음악을 하며 살아가는 연주자가 되고 싶

어요.

[앵커] 알겠습니다. 앞으로도 김보섭 씨의 연주 활동을 응원하겠습니다.

[김보섭/피아니스트] 네, 감사합니다.

인터뷰에서와 같이 김보섭 피아니스트는 어떤 결과에서도 그 결과는 자신의 노력뿐만이 아닌, 자신을 응원해 준 사람들과 함께 이뤄낸 결과라고 말한다. 그런 그의 모습이 바로 사람들을 이끌고 함께 소통하고 싶은 마음이 들게 만드는 것이 아닐까 하고 사람들은 말한다. 앞으로도 김보섭 피아니스트의 도전을 응원한다.

피아노 김지민

피아노를 전공하고 있는 사람이라면 밴 클라이번이라는 이름을 들어본 적이 있을 것이다. 이 사람은 차이코프스키 제1회 피아노 콩쿠르에서 1등을 한 미국의 영웅적인 사람이다. 오늘은 올해 6월에 열린 차이코프스키 콩쿠르에서 1등을 거둔 김지민 피아니스트. 한국인 중 피아노 1위를 거둔 것이 처음인데, 김지민 피아니스트를 인터뷰해 보았다.

[기자] 몇 달 전부터 콩쿠르 준비를 하셨나요?

[김지민] 2년 정도 전부터 차근차근 준비한 것 같아요.

[기자] 지금까지 한국인 중 1등이 나온 적이 없는데, 기분이 어떠신가요?

[김지민] 노력의 결실이 이루어 진 것 같아서 정말 행복하고요, 처음에 연습할 때 막막했지만 지금 와서 보니 힘들었던 시절이 머릿속에서 지나치며 추억이 되는 것 같네요. 인생에서 첫 성공을 한 것 같아 기쁩니다!

[기자] 앞으로 무엇을 할 계획인가요?

[김지민] 저는 유튜브나 SNS에 저의 피아노 치는 영상을 자주 올리기도 할 것이고, 차이코프스키 콩쿠르에 도전하는 사람들에게 희망을 주고자 어떻게 연습했는지도 공유하려고 합니다.

[기자] 네. 말씀 감사합니다. 좋고 아름다운 음악 많이 들려주셨으면 좋겠네요!

[김지민] 감사합니다!

  차이코프스키 콩쿠르에서 피아노 1위는 웬만하면 러시아 사람에게 주려는 암묵적인 경향이 짙은데, 러시아인들을 제치고 1위에 올랐다. 경연에서는 수준급 연주를 선보이는 등 음악적 매력을 발사했다.

  먼저 이 콩쿠르에 대해 짧게 설명하면 사실 차이코프스키를 기린다는 것은 표면적인 이유일 뿐, 콩쿠르의 탄생은 소련 문화예술의 위상을 잇기 위해 크게 열린 것이다. 소련이 자국의 문화예술 수준을 전 세계에 선전하고자 야심차게 이 콩쿠르를 창설하였는데, 당시 소련은 국가 주도로 체계적이고 치밀한 음악영재 교육 시스템을 운영하고 있었다. 여기서 선별된 최고의 젊은 음악도들을 콩쿠르에 출전시킨 다음 우승을 시켜 미국을 비롯한 나라들에 소련 음악계의 우월함을 자랑하려고 했던 것이다.

이 콩쿠르는 흔히 쇼팽 콩쿠르, 퀸 엘리자베스 콩쿠르와 함께 세계 3대 피아노 콩쿠르라고 한다. 또한 못해도 1년 전에는 참가에 관한 모든 정보를 준비해 공개한다고 하는 함부로 도전하지 못하는 수준 높은 콩쿠르이다. 연습해야 할 곡이 많아 1년 동안 열심히 해도 완벽하게 하지 못한다고 할 만큼 어려운 콩쿠르이다.

김지민 피아니스트는 학생 시절부터 많은 대회에서 상을 휩쓸던 피아니스트이다. 수많은 노력 끝에 차이코프스키 콩쿠르에서 1위를 했지만 아직 정상에 오르지 않았다고 하는 김지민 피아니스트. 김지민 피아니스트를 비롯한 다른 입상자들이 내년에 협연을 할 예정이라고 한다.

피리 김지은

"김지은 선생님이 아니었으면 나는 그냥 꿈 없이 지금도 방황하고 있었을 것이다."

12인의 천재 예술인이 자신의 청소년기에 한 스승의 따뜻한 마음을 통해 새롭게 희망을 갖고 예술인으로 성공할 수 있었다는 자신들의 이야기를 담은 책을 출간하여 은사인 김지은 선생님에게 헌정했다. 책은 12명 저자가 서로 다른 예술 분야에서 성공한 스토리와 김지은 선생님이 자신의 예술에 밑거름이 되어 주셨던 인생 이야기를 담고 있다. 저자들이 청소년 시기로 돌아간 듯 기억을 되살려 집필된 《김지은 선생님이 아니었으면 나는 그냥 꿈 없이 지금도 방황하고 있었을 것이다》는 현재 자기계발 분야 베스트셀러 1위를 12주째 기록하고 있다.

클라리넷 남경원

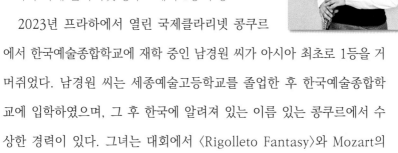

한국예술종합학교 2학년에 재학 중인 남경원,
프라하 국제 클라리넷 콩쿠르에서 1등 수상

2023년 프라하에서 열린 국제클라리넷 콩쿠르에서 한국예술종합학교에 재학 중인 남경원 씨가 아시아 최초로 1등을 거머쥐었다. 남경원 씨는 세종예술고등학교를 졸업한 후 한국예술종합학교에 입학하였으며, 그 후 한국에 알려져 있는 이름 있는 콩쿠르에서 수상한 경력이 있다. 그녀는 대회에서 〈Rigolleto Fantasy〉와 Mozart의 〈Concerto K.622〉으로 1등을 수상하였다.

남경원 씨의 인터뷰 내용을 여기에 게재한다.

"처음 제가 악기를 잡고 레슨을 시작했을 때 레슨 선생님께서는 왜 너는 그런 몸을 가지고 있으면서 소리를 그렇게밖에 못내냐?"라고 말씀하셨어요. 그 말을 듣는 게 너무 억울했어요. 지방 사람인 것이 저에게는 너무나 큰 상처를 안겨주는 약점이 되었죠. 그러다가 김종영 선생님을 만나게 되었고, 그제서야 '악기란 참으로 재미있는 것이구나'라는 것을 깨달았습니다. 그때부터 악기 다루는 것이 재미있고 즐거워졌으며, 그 기분은 제가 악기를 계속할 수 있게 만들어줬습니다.

그렇게 아픔을 딛고 일어났고 그 이후부터 저는 음악을 더 많이 알고 싶었기에 세종예술고등학교에 진학하게 되었습니다. 예술고에서 난생 처음 들어보는 음악 용어들과 시창청음들이 저를 괴롭혔고, 실기와 연주회 개최, 그리고 시험 등 예술고의 생활은 순탄하지 않았습니다. 그렇게 대학 입시를 준비하였고, 저는 힘들게 한국예술종합학교에 합격하게 되었습니다.

대학교에 진학하고는 저는 슬럼프를 겪게 되었습니다. '연주를 잘하는 사람이 이렇게나 많은데 나는 왜 그렇지 못할까'라는 자괴감에 시달렸습니다. 하지만 곁에 있어준 친구들과 가족들, 그리고 선생님 덕분에 쉽지는 않았지만 슬럼프에서 빠져나오게 되었습니다. 그것을 계기로 저는 다른 사람보다 부족한 것을 알게 되어 더 열심히 더 혹독하게 연습을 하였습니다. 그렇게 여러 콩쿠르를 준비하고, 국제 콩쿠르도 준비하며 대회에 참가하게 되었습니다. 처음 나간 콩쿠르에서 예선 탈락이라는 참담한 결과를 맞이하게 되었기에, 그때부터 저의 부족한 점을 채우려고 노력하였으며, 강점은 더 부각될 수 있게 연습에 연습을 더하였습니다.

그 결과 이 콩쿠르에 나가게 되어 그 노력의 결실을 맺게 되었습니다. 이렇게 음악을 하면서 힘든 일도 많았고 좋은 일도 많았습니다. 그만큼 음악의 길이 어렵다고 생각하지만, 참고 계속 나아가면 그 끝은 항상 반짝일 것입니다. 음악하시는 모든 분들께 힘내시라는 말을 해드리고 싶습니다.

남경원 씨는 다양한 활동을 통해 2022년 금호영재 영 아티스트 연주회를 가지기도 하였다. 그녀는 요즘 클라리넷계가 주목하고 있는 클라리네티스트 중 한 사람이다.

바이올린 박노을

오늘 아시아 음악가 중 최초로 세계 최고 권위의 국제콩쿠르에서 27세의 젊은 나이로 1등을 한 바이올리니스트 박노을과 인터뷰를 합니다.

[앵커] 안녕하세요. 오늘 처음으로 아시아 음악가 중 1등을 하셨는데, 기분이 어떠신가요?

[박노을] 정말 1등을 못할 줄 알았는데 1등을 해서 너무 기쁘고요, 저를 가까이서 응원해주신 분들께 감사하다는 말씀 드리고 싶습니다.

[앵커] 그렇군요! 이번 국제콩쿠르 연습을 어떻게 하셨나요?

[박노을] 일단 저는 항상 기본기를 중요하다고 배워왔기 때문에 제가 콩쿠르에서 연주를 할 곡과 같은 조표인 스케일을 찾아 처음에는 스케일로 연습을 하다가 곡 안에서 제가 어려워하는 부분이나 테크닉이 필요한 부분은 따로 연습하기도 했습니다.

[앵커] 좋은 곡을 연주하기 위해서는 많은 노력이 필요하군요. 지금까지 인터뷰에 응해주셔서 감사합니다.

[박노을] 네, 감사합니다!!

주제 8. 보도 자료

작곡 서영준

금년 6월에 시작된 화천비목 콩쿠르가 7월인 이번 달 4일에 끝났다. 성악 부문과 창작가곡 부문으로 나누어 시상하였는데, 성악 부문에서는 소프라노 OOO이, 창작가곡 부문에서는 서영준이 대상인 문체부장관상을 수상하였다. 성악은 두 곡을 선정하여 1, 2차로 나누어 시험을 보았고, 창작가곡은 주어진 시를 가지고 곡을 써서 제출하는 식으로 진행되었다.

창작가곡 부문에서 대상을 받은 서영준은 올해 26살이고, 세종예술고등학교 출신으로 2021년에 서울대학교 작곡학과에 입학하였다. 그는 인터뷰에서 "태어나서 처음 나간 작곡 콩쿠르인데, 대상을 받아 기분이 좋으면서 얼떨떨하다. 성악곡이 따분한 것이 아니라 고급스럽고 재미있다는 것을 대중들이 알았으면 좋겠고, 앞으로 다양한 성악곡을 써서 우리나라 성악 역사에 한 획을 긋고 싶다."고 답했다. 그가 가장 존경하는 성악 작곡가는 제1회 화천비목 콩쿠르에서 우승한 이원주 작곡가를 꼽으며, 그처럼 멋진 성악곡을 만들고 싶다는 포부를 전했다.

그는 25살에 서울대학교를 졸업한 후 현재 안테나뮤직에 취직하여 작곡 및 편곡을 맡아 일하고 있다. 인터뷰에서 그가 실용음악을 전공하면서 성악 콩쿠르에 지원한 동기를 묻자 "음악이란 경계가 없는 것으로, 그것을 기준에 따라 나누면 모호할 것이다. 고등학교 때부터 대학교를 졸업할 때까지 7년간 탄탄히 쌓아올린 클래식 음악 지식을 바탕으로 실용음악을 배워 나만의 성악곡 장르를 만들 수 있었다. 이후에도 클래식에서 실용음악과 성악곡을 넘나든 것과 같이 다양한 장르의 음악에 도전해볼 것이다."라고 답했다.

그가 대상을 받은 곡은 돌아오는 15일에 화천문화예술회관에서 공연되며, 작곡 및 성악 부분 수상자 4위까지 공연될 예정이다. 티켓은 전석 무료이며, 인터파크에서 구매할 수 있다.

피아노 선지수

"내가 러시아에서 이렇게 좋은 연주를 할 거라고는 생각지도 못했다."

피아니스트 선지수 씨가 2028년 차이코프스키 국제 콩쿠르에서 아시아 최초로 전체 1등을 하였다. 그동안 아시아 연주자들에게 높은 상을 주지 않기로 유명한 콩쿠르에서 실력으로 당당히 피아노 부문에서 1등을 하고, 전체에서 1등을 차지한 선지수 씨는 라흐마니노프 협주곡 특별상과 함께 각종 상을 휩쓸었다.

선지수 씨는 고등학교 재학 당시 2021년 반 클라이번 국제 콩쿠르 3등을 필두로, 한국예술종합학교 입학 후 2022년 윤이상 국제 콩쿠르 2등, 2023년 서울 국제 음악 콩쿠르 3등, 2024년 루빈스타인 국제 콩쿠르 3등,

2025년 쇼팽 국제 콩쿠르 5등 등 화려한 수상경력을 가진 연주자이다. 현재 줄리어드 음대 입학 후 석사과정에 있다.

Q. 차이코프스키 콩쿠르에서 꽃이라 불리는 피아노 부문에서 1등한 소감은?

A. 콩쿠르가 너무 길어서 끝난 게 아직 실감이 안 나요. 이렇게 좋은 성적을 낼 거라는 생각을 못했는데, 정말 감사하게도 좋은 연주를 할 수 있었고 부족한 저에게 1등을 주심에 감사드립니다. 기분이 정말로 좋아요. 지금 이순간이 정말 행복합니다.

Q. 긴 콩쿠르에서 가장 힘들었던 순간은?

A. 다 힘들었는데…. 하하하하! 아무래도 1차 무대가 길고 가장 떨어서 힘들었던 거 같아요. 어릴 때부터 무대 공포증이 심한 편이라 1차 무대 때부터 고생을 많이 했는데, 피아노 앞에 앉을 때 마인드 콘트롤을 하려고 많이 노력했습니다.

Q. 파이널 무대가 끝나고 눈물을 흘렸는데?

A. 어릴 때부터 동경하던 콩쿠르에서 이보다 더 좋은 무대를 할 수 없을 정도로 만족스러운 연주를 할 수 있어서 감정이 벅차올랐습니다. 그동안 정말 이 자리까지 우여곡절도 있었고 여러 가지 어려운 부분도 있었는데, 이 자리에 있다는 것 자체가 너무나…. 말로 표현을 못하겠네요. 하하하!

Q. 다른 참가자들 수준은 어땠는지?

A. 전반적으로 다들 수준이 높았습니다.

Q. 참가자 중에 가장 기억에 남는 참가자는?

A. 이번에 같이 참가한 류민석(4등)이 아무래도 같은 한국인, 그리고 친구로

서 기억에 남는 거 같네요.

Q. 피아노를 언제부터 시작했고, 어떤 계기를 가지고 했는지?

A. 음악 회사를 운영하시는 부모님으로부터 일찍이 음악을 접하게 되었고, 무대에서 연주하고 싶다는 마음에 무작정 피아노부터 친 거 같아요. 어릴 때부터 음악을 들으면 저도 모르게 마음이 따스해지는 것을 매번 느꼈거든요. 그래서 지금까지 음악을 할 수 있는 거 같아요.

Q. 가장 힘들었던 순간은?

A. 매 순간순간이 힘들죠. 특히 중·고등학교 시절 때 큰 슬럼프를 겪었을 때 음악을 관두고 싶을 정도로 힘들었지만, 미래에 나의 모습을 생각하면서 버틸 수 있었던 거 같습니다.

Q. 앞으로의 계획은?

A. 현재 줄리어드 음대에서 더 공부를 하여 석사학위를 취득하고 한국으로 돌아가 좋은 피아노 선생님으로 남고 싶습니다.

작곡 윤예원

2xxx년, 세계적인 콩쿠르로 급부상한 xx콩쿠르가 이번에 호주에서 x월 xx일부터 x월 xx일까지 개최되었습니다. 이 콩쿠르는 세계 각국의 많은 음악인들로부터 관심을 받고 있는 가운데 한국인 최초로 우승자가 나왔습니다.

이번 콩쿠르에서 우승한 작곡가 윤예원은, 이름은 잘 알려지지 않았으나 그녀의 작품만은 매우 유명하였습니다. 요즘 한참 인기를 끌고 있는 영화 〈xxxx〉의 메인 테마 작곡가이며, 한국 애니메이션이 전 세계에 알려진 계기가 된 애니메이션 〈xxx xx〉의 메인 테마 역시 작곡하였습니다.

이렇게 이름대신 곡으로 널리 알려져 있던 윤예원 씨는 인터뷰에서 "이번 기회를 통해 저를 조금 세계에 알려, 더 다양한 곳에서 활동하고 싶습니다."라고 이야기했습니다. 그러나 처음부터 유명한 작품들을 만들어 낼 만큼 좋은 실력은 아니었다고 이야기하기도 했습니다. 그녀는 "어렸을 때는 늘 작곡에 있어서 남들보다 하위권이었으며, 늘 제 곡에 대한 자신감을 가질 수 없었습니다. 그러나 딱 한 번만 더 해보자는 생각으로 다시 한 번 도전하다보니 어느새 이렇게 높은 자리에 서 있게 된 것 같습니다."라고 이야기하며 자신의 노력들을 이야기하였습니다. 이후 그녀는 유명 TV 프로그램에 출연해 도전하려는 사람들을 위한 조언을 하기도 하였다.

"저는 어렸을 때부터 늘 뭐든지 열심히 하고자 하는 생각으로 살았어요. 그러나 어느 순간, 그럼에도 불구하고 제 힘으로는 되지 않는 것이 있다는 것을 느끼게 되었죠. 아마 다들 한번쯤 살면서 느끼는 감정일 거라 생각합니다. 그러나 그때가 여러분들의 인생에서 가장 중요한 순간입니다. 그때에 여러분들이 그럼에도 불구하고 다시 한 번 더를 외칠지, 혹은 다른 길을 선택할지는 온전히 여러분의 몫입니다. 그리고 그 선택을 통해 무엇을 얻을지 역시 온전히 여러분들의 몫입니다. 이 자리를 빌려 살면서 중요한 고민들을 해야 하는 상황에 놓인 분들께 제 조언이자 응원의 한마디를 드리자면, 여러분들 모두 열심히 살아왔고, 그렇기에 얼마 안 남았다고 이야기해 주고 싶습니다. 솔직히 사람 인생은 어떻게 될지 아무도 모르는 거니까요."

이번 콩쿠르 이후로 그녀는 한국에서 국한되는 것이 아니라, 전 세계를 돌아다니며 더욱 다양한 곡을 작곡하며 살 것이라는 향후 계획을 밝혔다. 특히 가까운 나라보다는 최대한 먼 곳에 있는 나라로 가 평소 듣던 것과는 다른 음악들을 듣고 싶다고 이야기했다. 앞으로 그녀의 행보가 전 세계에 대한민국을 알리는 계기가 될 것으로 보인다.

"저는 천재라는 말이 싫습니다. 왜냐하면 전 정말 열심히 노력했다고 자신 있게 말할 수 있거든요."

플루트 이 수 민

"플루티스트 이수민, 세계 최고 권위 제네바 콩쿠르에서 한국인 최초로 우승"

플루티스트 이수민이 세계 최고 권위 국제 콩쿠르인 제네바 콩쿠르에서 1위를 하였다. 올해 27세인 그녀는 12살에 취미로 플루트를 시작하였으며, 전공으로서 플루트를 하게 된 나이는 고작 16살, 약 10년 만에 세계 정상의 자리에 오르게 된 그녀가 궁금하다.

그녀는 세종예술고등학교 2회 졸업생으로 남들보다 늦게 음악을 시작하였기 때문에 더욱 열심히 연습에 매진하였다. 집중도를 최대치로 끌어 올리고 매일 악착같이 연습하여 3년 후 그녀는 서울시립대에 입학하였다. 입학은 했지만 그녀는 대학에서도 실력이 그다지 좋지 못했다. 그녀는 고등학교 때보다 더욱 열심히 연습했지만, 도저히 출구가 보이질 않아 세계의 저명한 플루티스트들에게 사사 요청 메일과 연주 파일을 수십 차례 보냈다.

그러던 중 동경의 대상이었던 플루티스트 '엠마누엘 파우드'로부터 사사 허락 메일을 받았고, 그때부터 엠마누엘의 제자가 되었다. 실력은 부족했으나 포기하지 않고 계속 문을 두드리는 열정을 기특히 여겨 제자로 받아 주었던 것이다. 코로나 사태 이후 직접 만날 수는 없었기 때문에 원격으로 레슨을 받으면서 실력을 차근차근 키워나갔다. 엠마누엘도 처음에는 조금 하다가 말겠지 했으나 꾸준히 노력하는 그녀를 보면서 더욱 적극적으로 가르쳤다고 한다.

그러던 중, 그녀는 스승인 엠마누엘로부터 본인이 출전해서 우승한 제네바 국제 콩쿠르 참여 권유를 받아 제네바 콩쿠르에 출전하게 되었다. 첫 출전 때는 입상에 실패하였다. 이후 이어지는 슬럼프까지 겹쳐 매우 힘든 시간을 보냈지만, 결국 이겨내고 다시 연습에 매진한 그녀는 다음해 다시 재도전한 제네바 콩쿠르에서 우승을 거머쥐었다.

그녀는 우승 직후 인터뷰에서 "여러분 10년 동안 연습만 하면 여러분도 우승할 수 있어요!!"라고 말했는데, 10년 동안 그녀가 얼마나 연습을 많이 했는지 정말 궁금해진다. 이번 제네바 국제 콩쿠르에서 한국의 가장 유력한 우승 후보인 한여진, 한수연 플루티스트를 꺾고 우승한 이수민 플루티스트에게 축하의 박수를 보낸다. (ㅋㅋㅋ 너무 거창한가요^^)

첼로 이아현

Q. 이번에 OO대학교의 교수가 되셨던데, 소감이 어떠하신가요?

A. 물론 지금까지 열심히 살고, 열심히 달려왔지만 대학 교수가 된 것은 온전히 운이라고 생각해요.

Q. 연주자로서도 충분히 훌륭하신데, 교수가 되신 이유는 뭔가요?

A. 연주자로서 저는 굉장히 행복했어요. 저의 오랜 꿈이던 저의 연주로 사람들에게 감동을 줄 수 있다는 것은 저에게 굉장히 큰 행복이고, 감사함이었습니다. 아직도 많은 사람들에게 제 연주로 여러 감정을 느끼게 해드리고 싶고, 연주 활동을 하고 싶습니다. 하지만 이미 저의 오랜 꿈을 이뤘기에 이제는 제자 양성에 힘써 학생들이 성장해 나가는 모습을 보며, 제가 알고 있는 지식과 재능을 학생들에게 알려주고, 저 또한 학생들에게 음악적으로든 다른 부분으로든 배우고 싶기에 대학교 교수라는 자리를 선택하게 된 것 같아요.

Q. 앞으로 연주 활동 계획은 없나요?

A. 아니요. 그렇진 않습니다. 저는 제가 가능할 때까지는 연주를 하며 살아가고 싶어요. 사람들에게 저의 연주를 들려주고, 저는 사람들이 제 연주를 듣고 본 후 짓는 표정과 말들로 인해 힘을 얻기에 제가 가능할 때까지는 연주 활동을 하며 살아가려고 합니다.

Q. 다시 태어나도 음악을 하실 건가요?

A. 음, 저는 다시 태어난다고 해도 음악을 할 것 같네요. 비록 중간에 많이 힘들기도 했고, 그만하고 싶을 때도 많았고, 돈도 꽤 많이 들어갔지만, 그래도 저는 음악을 할 거 같아요. 그 이유는 음악을 하면서 느끼는 행복함, 뿌듯함, 만족감, 성취감 등은 아무 곳에서나 얻을 수 있는 것이 아닌데, 음악을 하며 다른 일을 하는 것보다 더 여러 감정을 느낄 수 있고, 여러 표현을 알 수 있었기에 저는 다시 태어나도 음악을 할 것 같습니다.

210

성악 정연아

소프라노 정연아, 2030년 12월 1일

벨기에 퀸엘리자베스 콩쿠르 성악 부문 우승!

2003년 생으로 올해 28세

소프라노 정연아에게 네티즌들의 관심이 쏠리고 있다.

정연아는 2003년 생으로 올해 나이 31세다. 서울대학교 성악과를 졸업하고 뮌헨 국립음악대학교 최고연주자과정을 수료했다. 2025년 라벨라 성악 콩쿠르 1등, 2027 뮌헨 ARD 국제음악콩쿠르 성악 부문 1위를 한 바가 있다. 이어 2030 벨기에 퀸엘리자베스 콩쿠르 성악 부문에서 우승하여 화제를 일으키고 있다.

소프라노 정연아는 최근 연합뉴스와의 인터뷰를 통해 "그 어떤 것도 도움 되지 않는 것은 없으니 뭐든 최선을 다하고, 자신을 믿어라."라고 말했다.

플루트 정초록

○○대학교 음악과 재학생 정초록, 미국 국제 음악 콩쿠르에서 아시아 음악가 중 최초 1위

지난 2023년 미국 워싱턴에서 개최한 제20회 미국 국제 음악콩쿠르에서 아시아 최초로 ○○대학교 음악과 2학년 정초록 씨가 대상을 차지했다.

이번 개최한 제20회 미국 국제 음악콩쿠르에는 전 세계의 많은 음악 전공자들이 참여하였고 그 경쟁이 매우 치열했다. 그 치열한 경쟁 속에서 ○○대학교 음악과 2학년 정초록 씨가 대상을 차지한 것이다.

그녀는 어렸을 적부터 음악을 매우 좋아하여 많은 음악 경험을 쌓으려

고 노력하였다. 초등학교 5학년 때 우연히 플루트 연주를 듣고 플루트의 아름다운 소리에 관심을 가지게 되었다. 그때부터 플루트를 배우기 시작하였고, 중학교 3학년 때부터 전공을 목적으로 깊이 있는 공부를 하였다고 한다. 그렇게 중학교 3학년 때 예술고 진학을 목표로 열심히 노력하여 세종예술고등학교에 입학하였다. 세종예술고등학교에서 많은 음악교육을 받으며 ○○대학교를 목표로 하여 결국 진학에 성공하였다.

그녀는 음악을 하기에 매우 악조건 속에서도 열심히 노력하였다. 신체적으로 다리가 불편하여서 많은 기간 동안 악기를 연습하지도 못하고, 손가락과 손목이 약해서 악기를 오래 연습할 수 없어 많은 어려움들이 있었다. 치료 과정에서도 많은 약물 부작용으로 인해 악기를 더 열심히 연습하고 싶었음에도 신체적으로 따라 주지 않을 때가 많았다.

하지만 그런 힘든 상황 속에서도 음악이라는 하나의 목표를 바라보고 열심히 준비하고 노력하여 이번 미국국제음악콩쿠르에서도 아시아 최초로 1위를 차지할 수 있었다.

플루트 채은서

27세의 어린 나이에 세계 최고 권위의 OO 국제 콩쿠르에서 아시아 음악가 중 최초로 1위를 차지한 플루티스트 채은서와의 인터뷰입니다.

Q. 안녕하세요. 간단하게 자기 소개 부탁드립니다.

A. 안녕하세요. 이번 OO 국제 콩쿠르에서 우승을 한 채은서입니다. 저는 세종예술고를 졸업하고 OO대학교를 졸업해 현재는 연주자로 활동하고 있습니다.

Q. 플루트를 시작하게 된 계기가 어떻게 되나요?

A. 6살 때부터 피아노를 배웠어요. 다니던 음악학원에서 플루트도 가르치길래 호기심에 시작했던 게 시작이었고, 제가 이렇게 전공까지 하게 될 줄은 몰랐네요.

Q. 이번 OO 국제 콩쿠르에서 우승을 하셨는데요. 소감이 어떠신가요?

A. 사실 제가 이렇게 좋은 결과를 얻을 수 있을 거라고 생각조차 못했는데 너무 과분한 결과인 것 같아요. 지금까지 열심히 노력해온 것들을 보상받는 기분이라 뿌듯하고 행복합니다.

Q. 무슨 마음으로 이번 콩쿠르에 임하셨나요?

A. 본선만 올라가도 저에겐 너무 과분한 결과라고 생각했었는데, 막상 본선에 올라가고 나니 입상을 하고 싶다는 마음이 생겨서 지금까지 연습했던 모든 것들을 다 쓰고 내려오자 하는 생각이 들었어요.

Q. 평소 연습량은 어떻게 되셨나요?

A. 음…. 저는 평소에 쉬고 쪽잠을 자더라도 연습실 안에 있자 라는 생각을 해요. 연습실 안에 있으면 연습을 안 할 수가 없더라고요. 아침 일찍 가서 저녁 늦게 돌아오는데 중간중간 쉬는 시간은 확실하게 정해 두고 연습해요. 1시간 반 연습하고 15분 정도 쉬는 것 같아요.

Q. 이런 큰 국제 콩쿠르 무대에서 떠는 모습도 하나도 안 보이고 정말 멋진 연주 보여주셨는데요, 평소에도 무대에서 안 떠시나요?

A. 아, 아니에요. 학생 때부터 항상 무대 공포증 때문에 많이 힘들었어요. 손에 땀이 나고 얼굴이 달아올라서 무대가 싫었어요. 청심환도 먹어보고 다한증 고쳐주는 침도 맞아봤는데 효과는 없었어요. 수십 번 무대에 올라도 떠는 건 정말 어쩔 수 없는 것 같아요.

Q. 그렇군요. 무대에서 정말 멋진 연주 보여 주시길래 하나도 안 떠시는 줄 알았어요. 그렇다면 무대 위에서 본인만의 팁이 있나요?

A. 떨고 안 떨고는 연주자의 마음먹기 나름인 것 같아요. 내가 긴장하면 떨리는 거고, 별거 아니다 라고 생각하면 안 떨리는 것 같아요. 그래서 저는 무대 오르기 직전에 '이건 아무것도 아니다. 관객 아무도 없는 무대다. 내가 최고다.' 이런 생각으로 긴장을 풀고 오르는 것 같아요. 마법같은 효과는 아니지만, 그래도 약에 의존하는 것보다는 효과 있는 것 같아요.

Q. 앞으로 후배 플루티스트에게 해주고 싶은 말이 있으시다면?

A. 본인이 하고 있는 일에 확신을 가지고 밀고나갔으면 좋겠어요. 힘들어도 포기하지 않고 끝까지 최선을 다해 열심히 하셨으면 좋겠습니다. 화이팅 하세요.

부모로서 음악가

부모로서의 음악

누구나 부모님이 자장가를 불러주셨던 경험이 있을 것이다.

품 안의 아이에게 자장가를 불러주는 부모를 그렸다.

학생들에게 제시된 10개의 질문 중 아홉 번째는 '부모로서 음악가'이다.

만약 미래의 내 아이들에게 음악을 가르친다면 어떤 목적으로 어떻게 가르

칠 것인지 작성해 보기로 했다.

< 기획자 허영훈 >

작곡 강혜원

아이가 정말 진지하게 자신의 진로를 탐색하고 고민해 본 뒤 음악가가 되고 싶다고 하면 당연히 음악가가 될 수 있도록 도와줄 것이다.

하지만 부모님이 하는 일이 좋아 보여서, 또는 쉬워 보여서, 하고 싶은 게 없어서, 단순히 공부가 하기 싫어서 등 그 이외의 다른 이유로 음악가가 되려고 한다면 허락해 주지 않을 것이다. 그런 이유들로 음악을 시작하게 된다면 분명히 후회하게 되거나, 도중에 그만 둘 가능성이 크다고 생각하고, 설령 그만두지 않는다고 하더라도 아이가 행복하기 힘들다는 것을 알기 때문에 신중하게 고민해볼 것 같다.

피아노 김보섭

나는 그냥 언제부턴가 음악을 전공하리라 마음먹었던 것 같다. 어떻게 보면 조금 안일하게 시작했다고 말할 수도 있는 나의 음악가로서의 삶은(비록 아직 고등학생밖에 되지 않았지만) 점점 발전하고 있다. 하지만 가끔은, 아니 어쩌면 매일, 내가 음악가들의 사회로 나가게 되었을 때, 내가 설 수 있는 자리가 있을까 하는 고민이 든다. 내 자리의 불확실성을 느낌에도 불구하고 음악이 좋기 때문에 음악을 놓지 못하고 있다. 매일 하는 연습, 반복되는 하루가 힘들고 지루할 때도 있다. 하지만 그럼에도 자신이 원하는 음악이 나왔을 때의 희열을 알고 그 희열을 통해 행복을 얻는다. 그것이 음악이 지닌 힘이 아닐까 하는 생각과 함께 내가 음악을 하고 있다는 사실이 기쁘다는 느낌을 받는다.

음악가의 삶을 살아가고 있는 사람으로서 내 자녀가 음악을 전공하겠다고 말한다면 어떨까 생각해 보았다. 일단 드는 생각은 음악을 전공하려는 일은 신중하게 내려야 할 결정이라는 것이다. 먼저 분명히 강조하고 싶은 것은 공부하는 것이 싫어서 음악을 선택해서는 절대로 안 된다는 것이다. 그다음으로 생각하는 것은 한 사람의 진지한 고민 끝에 비롯된 결정은 반드시 존중해 주어야 한다는 것이다. 아무리 그 대상이 내 자녀라고 하더라도 난 자녀의 결정을 묵살해서는 안 된다고 생각한다. 자녀의 고민을 함께 들어주고 생각해 주는 것이 당연하다. 만약 내 자녀가 진정으로 음악을 하겠다고 마음먹는다면 나는 기꺼이 선택을 존중하고 신뢰하겠다. 하지만 자녀가 그 결정을 내리기 전까지 함께 진지하게 고민하고 음악을 하면서 생기는 고충과, 그럼에도 내가 느껴온 행복들을 알려줄 것이다. 그렇게 만약 내 자녀가 음악을 전공하게 된다면 자신의 음악을 할 수 있도록 도와줄 것이고, 음악을 하며 생기는 고민들을 함께 들어줄 수 있는 사람이 될 것이다.

나는 항상 누군가의 결정을 존중하고 신뢰하며 살아갈 것이다. 그랬을 때 비로소 누군가의 고민을 들어줄 수 있는 사람이 될 수 있다. 남의 고민을 들어줄 때 우리는 그저 도움을 주어야 한다. 남의 결정을 우리가 마음대로 바꿔놓을 수 없는 법이라는 생각이 든다.

피아노 김지민 _____

　부모로서 음악가가 되어 자녀를 가르치는 것은 정말 어려운 일이라고 생각한다. 그만큼 힘도 많이 들고 자녀가 내 말을 따라주지 않는다면 스트레스도 받을 것이다. 나중에 커서 내 자녀가 음악을 전공하고 싶다고 한다면 난 이미 전공자니까 기초부터 섬세하게 알려줄 수는 있을 것이다. 하지만 본론만 말하자면 딱히 가라고 권유하고 싶지는 않다. 음악이라는 길은 사실 많은 꿈 중 갈 수 있는 길이 좁아 음악을 택한 사람들이 버티고 견뎌내야 할 길이다. 내가 그동안 음악을 하며 치열한 경쟁과 힘든 시련들을 겪었기 때문에 내 자녀에게까지 겪게 하고 싶진 않다.

　사실 공부를 한다 해도 힘든 것은 마찬가지로, 많은 스트레스를 이겨내야 하고, 공부와의 힘든 사투를 해야 할 것이다. 공부는 공부만 하면 되지만, 음악은 자기 전공 악기 분야에서 최선을 다해 최고가 돼야 하고, 거기에 공부까지 잘 해야 하므로 일반 고등학교를 다니는 아이들과는 다르다. 그만큼 열심히 연습과 공부를 동시에 해야 되므로 체력도 더 많이 소모되고 힘도 더 든다.

　앞으로 많은 직업군들이 생길 것이고, 코로나19 이후 지금은 없는 직업들도 탄생할 수 있다고 생각하기 때문에 굳이 많은 길을 내버려두고 음악으로 가는 것은 인생에 있어서 현명한 선택이 아니라는 생각도 든다. 직업은 자기가 하고 싶은 것을 선택해야 하고, 자신이 자신 있는 것을 해야 성공할 수 있는 것이다. 꼭 음악의 길이 옳지 않다는 것이 아니라, 다만 내 생각이 그렇다는 것임을 말하고 싶다.

피리 김지은

　내가 부모가 되어 자식에게 음악을 가르친다면 음악은 자신의 마음이 불편하고 혼란스러울 때 마음을 진정시키고 잠시 딴생각을 하고 싶을 때 했으면 좋겠다고 할 것이다.

　꼭 음악이 아니라도 모든 예술(음악, 미술)과 체육을 가까이 하여 마음의 위안을 삼으면서 몸에 걸치고 있는 장신구처럼, 때로는 자신감처럼 늘 가까이 두고 즐겁게 했으면 좋겠다.

클라리넷 남경원

    클라리넷을 중학교 2학년 말에 시작했으니 음악을 시작한 지는 오래 되지 않았지만, 내가 부모가 되었을 때는 음악을 시작한 지 꽤 오래 되었을 것이고, 그만큼 음악에 대해 많이 알고 있을 것이다.

    내가 부모가 되어 자녀에게 음악을 가르친다면 일단 아이에게 "진지하게 고민을 해보았느냐?"라는 질문을 던질 것 같다. 부모가 되었을 때쯤이면 내가 음악을 시작한 지 20년을 넘었을 것이니 인생의 반은 음악을 했을 것이다. 그만큼 음악의 길이 얼마나 힘들고 얼마나 험난한 길인지 충분히 경험했기 때문에 만약 내 아이가 음악을 하고 싶다고 말한다면 진지하게 고민해 보라고 충고할 것이다.

    만약 내가 내 자녀에게 음악을 가르친다면 일단 내가 전공한 악기를 가르칠 것 같다. 가르칠 때 목적을 어디에 둘 것인지를 고민하기보다는 어떤 방법으로 할지를 더 고민할 것 같다. 일단 처음은 기본기를 중요하게 가르칠 것이다. 내가 클라리넷을 하면서 기본기를 탄탄하게 연습하지 않은 것을 제일 후회하고 있다. 그만큼 모든 악기는 기본기가 제일 중요하다고 생각한다. 그다음으로는 손가락의 움직임보다는 이 곡을 어떻게 표현하고 싶은지 그것을 고민해 볼 수 있게 가르칠 것이다. 그리고 난 후에 그다음 목적을 고민해 볼 것 같다.

나는 내 자녀에게 음악을 가르치고 싶다는 생각한 적이 없다. 내가 음악을 전공했고, 그만큼 내 인생의 거의 전부를 음악을 위해 살아 왔고, 또 그만큼 좋은 것 안 좋은 것 다 보았으니 내 자녀에게도 이런 힘든 길을 걷게 하고 싶지 않다. 나는 그렇다.

작곡 류환희

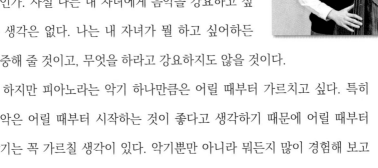

만약 내 자녀에게 음악을 가르친다면 어떻게 할 것인가. 사실 나는 내 자녀에게 음악을 강요하고 싶은 생각은 없다. 나는 내 자녀가 뭘 하고 싶어하든 존중해 줄 것이고, 무엇을 하라고 강요하지도 않을 것이다.

하지만 피아노라는 악기 하나만큼은 어릴 때부터 가르치고 싶다. 특히 음악은 어릴 때부터 시작하는 것이 좋다고 생각하기 때문에 어릴 때부터 악기는 꼭 가르칠 생각이 있다. 악기뿐만 아니라 뭐든지 많이 경험해 보고 배우는 것이 아이가 나중에 자신의 길을 찾아갈 때 도움이 될 것이라고 생각한다.

나 또한 6살 때 피아노에 접한 뒤로 음악에 관심을 가지게 되었고, 지금은 전공까지 하고 있다. 물론 음악 말고도 다른 것들에게 흥미를 느낄 여지는 많다. 어릴 때부터 악기를 배우는 것 또한 다양한 경험 중의 하나일 뿐이고 굳이 음악이 아니어도 아이가 다른 것에 관심이 있다면 적극적으로 밀어줄 것이다. 하지만 꼭 음악과 관련해서 가르치고 싶은 것이 있느냐고 묻는다면, 나는 꼭 내 아이가 어릴 때부터 악기를 배우도록 할 것이다.

바이올린 **박 노 을**

저는 제가 직접 나의 자녀에게 음악을 하도록 하지 않고, 아이가 음악을 배워보고 싶다고 하면 음악을 하게 할 것입니다. 어렸을 때 음악을 가르치면 정서에 좋다는 얘기를 많이 들었는데, 저는 아니라고 생각합니다. 저는 초등학교 때 피아노 학원에 가서 처음으로 악기를 접했는데, 가기 싫었던 기억밖에 없었던 거 같습니다. 그래서 아이는 강제적으로 음악학원에 보내지 않을 것입니다. 또한 아이가 관심을 가지기 전까지는 음악을 알려주지 않을 것입니다.

아이가 음악을 전공한다고 하면 많이 힘들다는 것도 알고, 아이가 음악을 하면 제가 별 도움이 못 될 것 같아서 되도록이면 다른 꿈을 찾을 수 있도록 도움을 주고 싶습니다. 그래도 만약 음악을 전공하게 된다면 그때는 어쩔 수 없이 제가 음악을 하면서 힘들었던 기억을 살려 아이가 경험하지 못하게 하거나 그때 제가 극복했던 방법을 기억해내서 도와줄 거 같습니다.

작곡 서영준

대부분의 음악가들은 자신의 자녀가 음악을 대물림해야 한다고 생각하기 마련이다. 하지만 그것은 자녀의 재능과 의지에 달려 있는 것으로, 절대 강요해서는 안 되며, 음악가인 부모로서 할 수 있는 최선은 자녀에게 많은 정보를 제공해주는 것뿐이다.

음악가로서 음악교육에서 가장 강조하고 싶은 것은 절대 할 것이 없어서 음악을 하게 돼선 안 된다는 것이다. 대부분 음악가의 자녀들은 부모의 모습을 보고 자연스레 따라하게 되고, 자신의 장점을 발견하지 못했을 때 조금 할 줄 아는 음악이 자신의 적성이라고 착각하게 된다. 이것을 막기 위해서는 음악가가 되기 위해 얼마나 많은 것들을 포기하고 많은 노력을 해야 하는지, 그중 작곡가가 되려면 어떤 길을 걸어야 하는지를 심도 있게 얘기하는 것이 중요하다. 자녀가 음악가가 되는 것을 부정적으로 보는 것은 아니다. 행여 불성실한 음악가, 인정받지 못하는 음악가로 클까봐 걱정하는 마음이 생기는 것은 당연하다고 생각한다.

음악가인 부모로서 자녀에게 음악을 가르치는 것은 옳은 일이고 좋은 일일 수도 있다. 그러나 베토벤의 아버지처럼 자녀에게 음악을 하도록 강요하거나, 혹은 그 반대로 자녀가 음악을 하지 못하도록 막는 행위는 결코 옳지 않다고 본다.

피아노 선지수

이 키워드를 진행하면서 정말 수많은 생각들이 스쳐 지나갔다. 나는 어릴 때 정말 좋아서 피아노를 시작했었다. 그리고 콩쿠르에서 좋은 성과를 내자 불행이 시작되었다. 부모님께서는 아침 7시부터 강제로 깨워서 연습실에 앉혀 놓고 새벽 2시까지 혹독하게 연습시켰다. 내가 왜 이렇게 살아야 하나 하는 생각이 들었고, 자살 시도도 여러 번 하였다. 우리 부모님뿐만 아니라 우리 나라에서 음악을 하는 자식을 둔 부모님의 공통된 현상이라고 생각한다.

물론 그렇게 혹독하게 연습시키면 피아노 실력이 향상될 수밖에 없다. 실제로 나도 피아노 실력이 늘었고…. 하지만 아이의 삶은 과연 행복할까? 어릴 때 누려야 할 자유·기쁨, 이런 것들을 모두 배제당하고 연습을 시키면 진정한 성공이라고 할 수 있는가? 나는 이런 교육 방법에는 반대한다. 음악인으로서는 성공할지라도 인간으로서, 그리고 그 아이의 삶으로서는 실패하기 때문이다.

어릴 때 모든 자유를 배제당하고 연습만 죽도록 해서 성공한 아이는 유명해질지라도 행복하게 살아갈 수는 없을 것이다. 행복하게 사는 방법을 모르기 때문이다. 나도 중·고등학교 때 너무나 많은 고통을 당했다. 어릴 때 누려야 할 것들, 경험해야 할 것들을 못하고 피아노 연습만 했기 때문에 사회(학교)에 나가서 너무나 많은 따돌림과 고통, 부적응으로 많이 힘들었다. 피아노 하나만으로 나의 삶 전체가 파괴된 기분이었다.

나는 음악을 배우면서 기본적으로 누려야 할 것을 누리고 다양한 경험을 해야 한다고 생각한다. 물론 연습도 열심히 해야 겠지만 피아노만이 우리 인생의 전부가 아니기 때문이다. 그래서 나는 음악을 하면서도 삶에 대해서도 느꼈으면 좋겠다. 아이가 음악으로 정말 행복해 할 수 있도록 하면 좋은 시너지를 낼 수 있을 것이다. 안타깝게도 내 주변에 고통 받고 있는 친구들 동생들이 너무나 많다.

슬픈 현실이지만 부디 미래에 내 후배들은 좋은 환경에서 음악을 배우길 소망한다. 그 아이가 스스로 음악을 느끼고 배울 수 있도록 토대를 만드는 것이 진정한 부모로서의 역할이라고 생각한다.

작곡 윤예원

부모로서 아이에게 무엇을 해줄지는 항상 큰 고민거리일 것이다. 무엇이든 해 주고 싶으나 무엇을 해 줘야 할지 모르는 분들께 나는 감히 음악을 배우게 하라고 말하고 싶다. 음악은 우리의 생각보다 더 놀라운 힘을 지니고 있다. 음악은 공감의 역할을 하며, 세상과 소통하는 것을 가르쳐 준다. 보람을 느끼게 해주며, 때로는 진통제의 역할도 한다.

'왜 자녀에게 음악을 가르쳐야 하는가?'라는 주제를 설정했을 때 나는 2가지로 그 이유를 설명하고 싶다.

첫째로는 '공감'이다. 연주자는 연주를 하며, 때로는 곡에 공감하기도 한다. 슬픈 날은 슬픈 곡을 연주하며 울기도 하고, 기쁜 날은 즐겁게 연주하기도 한다. 사람에게 매우 중요한 기능인 공감 기능을 음악을 통해 배울 수 있다.

두 번째로는 '정상'이다. 음악을 연주하면 뇌에서 좋은 호르몬은 내보내는 뇌파가 많이 나오게 된다. 이는 뇌를 활발하게 만들어 뇌를 발달시킨다. 대표적인 예로 모차르트의 음악을 들을 때에는 높게 측정된다는 알파파가 있다. 이 파동은 사람이 편한 장소에서 휴식을 취할 때 주로 나온다. 그래서 이 뇌파는 몸의 긴장을 풀어주는 동시에 창의력을 증가시켜준다. 이처럼 음악은 사람에게 긍정적인 영향을 많이 끼친다.

그런데 한 가지 주의해야 할 점이 있다. 그것은 바로 아이의 의사이다. 알파파는 '안정적인 곳에서 편히'라는 조건이 붙는다. 그런데 만일 아이가 악기를 배우기 싫어하는데 배운다면, 알파파는 결코 나오지 않을 것이다. 그렇기 때문에 아이의 의사를 최우선으로 생각해야 한다.

그리고 도움이 될 만한 이야기를 한 가지 더하면 바로 아이와 부모가 함께하는 것이다. 아이에게 부모는 아이의 세상 그 자체이다. 아이에게 부모는 전부이며, 가장 중요한 사람이다. 그렇기 때문에 아이는 부모를 전적으로 의지하며 믿는 경향이 있다. 그렇기 때문에 아이는 부모가 있다면 두려울 것이 없는 무적이 된다. 그래서 만약 부모와 아이가 악기를 함께 배운다면 아이는 더 자신감 있고 적극적이며, 주도적으로 배울 것이다. 아이에게는 부모가 있기 때문에 두려울 것이 없기 때문이다. 이처럼 아이와 함께하는 악기 수업은 아이가 더욱 주도적인 활동을 가능하게 해주기 때문에 가능한 한 아이와 함께해 주시길 바란다.

플루트 이수민

만약 나의 자녀가 음악을 하고 싶다고 말한다면, 일단 찬성이다. 나는 음악(클래식)의 대중성을 넓히는 목표를 두고 아이를 가르치고 싶다. 사실 지금도 그렇지만 일상에서 '클래식'이란 이미지는 뭔가 고지식하고, 재미가 덜하고, 대중적인 것과는 거리가 먼 느낌이다. 이러한 이미지가 아쉽다.

물론 나도 클래식 음악을 전공으로 택하기 전에는 이러한 이미지를 그대로 가지고 있었다. 그래서 나의 아이가 음악을 한다면 이러한 느낌이 아닌 대중적인 느낌으로 편하게 다가갈 수 있는 클래식의 대중화를 이끌었으면 좋겠다. 클래식은 어렵다는 이미지를 없애고, 보통의 팝처럼 평범하고 가볍게 들을 수 있다는 점을 같이 얘기하고 싶다. 이것은 나 역시 아이들과 함께 펼쳐나가고 싶은 목적이기도 하다.

또 다른 면에서 아이가 음악가로서 성장하도록 도움을 주어야 할 텐데, 내가 그 길을 걸어왔기 때문에 좀 더 조언을 해 줄 수도 있겠지만 자칫하면 너무 간섭이 될 수도 있을 것 같아 조심스럽기도 하다. 그래서 좀 고민을 많이 했다. 일단은 그 아이에게 맞는 스승께 사사할 수 있도록 해주고 싶고, 연습은 기본적으로 많이 하도록 이끌 것이다. 연습에 초점을 맞출 것이다. 연습 없이는 아무것도 이룰 수 없고, 연습만이 답이라고 생각한다. 대신 대학을 나온 이후에는 아이의 음악 스타일을 존중해 줄 것이다. 본인이 원하는 방향이 무엇이든 간에 응원해 줄 것이다.

첼로 이아현

나는 내 자녀로 하여금 음악을 배우게 하긴 할 것이다. 하지만 음악을 전공하라고 강요하고 싶지는 않다. 물론 어렸을 때부터 여러 가지 악기를 배우게는 하겠지만, 음악을 전공하라고 하고 싶지는 않다. 아직까지 음악 업계는 돈이 많은 사람이 유리하고, 너무나 좁고 좁기 때문에 음악 업계보다는 조금 더 크고 자유롭게 살 수 있는 업계에서 일하길 희망한다.

하지만 나의 아이가 음악인의 길을 걷고 싶다고 한다면 나는 적극적으로 지지하고 도와줄 것이다. 이미 음악 업계에 먼저 발을 담구고 음악을 전공한 사람으로서 나의 아이가 좋은 연주자, 좋은 음악가가 될 수 있도록 도울 뿐만 아니라 아이에게 맞는 악기를 찾아주려고 노력할 것 같다. 또한 음악가의 길을 걷다가 삐끗하거나 올바른 길을 찾지 못했을 때는 가장 가까운 음악가이자 지지자인 내가 좋은 방향으로 나아갈 수 있게 응원하고 도와줄 것 같다.

피아노 이 휘 영

음악이란 정말 알 수 없고 보이지 않은 커다란 힘을 가지고 있는 것 같다. 같은 상황이라도 음악이 있고 없고는 느낄 수 있는 감정의 크기조차 다르다는 생각을 한다. 부모로서 나는 이런 음악을 통해 아이들의 삶을 풍부하게 만들어주는 역할을 하고 싶다.

성악 정 연 아

요즘 여자들에게 "결혼 하고 싶어?"라고 물어본다면 부정의 대답이 훨씬 많다. 실제로 레슨 선생님께서 제자들 중에 나만큼 결혼에 대해 긍정적으로 말하는 사람은 처음이라고 하실 정도로 나는 결혼에 대해 긍정적으로 생각하고, 바란다. 나이에 맞지 않게 생각이 너무 성숙한 걸까? 나는 가끔 그런 생각을 한다.

"27~28살 사이에 돈 많이 벌어서 늦지 않게 결혼하고, 아들 딸 낳아서 행복한 가정을 꾸려야지."

나의 생각을 말하면 사람들은 놀라서 입이 턱 벌어진다. 지금은 2세 계획을 2명으로 줄였지만, 원래는 3명은 기본이 아니냐고 말할 정도로 나는 긍정적인 반응을 보였었다. 친구들이 나를 생각할 때 자식에게 정말 잘 해줄 것 같다고 말한다. 나는 결혼을 한다면 정말 예쁘게 키우고 싶다.

성악을 시작하고 나의 꿈의 발전이 있었다면 '딸을 낳으면 성악을 시키고, 아들을 낳으면 공부를 시켜야지.'라는 생각이다. 나는 딸에게 음악을 시키고 싶다. 성악가라는 직업이 나의 개인적인 생각으로는 여자들에게 정말 좋은 직업이라고 생각하고, 딸이 나를 닮아서 목소리에 재능이 있지 않을까 싶기 때문이다. 내가 딸에게 음악을 시킨다면 내가 하지 못했던 모든 것을 해주고 싶다. 나는 중학교 3학년이 되어서야 성악을 처음 접했다. 대학 입시까지 부족하지 않은 시간이지만 딸에게는 보다 더 음악에 대한 지식(knowledge)과 태도(attitude)가 풍부했으면 하는 바람이 있기 때문에 어릴 때부터 음악을 시키고 싶다.

어릴 때부터 피아노, 음악 이론, 발성, 연기 등 차근차근 하나씩 가르치고 싶고, 노래도 잘하고, 똑똑한 소프라노로 성장시키고 싶다. 나의 작은 소망이 있다면 딸이 대학을 가고, 유학을 다녀와서 연주회를 한다면 딸의 연주 드레스도 만들어주고 싶고, 사람들에게 '엄마의 영향으로 딸이 예쁘게 성장했다.'라고 인정받고 싶다.

그리고 나의 자식들에게 짧게 하고 싶은 말이 있다면 건강하고 예쁘게 자랐으면 좋겠다고. 사랑한다고 전해주고 싶다.

플루트 정초록

내가 만약 부모가 되어 나의 자녀들에게 음악을 가르친다면 아이의 정서 발달과 즐거움, 행복을 목적으로 할 것이다. 나에게 음악은 내 삶의 전부이다. 나는 가끔 내가 귀가 안 들려서 세상의 아름다운 소리들을 듣지 못한다면 어떻게 될까 생각하곤 한다. 정말 상상도 하기 싫을 만큼 나에게는 세상의 소리 하나하나가 너무 소중하고 그 소리들이, 음악들이 나를 행복하게 만든다. 하지만 모든 사람들의 음악에 대한 가치관이 다 똑같을 수는 없다.

내가 만약 부모가 되어 내 아이들이 음악을 좋아하고 원한다면 음악가로서 음악을 깊이 있게 가르치고 싶다. 만약 내 아이가 음악을 좋아하지 않는다면 음악을 가르치고 싶지 않다. 음악이란 행복하기 위해서 하는 것이라고 나는 생각한다. 하지만 음악을 함으로서 스트레스를 받고 억지로 배운다는 느낌이 든다면 굳이 필요한 교육이 아니라고 본다.

하지만 음악을 싫어한다면 깊이 있는 음악을 가르치지는 않겠지만, 살아 가면서 기본적인 음악 지식은 있어야 한다고 생각한다. 그것은 학교나 어딜 가서라도 악보는 읽을 줄 알고, 음악의 배경 지식을 의미한다. 따라서 나는 아이가 느끼는 행복의 범위 안에서, 또 아이가 음악을 즐기는 범위 안에서 음악을 가르치고 싶다.

플루트 채은서

나는 내 자녀에게 음악을 가르치고 싶지는 않다. 아이가 원한다면 아이의 의견을 존중해서 피아노 학원 정도는 보내겠지만, 절대 내가 직접 가르치지는 않을 것이다. 내가 나의 아이에게 음악을 가르치게 된다면, 그러지 않으려 해도 나도 모르게 욕심을 부려 완벽을 기하기 위해 아이에게 스트레스를 줄 것 같다는 생각이 들기 때문이다.

나 역시도 음악을 취미로 했을 때는 학원 가는 시간이 기다려지고, 집에 늦게 가더라도 더 연습하다 가고 싶어 할 정도로 좋아했다. 그러나 전공을 하고 나서 어려운 곡들, 어려운 이론들을 배우게 되면서 전공을 한 것을 후회하면서 잠깐 휘청한 적이 있었다. 누구보다 억지로 시키는 것이 안 좋다는 것을 잘 알기 때문에 내 아이가 조금이라도 힘들어 하면 아이의 의견을 믿고 따라 주고, 더하고 싶다면 얼마든지 밀어줄 것이다.

음악과 인류

우리가 흔히 알던 인류의 진화 과정 뒤에
피아노를 치며 연주하고 있는 현 인류의 모습을 덧붙였고
5만 년 전 우리의 아주 먼 조상에서부터 인류의 현재 모습까지 이어주는,
음악이 우리 인류의 역사에 그은 굵은 획을 그려냈다.

학생들에게 제시된 10개의 질문 중 열 번째는 '음악과 인류'였다.

음악이 앞으로 전 세계 인류에 어떤 영향을 미쳤으면 하는지 그 바람을

작성하는 시간을 가졌다.

< 기획자 허영훈 >

작곡 **강혜원**

음악은 오래전부터 유흥의 도구로 사용되었다고 생각한다. 오늘날에도 음악은 사람들에게 즐거움을 주고, 흥겹게 만드는 것으로 인식되곤 한다.

하지만 복잡하고 계속해서 바뀌어가는 세상 속에서 음악이 사람들에게 치유가 되는 존재로 여겨졌으면 한다. 음악에는 힘이 있기 때문에 사람들에게 말로 할 수 없는 위로와 힘이 되어줄 수 있다. 자극적인 음악들로 사람들을 흥겹게 할 수도 있지만, 기댈 곳 없는 사람들에게 조금이나마 안정을 주고 휴식할 수 있도록 도와주는 치유제가 되었으면 한다.

피아노 **김보섭**

요즘 트로트가 대한민국을 휩쓸고 있다. 불과 몇 년 전만 해도 대한민국에 트로트 붐 현상이 나타나리라고는 전혀 예상하지 못했다. 중독성 있고 듣기만 해도 흥이 차오르는 장르인 트로트가 갑자기 인기몰이를 하게 된 이유는 트로트로 TV나 광고 등의 마케팅을 시작했기 때문이라고 생각한다.

그런데 클래식도 충분히 대중화가 가능하다고 생각한다. 요즘 유튜브에서 클래식 음악을 다루는 채널이 많아지고 있다. 영상의 댓글들을 보면 음악을 몰랐던 일반인들이 프로 연주자와 음대생들 연주의 차이가 느껴지는 데 대해 신기해 하고, 음악을 전공하는 사람들이 어떻게 레슨을 받는지를 보며 재밌어 하는 내용이다.

이처럼 클래식을 접해 보면 생각보다 재미있고 신기한 사실들을 많이 접할 수 있다. 때문에 나는 전 세계 인류가 어떤 장르의 음악을 듣는다고 하더라도 편견 없이 음악을 대하는 사회가 오기를 바란다. 그러기 위해서 사람들이 여러 장르의 음악을 '듣는 것'만이 아닌, 각 장르의 음악들을 '어떻게 공부하는지'를 접할 수 있는 시스템들이 많아지면 좋겠다는 생각이 든다.

좋고 나쁨의 차이가 아닌 서로 다른 느낌의 음악을 사람들이 알고 향유할 수 있기를 바란다. 그리고 나서 음악들이 모든 사람들을 행복하게 해줄 수 있기를 바란다. 나는 자전거를 탈 때 음악을 자주 듣는다. 음악를 들으며 바람을 쐬면 절로 행복해지는 것을 느끼기 때문이다. 그래서 나는 사람들이 음악을 통해 평화를 느낄 수 있으면 좋겠다는 생각을 한다.

피아노 김지민

사람들에게 음악을 생각해 보라고 하면 아마 가요, 팝송 등 다양한 재즈 음악을 먼저 떠올릴 것이다. 18년 동안 나도 재즈 음악들만 들으며 일상을 즐겼다.

클래식이 따분하고 지루한 것은 맞다. 하지만 요즘 작곡된 현대곡은 어색할 수도 있고 난해할 수도 있지만 신기한 화성을 갖고 있다. 또한 특이한 곡들도 많이 작곡되고 있어서 클래식을 새로운 관점에서 다시 볼 수 있다. 하지만 요즘은 많은 사람들이 클래식보다 재즈 음악을 즐기고 평상시에 많이 듣는다. 이런 상황에서도 클래식을 전공하는 사람들은 음대를 가기 위해, 혹은 성공해서 유명한 피아니스트가 되기 위해 노력한다.

나는 재즈 음악도 그렇지만 클래식도 마찬가지로 우리의 힘든 일을 해소시켜 주고 안정시켜 준다고 생각한다. 클래식을 지금보다 더 대중적으로 만들어 들려주면 지루하다는 편견을 없애고 재즈와 차별되지 않는 음악이 될 것이다. 클래식이 지루하다는 생각은 클래식에 대해 편견 때문이다.

처음엔 나도 '클래식을 누가 들어. 여가시간엔 팝송이나 가요지.'하는 생각을 갖고 있었다. 하지만 요즘 피아노와 오케스트라 등의 클래식 곡을 많이 듣다 보니 모르던 음악을 알게 되는 뿌듯함도 들고, 클래식에 대한 편견이 많이 바뀌어 요즘엔 클래식을 듣는 비중이 더 커지고 있다. 한 번 들으면 빠져나올 수 없는 클래식을 아무 생각 없을 때, 혹은 우연이라도 들어보는 것도 나쁘지 않다. 사람들은 신날 땐 즐거운 음악을 찾아 듣고 슬플 땐 슬픈 곡으로 위로를 받기도 한다. 이런 점으로 보아 대부분의 사람들은 기분이나 컨디션에 따라 음악에 의존하며 살아간다. 이처럼 인류와 음악은 닮은 점이 많다는 것이 내 견해이다.

피리 김지은

나는 국악 전공이기 때문에 국악을 중심으로 이야기할 것이다. 나는 국악을 K-POP처럼 세계에 알리고 싶다. 그래서 한국 음악하면 K-POP이 아닌 국악을 먼저 떠올리게 하고, 우리나라에서도 서양 악기를 배우는 사람 수와 국악을 배우는 사람 수의 차이가 크게 안 났으면 좋겠다.

우리는 너무나 국악을 모른다. 나를 모르는 자가 어찌 다른 것을 이해할 것인가. 한국사도 모르면서 세계사를 공부하는 격이 아닐까. 우리의 찬란한 역사가 미국보다 훨씬 길다는 것을 알고 있긴 하는지….

서양 악기를 배우러 유럽으로 유학을 가듯이, 외국에서 우리 국악을 배우러 우리나라로 유학오는 그날이 반드시 오도록 국악 발전에 노력하겠다.

클라리넷 남경원

오늘날 인류는 점점 진화하고 있으며, 그에 따라 우리가 사용하고 있는 인터넷, 즉 정보통신 기술이 날이 갈수록 점점 발전해 가고 있다.

이에 따라 옛날에는 사람이 했던 일이 지금은 로봇이나 간단한 앱으로 대체되거나 바뀌었다. 예를 들면 옛날에 은행에 가야만 했던 송금이나 예금 인출을 지금은 휴대폰 앱으로 간단히 처리할 수 있게 되었다. 기술이 많이 발전하고 있다는 것은 그만큼 사람의 손을 쓰지 않아도 일을 처리할 수 있다는 것이다. 그 말은 즉 사람들이 일자리를 잃어버리고, 그 일을 더 이상 할 수 없다는 말이다. 이런 문제는 지금 우리가 직접 겪고 있는 사례이다.

나는 이런 문제들이 머나먼 이야기인 줄로만 알고 있었다. 왜냐하면 많은 사람들이 일하고 돈을 벌기 때문이다. 하지만 그건 표면적인 문제였고 많은 사람들이 직장을 잃어가고 있다. 이 문제는 음악인이라고 무시하면 안 된다. 음악계에서도 이 문제는 심각한 문제라고 생각한다.

'로봇이나 새로운 장비 때문에 의해 음악하는 사람의 숫자가 점점 적어진다'라는 말을 들은 적이 있다. 나는 워낙 어릴 때였기 때문에 이런 문제에 대해서 깊게 생각해 보지 못했다. 또한 우리가 지금 음악 어플을 쓰고 있음에도 불구하고 절대 그런 일이 없을 것이라고 생각했다. 하지만 지금 그 말은 점점 우리한테 다가오고 있다. 많은 어플들이 생기면서 사람들은 연주를 직접 보기보다는 영상으로 찾아서 보는 경우가 옛날보다 눈에 띄게 많아졌다. 그로 인해 음악가들이 설 자리가 부족해져만 가고, 유명한 연주자가 아닌 이상 음악계에서 살아간다는 것은 점점 더 힘들어지고 있다.

하지만 내 생각은 다르다. 우리가 사람들 즉 관객들에게 들려주는 것은 단순히 음악만이 아니라고 생각한다. 연주자가 어떤 음악을 표현하면 관객들도 같이 느낄 수 있게, 공감할 수 있는 연주를 만들어나가는 것이 연주자가 하는 일이다. 로봇이 아무리 좋은 연주를 재생한다고 하더라도 연주자가 직접 전달해주는 현장의 느낌과는 매우 다를 것이다. 인류가 발전해 나가는 만큼 음악계도 점점 발전하여 더 좋은 연주를 만들어 낼 수 있다는 것을 보여주어야 한다.

작곡 류환희

음악은 사람의 감정을 건드리는 원초적인 힘이라고 생각한다. 상상해 보자. 음악이 없는 세상은 얼마나 메말라 있을까. 그래서인지 음악은 수천 년 동안 우리 인간들과 함께해 왔다. 원시시대의 의식에서 사용되던 음악부터 여가시간에 듣게 되는 음악까지.

현대사회에서도 음악은 아주 다양한 역할을 하고 있지만, 음악은 예로부터 사람의 여가시간을 채워준 오락거리였다. 여가시간이 아니어도 우리가 대중교통을 이용하거나 일을 할 때도 음악을 듣는다. 이렇게 지금까지 음악이 우리 곁에 존재해왔던 것처럼 앞으로도, 어쩌면 인류가 사라지기 전까지 존재할 것이라고 생각한다. 음악이 가진 원초적인 힘은 무시할 수 없기 때문이다.

사람이 귀가 있고 감정이 있는데, 음악이 사라질 이유는 전혀 없다. 상업적으로도 음악이 가진 힘은 무시할 수 없다. 예전처럼 공연장에서 공연하는 그런 아날로그식 음악에서 지금은 매체 어디에서나 등장하는 게 음악이기 때문이다. 그렇기에 나는 음악이 앞으로 인류에게 끼칠 영향은 더 커질 것이라고 생각한다.

바이올린 **박 노 을**

아직 사람들은 클래식과 친하지 않고 클래식 음악에 대해 모르는 경우가 많습니다. 주변을 걷다 보면 병원이나 지하철 등 많은 곳에서 클래식 음악이 재생되지만, 그걸 아는 사람들은 몇 안 됩니다.

그렇기 때문에 저는 사람들이 클래식 음악에 대해 더 많이 알았으면 좋겠다고 생각합니다. 음악을 단지 재미없는 음악, 지루한 음악이 아닌 마음이 편해지는 음악으로 알게 되었으면 좋겠습니다.

작곡 서영준

현 인류는 다방면에서 자극적인 것을 원한다. 맵고 짠 음식, 빠르고 색다른 전자기기, 화려하고 멋진 집, 그리고 자극적인 음악. 세계화가 진행되면서 인류는 너무나 많은 것들을 접하게 되었고, 그로 인해 더 자극적인 요소들을 갈구하게 되었다. 음악사에서도 지난 100년간 너무나 많은 변화들이 있었으며, 나쁜 변화들이 차지하는 부분도 상당하였다. 어떻게 하면 인류를 자극적인 음악에서 벗어나게 할 수 있을까? 그것은 초심으로 돌아가는 것이다.

시간이 지나면서 대중들은 새로운 음악을 찾게 되었고, 음악이 한정되어있는 클래식은 비주류가 되었다. 이러한 클래식 음악을 대중들이 쉽게 들을 수 있는 새로운 클래식을 만드는 것이 중요하다. 이것은 고전·낭만 음악에 가까운 음악들을 많이 만듦으로써 색다른 자극에 노출된 사람들의 마음을 초심으로 돌려보는 것이다. 한정되어 있는 곡, 연주자의 범위를 새로운 음악을 만들어 넓히면 한정되어 있는 대중의 폭 역시도 늘어날 것이다. 이것이 클래식을 부응시킬 수 있는 방법이다.

자극적인 음악으로 사람들을 유인하는 마케팅은 언젠가 인기가 식기 마련이다. 사람들은 결국 초심으로 돌아가서 클래식을 찾게 된다. 이에 따라 뛰어난 작곡가들은 다시 자극적이지 않은 클래식을 만들게 되는데, 이것이 인류에게 찾아올 초심이다.

피아노 선지수

음악의 힘은 실로 무한하다. 요즘에는 다양한 장르의 음악이 존재한다. 가요, 댄스음악, 클래식, 발라드, 힙합 등 정말 다종다양한 음악이 존재한다.

그러나 최근에는 마음과 영혼을 파괴하는 음악도 점차 생겨나 발전하고 있다. 음악은 단순히 소리가 아니다. 음악의 힘이 너무나 강하고 대단하기 때문에 음악이 한 사람의 삶을 움직일 수도 있고, 다시 일어나게 할 수도 있고, 상처를 치료해줄 수도 있고, 힘을 실어 주거나 파괴할 수도 있다.

흔한 예로 음악치료의 경우 음악을 통해 마음의 상처를 회복시켜 주고, 스포츠 시합에서의 응원송은 선수들의 힘을 실어주는 에너지가 있다. 반대로 한 사람의 인생을 망가뜨리는 음악이 생겨나면서 고통 받는 사람들도 점차 생겨나고 있다.

나는 미래에는 음악이 선한 영향력을 줄 수 있는 방향으로 발전했으면 좋겠다. 그래서 음악이 가지고 있는 힘이 많은 사람들을 치료하고 위로해주고 힘을 줄 수 있는 매개체로 발전한다면 인류는 그 무엇과도 대체할 수 없는 오직 음악만이 가지고 있는 힘을 느낄 수 있을 것이다.

작곡 윤예원

　예전부터 음악은 인류와 뗄래야 뗄 수가 없는 존재였다. 그리고 음악은 인류가 발전함에 따라 같이 변화하였다. 그러나 그 변화한 모습 역시 그 시대의 인류와 전혀 연관 없는 모습은 아니었다. 그 시대의 음악은 언제나 그 시대의 사회를 닮아 있었다.

　그러면 요즘 시대의 음악, 사회는 어떤 모습일까?

　최근 우리 사회에 거대한 문제로 거론되고 있는 것이 바로 코로나 19라는 질병이다. 전 세계 사람들이 이로 이해 공포로 떨고 있으며, 슬퍼하고 있으며, 그리고 힘들어 하고 있다. 그러면 앞으로 코로나가 해결되지 않는 한 음악은 공포스럽고, 혼란스러울까? 나는 오히려 정 반대라고 생각한다. 사회가 혼란스러우면 음악은 오히려 고요했고, 사회가 고요하면 음악은 자유로웠다. 예로부터 음악은 인류의 욕구 충족 수단으로 이용되었다. 때문에 앞으로 많이 변화할 우리 사회의 모습에 따라 음악도 역시 많이 변할 것이다. 그것은 대체로 고요하며 잔잔한 음악들이지 않을까 싶다. 또한 슬픈 이들이 많기 때문에 그들을 위해 슬퍼하는 노래도 작곡될 것으로 생각된다.

　최근 코로나로 인해 우울증을 겪으며 정신병원을 방문하는 사람이 증가했다고 한다. 이 때문에 사람들은 자신을 치유해줄 수 있고, 자신을 공감해줄 수 있는 음악을 찾게 되리라 생각된다.

플루트 이수민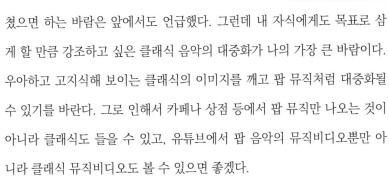

　음악과 인류. 너무 거창해서 무엇을 어떻게 써야
할지 모르겠다.

　음악(클래식)이 앞으로 전 세계에 어떠한 영향을 미
쳤으면 하는 바람은 앞에서도 언급했다. 그런데 내 자식에게도 목표로 삼
게 할 만큼 강조하고 싶은 클래식 음악의 대중화가 나의 가장 큰 바람이다.
우아하고 고지식해 보이는 클래식의 이미지를 깨고 팝 뮤직처럼 대중화될
수 있기를 바란다. 그로 인해서 카페나 상점 등에서 팝 뮤직만 나오는 것이
아니라 클래식도 들을 수 있고, 유튜브에서 팝 음악의 뮤직비디오뿐만 아
니라 클래식 뮤직비디오도 볼 수 있으면 좋겠다.

　앨범이나 CD는 나오는데, 왜 뮤직(클래식)비디오는 안 나오는 것일까. 정
말 궁금하다. 사실 클래식이 이 정도로 대중화되기까지는 쉽지 않았다. 팝
처럼 가볍고 임팩트 있는 것도 아니고 그냥 감상하는 것이 거의 전부인 클
래식 음악이 팝 음악 정도까지 대중화되는 것은 원하지는 않는다. 다만 그
냥 클래시 하면 자동으로 떠올려지는 고지식한 이미지나 우아한 이미지 없
이 '아, 그냥 가벼운 노래를 듣는구나'라는 정도의 이미지면 좋겠다는 바람
이다.

첼로 이아현

나는 음악에는 큰 힘이 있다고 생각한다. 물질적인 힘은 아니지만, 음악은 감정을 콘트롤하는 데에 큰 도움이 되므로 음악은 큰 힘을 가지고 있다고 생각한다. 내가 기분이 좋을 때 좋아하는 노래를 들으면 더 기분이 좋아지고, 무서운 영화를 본 후 무서운 분위기의 음악을 들으면 더 무서움을 느낀다. 이와 같이 음악은 사람에게 감정을 느끼게 해줄 뿐만 아니라 어떤 사람에게는 큰 응원과 용기를 주고, 어떤 사람에게는 행복을 주고, 또 어떤 사람에게는 두려움이 될 수도 있다. 눈에 보이지는 않는 힘이지만 누군가의 마음을 움직일 수도 있는 음악은 옛날에는 클래식이나 국악 등 굉장히 범위가 좁았다. 오늘날 인디 음악, 힙합 등 대중들이 흔히 알지 못하는 새롭고 다양한 장르가 생겼다. 다양한 장르의 음악이 생김으로써 사람들도 자신의 취향에 맞는 음악을 찾아 듣는다.

요즘 코로나가 점점 심해지면서 사람들이 집에만 있게 되고, 공동체보다는 개인의 생활이 더 보편화·활성화되고 있다 이러한 시국에 음악은 사람들의 공감대를 형성하고, 소통할 수 있는 하나의 매개체가 될 수 있다고 생각한다. 그렇기에 앞으로도 음악이 많은 사람들의 마음을 녹이고, 사람들을 하나로 모으는 매개체가 되었으면 좋겠다. 또한 많은 사람들이 음악을 듣고 행복해 하고, 하나가 되었으면 좋겠다.

성악 정연아

음악이 앞으로 전 세계 인류에게 어떤 영향을 미쳤으면 좋겠는가?

음악은 정말 위대하다. 그게 클래식이든 재즈나 가요든 어떤 음악이라도 정말 위대한 힘을 가지고 있다. 그 사람의 하루 기분을 좌우하기도 하고, 현재 자신이 가지고 있는 감정을 더 극대화시키기도 한다. 또 음악은 거리를 지나다니다 보면 많이 들리고, 어떤 활동이든 음악은 항상 들어가 있다. 당장 이 책을 쓰고 있는 나도 음악을 들으면서 바깥바람을 느끼며 한 자씩 써 내려가고 있다. 모든 음악은 각자 가지고 있는 특색이 다 다르기 때문에 음악은 더 성장할 수 있고, 자신만의 스타일을 잘 표현할 수 있다.

우리가 음악과 같은 삶을 살아야 하지 않을까? 음악은 모두 다른 리듬과 박자와 분위기를 가지고 있다. 또한 완성된 음악을 들으면 조금씩 다르지만, 너무도 귀하고 값진 작품이라는 공통점이 있다. 음악을 만들어 가는 과정이 험난하기도 하고, 정말 힘든 시간이 되었을지 몰라도 결국 완성된 모습을 보면 뿌듯하고 아름답다는 생각이 든다.

위대한 작품을 만들기 위해서 가장 중요한 것은 음악을 만들어 가는 사람이다. 내가 삶을 살아갈 때도 나의 삶이 어떤 모습으로 완성되어 마감하게 될지는 아무도 모른다. 그 과정을 겪고 있는 나는 내가 어떻게 나를 만들어 가고 있는지 돌아봐야 하고, 지금 힘든 일이 있더라도 잘 견뎌내야만 아름답게 완성된 나를 볼 수 있을 것이다. 음악을 만들어 가는 사람처럼 나도 내 인생을 만들어 가는 사람으로, 내가 원하는 이상향과 나의 바람들이 있다면 그것들을 이루기 위해 노력해야만 한다. 그 안에서 음악은 정말 큰 비중을 차지한다.

내가 기쁨, 슬픔, 화남, 그리움, 행복, 좌절 등 그 어떠한 감정을 느끼든 그에 맞는 음악들은 세상에 너무나도 많다. 그중에서도 클래식은 사람의 마음을 평안하게 해주기도 하고, 소름 돋게 하기도 하고, 가사와 스토리를 통해 전해 주는 감정들도 많다. 클래식을 사랑하는 사람으로서 아직 클래식에 대해 알지 못하는 사람들에게 꼭 전해 주고 싶은 음악이고, 많은 사람들이 클래식을 통해서 정말 많은 감정들을 느꼈으면 좋겠다.

플루트 정초록

고령화 시대에 접어들면서 고령층에게 지병들이 많이 생기고 있다. 예를 들어 치매나 우울증을 들 수 있다. 꼭 고령층이 아니더라도 요즘은 어린아이를 비롯해 다양한 연령층들이 각종 정신과 관련된 질병들을 가지고 살아간다.

이러한 정신적인 질병들을 치료해 주는 치료법 중의 하나가 '음악치료'이다. 음악치료란 정신과 신체 건강을 복원 및 유지하며 향상시키기 위해 음악을 사용하여 치료하는 것을 말한다. 음악치료의 목적은 장애나 질환을 갖고 있는 사람들의 증상이나 기능의 저하를 조금이라도 완화시키고, 그 사람들이 당하고 있는 고통이나 번뇌를 될 수 있으면 경감시켜 주는 것이다. 따라서 나는 음악이 앞으로 전 세계 인류의 질병을 치료에 큰 도움이 되기를 기대해 본다.

플루트 채은서

나는 뮤지컬을 보러 가기 위해 용돈 모으는 통장을 따로 만들 정도로 뮤지컬, 오페라를 굉장히 좋아한다. 처음 보러갈 때 티켓팅을 하였더니 1분도 안 되서 전석 매진되었던 경험이 있다. 사실 이렇게 많은 사람들이 뮤지컬과 오페라를 좋아하는 줄 몰랐다.

좋아하고 자주 보러 다니는 사람들은 엄청 많고 점점 늘어가고 있는데, 뮤지컬과 오페라 전용 극장은 전국에 몇 되지 않는다. 뮤지컬과 오페라를 위한 전용 극장들이 더 생겨난다면 더 많은 사람들이 문화 생활을 즐길 것이고, 자연스럽게 음악과 더 가까워질 것이라고 생각한다.

수도권에서는 이미 많은 연주회가 열리고 있지만, 지방에서는 수도권만큼 연주회를 관람할 기회가 많지 않다. 지방에서도 연주회를 관람할 수 있는 기회가 더 생긴다면 많은 사람들이 음악을 접할 수 있는 기회가 늘어나지 않을까 하는 생각이 들었다.

자유 주제 (1)

오케스트라의 여러 악기를 표현하였다.

학생들에게 제시된 10개의 질문 외에 2가지 질문을 스스로 만들어서 답해 보도록 했다. 각기 다른 주제는 학생들의 깊은 속마음을 살짝 엿보는 계기가 되었다.

<기획자 허영훈 >

피아노 **김보섭**

바람이 불어오는 곳

　요즘 날씨가 좋다. 내리쬐는 햇살에 조금만 걸어도 땀이 나는 요즘이지만, 오후 7시가 되면 기분 좋게 불어오는 바람이 좋다. 하천 길을 지날 때면 들려오는 물소리와, 나와 같이 하천 길을 거닐고 있는 사람들을 보는 것이 좋다. 걱정 · 고민하다가도 불어오는 바람에 편안해지는 느낌이 좋다. 해가 땅을 가득 비추다가 구름이 해를 가려 순식간에 그늘이 질 때의 분위기가 좋다. 특별히 무언가를 하지 않더라도 행복을 느낄 수 있다는 사실이 좋다. 지금 내 기분을 평온하게 해주는 이 바람이 참 좋다. 좋아하는 게 너무 많다.

　요즘 고민이 잦다. 앞으로 어떻게 살아가야 할지에 대한 고민이다. 하고 싶은 것은 여러 가지지만 한 가지를 선택해야 하는 데 대한 고민이다. 욕심이다. 사람이 고민하는 이유는 포기하고 싶지 않기 때문이다. 포기하지 못하는 이유는 욕심 때문이다. 이 역설은 우리가 삶을 살아가는 동안에 많은 고민을 하게 만든다. 욕심을 버려야 한다. 인정해야 한다. 선택과 집중이 필요하다는 것을.

　결정을 내리는 것은 간단하면서도 어렵다. 간단한 것은 말 그대로 결정 '만' 내리면 되기 때문에 간단하고, 어려운 것은 욕심을 버리는 일인데, 이 경우 우리에게 무언가를 '포기'해야 한다는 좌절감으로 다가오기 때문에 어렵다. 욕심을 버리고 어떤 한 가지를 선택하는 일은 다른 무언가를 포기하는 것이 아니라는 생각이 든다. 그저 내 고민을 덜어주고 내가 더 하고 싶은 일을 할 수 있도록 나 스스로가 도와주는 것이다. 나를 돕는 사람은 결국 내가 되어야 한다. 내가 나를 도울 때 비로소 그 일을 시작할 수 있고, 마칠 수 있다. 모든 곳에서 그렇다. 욕심을 버린다는 것의 정의를 스스로 내리고, 그것을 인정해야 할 순간이 찾아올 것이다. 나 자신을 위해 진지하게 생각해 봐야 할 것 같은 생각이 든다.

바람이 분다. 시원하지만 따스한 바람이 스친다. 편안하다. 노란 햇살과 분홍꽃들과 천천히 흐르는 투명한 강물을 보며 멍하니 생각에 잠긴다.

피아노 **김지민**

나에게 음악이란

음악이란 나에겐 어떤 존재일까? 음악은 내 삶의 한 구석을 차지한다. 길을 걸으며 산책을 할 때도 들리는 음악, 학교에서 들리는 종소리, TV에서 나오는 음악 등 하루 동안 5번 이상 우연히 음악을 듣는다. 그리고 연습실에서 피아노 연습을 하며 또 듣는 것이 음악이다. 매일 먹는 끼니와 같이 매일 귀로 듣는 것이 음악이다.

이처럼 습관적으로 음악을 듣는다. 레슨을 받으러 서울로 갈 때 버스에서, 밤에 걸을 때, 학원에서 집으로 갈 때 등 많은 시간을 음악과 함께 보내며 음악은 나의 감정을 증폭시켜 준다. 음악 속에 들어 있는 각각의 배경과 분위기 등이 내 기분을 좌지우지하는 듯하다.

한편 슬플 때나 힘들 때 나 자신을 위로할 수 있는 음악을 들으며 마음을 안정시키기도 한다. 음악은 언제나 힘이 되는 비타민이기도 하고, 친구들과 다툼이 있을 때나 마음이 복잡할 때 나와 대화를 해주며 마음속에 쌓인 이야기를 할 수 있는 하나의 표출 대상이기도 하다.

대부분의 학생들은 스트레스를 풀러 노래방에 가서 노래를 부른다고 하지만, 난 노래 부르는 것엔 흥미를 갖고 있지 않다. 그러나 직접 연주를 하면 스트레스가 풀리는 것 같다. 이처럼 음악은 나에게 없어선 안 될 존재가 되어 버렸다. 또한 음악이 갖고 있는 아름다운 매력으로 내가 성장할 수 있게 만들어 준 것 같다. 내가 생각하는 음악처럼 나도 누군가에게 위로와 행복을 주는 아름다운 음악이 될 수 있도록 노력해야겠다.

피리 김지은

나에게 음악(국악)은

나는 늘 전통 문화를 가까이 하고 있다.

이건회 선생님께 테스트를 보러 간 날 나는 알았다. "선생님, 우리 지은이는요, 댕기 따고 쪽진 머리가 이뻐서요." 나는 처음 한국무용을 했지만, 몸치라 그만 뒀다. 내가 살았던 곳은 학생 수 많은 큰 초등학교와 학원이 많은 동네였다. 나는 학교 끝나고 바로 학원을 밤늦게까지 다녔었다.

그러다가 엄마는 그냥 땅 밟고 뛰어 놀라며 아주 작은 학교로 전학을 보내주셨다. 내가 전학 간 학교는 전교생이 40명도 안 되고, 예술꽃 프로그램이라는 특별한 수업을 진행하는 아주 작은 학교였다. 나는 잠깐이지만 거문고도 배웠고, 가야금도 1년 배워 대회에 나가 상도 받았다. 여러 국악기 소리를 듣다가 작지만 리더 역할을 하는 피리 소리에 매력을 느꼈다. 바로 피리를 배우기 시작했다. 학교 친구들은 국악기 배우는 걸 무척 싫어했지만, 나는 그 시간을 기다렸고 재미를 느꼈다.

초등학교를 졸업하고 나는 다시 동네 중학교에 입학했다. 또 학교와 학원을 주말까지 다녔다. 학원 다니는 것이 전혀 즐겁지 않았다. 하지만 피리 배우러 가는 먼 길은 오히려 힘들거나 지겹지 않았다. 피리를 함께 배우는 언니와 오빠와 동생들까지 있어서 더 재미있었다. 함께 정기 공연도 하고,

258

여러 곳에서 공연 봉사도 했다. 중학교를 졸업할 때는 최다 봉사로 봉사상을 받았다. 피리를 더 오래 하고 싶었다. 세종예술고등학교에 가고 싶다는 말에 부모님은 세종으로 이사를 했다. 부모님은 1학기 내내 대전의 중학교로 통학시켜 주며, 대전 친구들과 그동안 다녔던 학원들을 서서히 정리하게 해주셨다. 선생님도 친구들도 후배들도 서로 아쉬워했지만 천천히 부모님은 모든 것을 기다려주셨다.

세종으로 이사한 후 매일 피리를 더 많이 불었다. 입술이 터지도록 불었다. 세종예술고등학교에 꼭 입학하고 싶었다. 학교 끝나면 연습실에서 계속 피리를 불었다. 입술이 터져 피가 나도 불었다. 나는 세종예술고등학교의 유일한 국악 합격자가 되었다. 그 즈음 독일 한인회 초청으로 프랑크푸르트에서 공연을 하게 되었다. 나는 실수를 안 하려고 태평소의 쇠독이 오를 만큼 연습했고, 공연 후 독일 할아버지는 나에게 작은 악기로 큰 소리를 냈다며 나를 칭찬해줬다. 나는 노력했다.

세종예술고등학교에 입학하기 위해, 또 나의 첫 해외 공연을 성공하기 위해 노력했다. 나는 입학하고 하기 싫은 것이 많아졌다. 심심해서 귀를 막았다. 하지만 나는 지금 다시 하고 싶은 것이 생겼다. 듣다보니 재미있는 것이 너무 많다. 재미있어서 하고 싶은 것도 많아졌다. '황~'이 이렇게 어렵고 쉬운지 매일 피리를 알아가는 하루가 기대된다.

"선생님 고맙습니다. 다시 듣게 해 주셔서." "고맙습니다. 믿고 기다려줘서."

클라리넷 남경원

클라리넷의 역사

클라리넷은 1700년대 남독일 지방의 플루트 제
작자인 요한 크리스토프 태너 부자에 의해서 최초로 발명되었다고 합니다.
갈대로 이루어진 관에 여섯 개의 구멍을 뚫고 입으로 부는 부분의 껍질을
벗겨내어 리드 역할을 대신하였던 프랑스의 샬리모라는 목관악기를 개량
시켜 좀 더 맑고 우아하고 탁 트인 음색을 가진 악기를 만들었다고 알려져
있습니다. 그당시 이 악기의 음색이 트럼펫의 일종인 클라리노와 비슷하였
기 때문에 클라리넷이라는 명칭으로 부르게 되었다고 합니다.

태너는 분리형의 마우스피스와 옥타브 키를 덧붙이고 벨 부분을 변형 ·
발전시켜 3도와 5도의 화성을 지닌 클라리넷을 만들었습니다. 그렇지만 클
라리넷은 18세기 전반기까지는 제한적으로 사용되었습니다. 이는 새로운
악기가 지닌 불완전성에 기인한 결과로 볼 수 있습니다.

클라리넷을 위한 최초의 음악은 암스테르담의 로저가 출간한 책에서 모
습을 나타내게 됩니다. 그당시 악기의 모습은 2개의 옥타브 키와 리드가
달려 있습니다. 1720년 작은 벨이 달린 클라리넷이 나타나게 되고, 낮은 E
키를 추가하기 위하여 클라리넷의 관이 변형되었다고 합니다. 1800년대까
지의 클라리넷은 5개 또는 6개의 키가 추가되어 여러 가지의 다양한 음의

높이를 실현시킬 수 있었습니다.

이러한 변화는 클라리넷의 음악에도 영향을 미쳐 모든 클라리넷의 주법이 동일하게 나타나게 되었습니다. 한편 오스트리아의 유명 연주자였던 안톤 슈타들러에 의해 연주가 된 모차르트의 클라리넷 5중주와 협주곡을 연주하여 클라리넷의 명성을 알리게 되고, 클라리넷의 발전에 많은 영향을 미치게 되었습니다. 1812년 독일의 이반 밀러는 13개의 키가 부착된 새로운 형태의 클라리넷을 파리 음악 학교에 선보이게 되서 클라리넷은 기술의 큰 변환점을 맞이하게 됩니다.

1800년에서 1850년까지의 클라리넷은 음역 확대와 마우스피스, 보어 등이 커짐에 따라 발전을 거듭하게 됩니다. 1839년 당시 파리의 음악원 교수 클로제는 뵘 시스템 클라리넷이라는 악기를 발명을 하게 되었는데요. 이 클라리넷은 현대의 플루트를 완성시키는 뵘에게서 힌트를 얻어 제작되었으며, 키마다 링을 부착시켜 효과적으로 키를 조정할 수 있는 링 키 시스템을 발명하여 적용을 시키게 되었습니다.

그 후 1840년 어거스트 버페트에 의해 키에 스프링을 단 클라리넷이 발명되면서 현대 클라리넷의 기초가 완성이 되었습니다. 이것이 발전을 거듭해 현재 가장 많이 사용되는 17키 6링과 현대식 뵘 시스템 클라리넷까지 여러 모델로 정착되는 계기가 되었습니다.

바이올린 박 노 을

바이올린

바이올린의 어원은 중세 라틴어인 vitula입니다. 그리고 정확하지 않지만 바이올린은 1550년대 이탈리아에서 처음으로 제조되었다고 합니다.

바이올린은 조그마한 악기지만 4 옥타브 이상의 음역을 낼 수 있고, 표현력이 풍부하고, 다양한 음색을 연출한다는 점에서 '악기의 여왕'이라는 별명이 있습니다. 그리고 바이올린은 대표적인 선율악기로서 음을 지속시키는 데 뛰어나며, 여러 음을 부드럽게 연결하는 면에서 표현력이 뛰어나다고 합니다. 바이올린은 오케스트라에서 주요 부분을 차지합니다.

바이올린은 사이즈별로 나눠져 있고 네 줄로 이루어져 있는데, 제일 오른쪽부터 G-D-A-E로 완전 5도 간격으로 음정이 나뉩니다.

작곡 서영준

 음악가가 아닌 한 명의 인간으로서의 역할

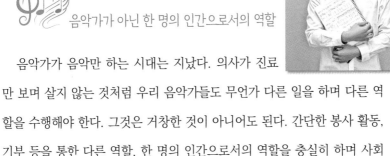

음악가가 음악만 하는 시대는 지났다. 의사가 진료만 보며 살지 않는 것처럼 우리 음악가들도 무언가 다른 일을 하며 다른 역할을 수행해야 한다. 그것은 거창한 것이 아니어도 된다. 간단한 봉사 활동, 기부 등을 통한 다른 역할, 한 명의 인간으로서의 역할을 충실히 하며 사회에 공헌하는 것. 그것이 우리 음악가의 역할이자 모든 인류의 역할이다.

나는 옛날부터 세계의 여러 가지 문제들 중 기아에 관심이 많았기 때문에 이를 해결할 방법들을 많이 찾아보기도 하였다. 많은 공부를 해서 얻은 것은 오직 하나였다. 그들은 아무 잘못도 저지르지 않았는 데도 불구하고 범죄자보다 못한 삶을 살고 있었다. 그들에게 부족한 것은 물과 식량이 아닌 사랑과 관심이었고, 권력에 눈이 먼 그 나라의 지도자들은 그들의 처지보다 자신들의 이익을 더 중요시하였다. 원조와 봉사만으로 해결될 문제가 아니라고 느낀 나는 추후 현장에 뛰어 들어가 상황을 살피며 다양한 해결 방안을 찾으리라 다짐했다.

한 명의 인간으로서의 역할은 어렵지 않다. 그저 여러 가지 인류적인 문제들을 생각하며 도움을 주는 것이다. 이를 음악가의 역할과 동시에 수행했을 경우 두 가지 역할에 대하여 두 번 인정받을 것이다.

피아노 선지수

우리가 음악을 한다는 것

최근에 내가 어떤 선배랑 대화를 하다가 들은 이야기이다. "선배는 음악을 하는 게 재밌지 않아요?" "응. 재미없어. 솔직히 후회 돼. 그냥 대학 때문에 억지로 하는 거지."

나는 그때 충격이 너무나 컸다. 음악을 하는 이유가 고작 대학교 잘 가기 위한 수단이라니…. 더 놀라운 것은 주변에 이런 마인드를 가지고 음악을 하는 전공생이 많다는 것이다. 우리는 왜 지금까지 많은 시간과 돈을 투자하면서 연습실에서 홀로 고통을 느끼면서 연습을 해야 하는가. 그 목적이 없다면 아무 의미 없는 시간을 보낸 것이다. 억지로 하는 음악은 듣는 사람도, 하는 사람도 불편하고, 감동도 없고, 아무런 메시지를 느낄 수 없다. 우리가 음악으로 웃고 울고 감격스럽고 기뻐야 하는데 그냥 하나의 학문으로 생각한다는 것이다. '그럴 거면 차라리 음악을 하지 말지. 뭐 하러 고생을 해.'라고 말하고 싶었지만 애써 참았다.

우리는 음악을 하면서 내면의 소리를 우리의 악기를 통해서 전달하고 표현하는 것으로 보람을 느끼고 행복해 할 수 있다. 그리고 내가 연주한 소리를 듣고 내가 스스로 감동받아서 엔도르핀이 돋아나는 것을 느낄 수 있다. 또한 연주가 끝나고 청중들의 박수 소리 등 음악으로 너무나 많은 행복을 느낄 수 있다.

　그러나 요즘에 억지로 음악하는 전공생들이 증가하는 것 같아 너무나 안타깝다. 음악으로 진정한 행복을 느낄 수 있었으면 좋겠다. 우리가 처음에 음악을 시작한 그 마음으로 그 다짐을 잊지 말고 지금까지 음악을 해온 것처럼 앞으로도 초심을 잊지 않고 음악을 끝까지 해 나갔으면 좋겠다. 진정한 자신의 음악을 연주하는 그날까지 우리나라의 모든 전공생들 화이팅!

작곡　윤예원

앞으로 음악의 활용성

　사람들은 앞으로 자신을 치유할 수 있고, 자신을 공감해 줄 수 있는 음악을 찾게 될 것이다. 그런데 과연 그러한 음악을 어디에서 어떻게 찾을 수 있을까? 나는 가장 유력한 것이 인공지능이라고 생각한다. 현재 인공지능은 아직 많이 부족하긴 하지만, 그림을 그리는 정도까지 발전했다. 또한 음악을 직접 작곡하지는 못해도 음악을 추천해줄 수는 있으며, 최근에는 사람의 심장 박동수로 그 사람이 듣고 있는 음악이 무엇인지 알아맞추는 기능 역시 개발되었다고 한다.

　현재 인공지능의 발전 목표는 최대한 사람과 비슷하게 만드는 것이다.

그러기 위해서 결국 최종 목표는 예술 분야가 될 것이다. 즉 지금도 앞으로도 인공지능은 최대한 사람과 비슷하게 만들기 위해 예술 분야를 연구할 것이고, 그러다 보면 자연스레 사람의 심리와 예술의 관계 역시 연구되고 확립되어갈 것이다.

이를 보아 나는 앞으로 음악은 꼭 사람에게서가 아니라 인공지능과 같은 로봇들에게서도 찾을 수 있을 것이라고 본다. 그래서 먼 미래, 혹은 그다지 멀지 않은 미래에는 인공지능이 사람의 심리를 분석하고, 이에 맞는 음악을 추천해 줄 수 있는 정도로 발전하리라 예상된다. 물론 음악 심리치료 같은 경우에는 음악을 매개체 삼아 사람과 사람 간의 공감을 이끌어내는 것이기 때문에 인공지능은 도달하지 못하겠지만, 음악 심리치료를 받기 이전에 스스로 해볼 만한 정도로는 발전하리라 생각된다.

첼로 이 아 현

슬럼프

누군가 어떤 일을 하든 슬럼프는 다 오는 것 같다. 나의 첫 슬럼프는 첼로를 시작한 지 4년째인 초등학교 6학년 때였다. 솔직히 처음엔 그게 슬럼프인지도 몰랐다. 지금 와서 생각하면 너무 어렸기에 그렇게 생각하지 않았던 것 같다. 그때 나는 처음 첼로를 가르쳐주셨던 선생님께서 갑자기 이사를 가게 되셔서 새로운 선생님께 배우게 되었다. 물론 새로 가르쳐주실 선생님이 이상하시거나, 잘 못 가르치시는 것은 절대 아니다.

항상 콩쿠르에 나가서 좋은 상만 탔고, 주변 사람들에게 잘한다는 말만 들었던 내가 초등학교 6학년이 되고 나서 콩쿠르에서 좋은 성적을 얻지 못하게 된 후로 남들에게는 티내진 않지만 혼자 많이 자책하고, 속상해 했다. 그때를 기준으로 몇 개월 동안 더 하다가 중학교 1학년 때부터 대전으로 이사를 가게 되면서 첼로도 잠시 쉬게 되었다.

처음에 쉴 때는 오히려 안 해서 좋다는 생각이 들었다. 하지만 시간이 지나면 지날수록 다시 하고 싶었고, 배우고 싶었고, 더 성장하고 싶었다. 그래서 다시 레슨을 받게 되었고, 다시 열심히 준비해서 세종예술고등학교를 들어왔다. 물론 지금은 세종예술고등학교에 와 좋은 것도 많이 배우고, 많이 성장했지만, 나는 슬럼프가 왔다고 그냥 쉬어 버린 중학교 1학년 때를 굉장히 후회한다. 그때 쉬지 않고 조금만 더 열심히 했다면 지금보다 더 높은 실력을 가질 수 있었는데, 그때 쉰 것을 굉장히 후회한다.

물론 슬럼프가 오더라도 쉬지 않고 그냥 달리라는 말은 아니다. 그냥 어떤 일이든 한 가지 분야를 오래하고, 깊이 있게 하다보면 슬럼프가 오기 마련이다. 이때에는 포기하기보다는 내가 성장해 나가는 성장통, 내가 한 발짝 더 성공할 수 있도록 도와주는 계단이라고 생각하면서 잘 이겨내기 바란다.

피아노 이 휘 영

인생의 목표

내 인생의 목표는 행복한 가정을 꾸리는 것이다.

사랑하는 사람들이 있다는 것, 삶을 음악과 함께 한다는 것, 그리고 작은 것도 함께 나누는 것, 이런 것들이 행복이 아닐까 싶다.

성악 정 연 아

음악 말고 내가 하고 싶은 직업

내가 음악가로 살지 않았다면 어떤 일에 관심을 가졌을 것이며, 어떤 직업을 가지고 살았을까?

내가 음악 외에 하고 싶은 직업은 월드비전 활동가이다. 월드비전은 지구촌 모든 어린이들을 위해 후원하고 도우면서 복음을 전하는 단체이다. 나는 초등학생 때부터 지금까지도 매달 3만 원씩 월드비전에 후원하고 있다. 나도 어릴 때부터 넉넉하게 살진 못했지만 당장 먹을 식량과 물이 없는 친구들도 있다는 것에 어린 초등학생 마음으로 너무 안타까움을 느꼈다.

나의 마음가짐이나 인성, 남을 대하는 태도를 정말 잘 가르쳐주신 부모님께 진정으로 감사드린다.

나는 어릴 때부터 '남들이 힘든 것보다 차라리 내가 힘들고 말자.'라는 생각도 있었고, 어려운 친구들이나 사람들을 보면 가만히 있지 못하고 나서서 도와주는 그런 성향이 있었다. 가족 관계나 친구 관계로 힘들어 하는 친구들을 항상 도와주는 것은 물론, 중학교 때는 모르는 친구가 복도에 토했는데 그것을 치워주는 등 먼저 나서서 도와주는 것이 항상 나의 몸에 배어 있었다. 그런 나의 성격이나 행동 때문인지 나는 학교에서 항상 바르고 모범이 되는 학생으로 많은 표창장들을 받았었다. 국회의원을 하라고 할 정도로 받을 때는 몰랐지만, 모아서 보니 뿌듯하고 그때 남들을 도왔던 나의 모습들을 칭찬하게 되는 시간이 되었다. 최근에 외할머니께서 큰 수술을 마치시고 우리 집에 잠깐 계실 때에도 할머니의 가장 친한 친구라고 할 정도로 어른 대하는 것이 편하고 좋다.

나는 남을 돕는 것도 직접 경험해야 이해할 수 있다고 생각한다. 나도 힘들었던 적이 있었고, 누군가의 도움을 통해 다시 일어났던 경험들이 많기 때문에 나도 누군가를 이해하고 도울 수 있는 마음이 컸던 것 같다. 월드비전 활동가가 되기 위해서는 사회복지학과나 국제관계학과로 진학해야 한다고 알고 있는데, 음악인으로 살다가 내게 주어진 길이라고 판단될 때 꼭 이루고 싶은 평생의 나의 꿈이다.

플루트 정초록

우리나라 학생들

다람쥐 쳇바퀴 도는 것처럼 아침에 눈을 뜨면 학교에 가서 공부하고, 저녁에는 학원에 가서 공부하고, 학원을 갔다 집에 오면 공부한다. 이게 나의 하루 일상이다. 이 일상은 고등학교 3학년 수능이 지나면 끝이 난다. 사실상 이러한 패턴이 대학에 가서도 이어질 것이다.

그럼 우리나라 학생들은 왜, 무엇을 위해서 공부를 이렇게 열심히 할까?

우리나라의 교육 방식은 주입식 교육 체계이다. 우리는 오로지 수능을 목표로하여 모든 과목들을 많은 유형의 문제를 풀면서 암기하고, 답이 정해져 있는 것처럼 계속 외우기만 한다. 하지만 과연 계속 외우는 주입식 교육이 올바른 방법일까? 예를 들어 문학이라는 과목을 보면 그 문학 작품은 읽는 독자들이 어떤 배경 지식을 가지고, 어떤 환경에서 살아왔고, 어떤 생각을 하는지에 따라서 독자들의 생각이 다 다를 것이다. 하지만 학교에서 가르쳐 주는 문학 작품들은 내가 어떻게 문학 작품을 해석하는지는 중요하지 않고, 정해진 답들을 공부하여 문제를 푸는 것을 중요하게 여긴다.

하지만 이렇게 공부한다고 해서 우리나라 학생들이 미래에 모두 좋은 인재가 되는 것은 아니다. 그 이유 중 하나는 교육 방식이 선진국과 상반된 모습을 보이기 때문이다. 선진국들은 주입식 교육 방식이 아닌 탐구식 교육 방식을 진행하고 있다. 이렇게 선진국은 지식을 얻는 것에 그치는 게 아니라 지식을 이용한 사고력 향상을 목표로 교육을 진행하고 있다.

과연 우리나라 학생들은 지금처럼 계속 주입식 교육을 통해 학생들의 자유를 억압시키면서 공부를 계속해야 할 이유가 있을까? 우리나라도 다른 선진국처럼 학생들의 자유를 존중해주고 능동적이고 자율적인 교육 방식을 받아 교육을 해야 한다고 생각한다.

플루트 채은서

트라우마와 슬럼프

트라우마와 슬럼프는 정말 극복하기 힘든 것 같다. 나는 나의 멘탈이 강하다고 생각했었는데, 알고 보니 유리멘탈이었고, 한 번 온 슬럼프는 반 년 가까이 질질 끌고 갔다.

왜인지 모르겠지만 나는 항상 부모님께 완벽한 모습만 보여주고 싶어 했고, 조금이라도 부족한 모습은 절대 보여주고 싶지 않아 한다. 그래서인지 한 번 실수하면 그 실수로 몇 날 며칠을 고민하고, '아, 나는 결국 이것밖에 안 되는 사람이구나'하면서 스스로를 자책하고 갉아먹는다.

　시험에 떨어진 적이 있었다. 다음 번에 잘하면 되지 하고 넘길 수도 있었다. 그런데 그당시의 나는 동네의 작은 콩쿠르였지만 이전까지 나갔던 콩쿠르에서 항상 1등이었고, 안 좋은 결과를 받아본 적이 없어서인지 그 시험에서 떨어진 게 결국 내가 못나서라고 나를 탓하게 되면서 슬럼프를 길게 겪었다. 코로나19로 학교를 안 가게 되면서 더더욱 연습에 집중을 못 했고, 그래서 나는 2학년 1학기 절반 이상을 그냥 날려버렸다. 시간이 지나자 이 슬럼프가 자연스럽게 지나갔고, 이제는 이런 슬럼프가 또 온다면 현명하게 잘 대처할 수 있을 것 같다는 생각이 든다.

　무대에서 큰 실수를 해본 적이 단 한 번도 없었는데, 지난 번에 나갔던 대학 콩쿠르에서 말도 안 되는 실수로 예선에서 떨어졌다. 이렇게 무대에서 크게 틀려본 적은 처음이라 너무 당황했고, 예선 탈락이라는 결과도 믿기지 않았다. 다 아직 내가 많이 부족해서라고 아무리 생각을 해봐도 전날 반주 레슨 때 너무 완벽하게 끝낸 곡이기에 더더욱 납득하기 힘들었다. 콩쿠르가 끝나고 멘탈이 탈탈 털려 집으로 와서 아무것도 못했었다. 앞으로 내가 무대를 잘 마무리할 수 있을까 하는 걱정이 벌써부터 몰려오고 자신감이 사라질 것 같기도 했다.

　이 일도 자칫하면 슬럼프로 이어질 수 있을 뻔했고, 큰 문제가 될 법한 일이었다. 그런데 주말 사이에 내가 훌훌 털고 잊을 수 있었던 이유는 선생님의 응원과 따뜻한 말 한 마디였다. "너는 잘하고 있어 지금처럼 열심히 하면 좋은 대학에 갈 수 있을 거야. 내년이 되면 지금보다 훨씬 늘어서 좋은 연주자가 될 수 있을 거야. 이번 예선에서 떨어진 건 좋은 경험했다고 생각해."라고 해주셨던 선생님의 말씀에 잘 털어버리고 이틀 사이에 거의 잊을 수 있었다.

내가 트라우마도 잘 극복하고 슬럼프에 빠지지 않게 된 것은 선생님과 주변 사람들의 진심 어린 위로와 따뜻한 말 덕분이다.

자유 주제 (2)

"The music is not in the notes, but in the silence between"

"The music is not in the notes, but in the silence between"

- Wolfgang Amadeus Mozart -

두 번째 자유 주제는 음악을 전공하는 고등학교 2학년 학생들이 스스로

마음속 타임 캡슐에 무엇을 묻고 기억할지를 마음대로 정해 보는 소중한

시간이 되었다.

< 기획자 허영훈 >

피아노 **김보섭**

나를 사랑하는 것

삶을 살아가면서 가장 중요한 것은 무엇일까에 대해 생각한다. 올해 1월 동화책 마을에 갔었다. 그곳에서 들었던 동화 구연에서 톨스토이의 《세 가지 질문》이라는 책의 내용이 떠오른다. 톨스토이의 세 가지 질문은 '가장 중요한 순간은 언제일까?', '가장 중요한 사람은 누구일까?', '가장 중요한 일은 무엇일까?'였다.

동화를 듣고 처음에 깊은 생각에 빠졌었다. '가장 중요한 것으로 뭐가 있을까?' 하는 고민이었다. 답은 정말 인상 깊고 감동적이었다. 첫 번째 질문에 대한 답은 '지금 이 순간', 두 번째 답은 '지금 자신의 옆에 있는 사람', 세 번째 답은 '지금 자신의 옆에 있는 사람을 위해 어떤 일을 하는 것'이었다. 정말 따뜻한 답이라고 생각했다.

나는 '삶을 살아가면서 가장 중요한 것은 무엇일까?'라는 질문에 '나를 사랑하는 것'이라는 답을 하나 생각했다. 나를 사랑한다는 것은 나를 알아 간다는 것과 같은 말일지도 모르겠다. 죽을 때까지 우리는 자기 자신을 다 알지 못할지도 모르지만, 그럼에도 나는 나를 사랑하는 것이 삶을 살아가는 데 가장 중요한 것이라는 생각이 든다. 내 삶의 주체는 내가 되어야 하고, 내가 주체가 되려면 스스로 판단하고 행동하는 자세가 필요하다. 스스

주제 12. 자유 주제 (2)

로 옳은 판단을 내리기 위해서는 자신이 원하고, 추구하는 것들을 알고 있어야 하므로 나를 알아가는 것이 중요하다.

내 인생을 편하게 만들기 위해 스스로를 사랑하는 것이 아니다. 스스로 부끄럽지 않은 선택을 하고, 나를 잃지 않기 위한 꼭 필요한 자세이기 때문이다. 또한 스스로를 사랑하지 못하는 사람은 남을 사랑할 수 없기에 자신을 사랑하는 마음이 반드시 필요하다.

나를 알아가는 과정은 필수적이고, 나를 사랑하는 마음은 필연적으로 찾아올 것이다. 그것은 평생 끝나지 않겠지만, 그럼에도 우리는 계속 나아가야 한다. 나를 사랑하고 남을 존중하는 사람이 되고 싶다.

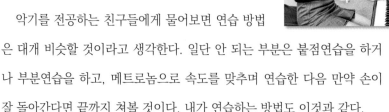

피아노 김지민

 나만의 연습 가이드

악기를 전공하는 친구들에게 물어보면 연습 방법은 대개 비슷할 것이라고 생각한다. 일단 안 되는 부분은 붙점연습을 하거나 부분연습을 하고, 메트로놈으로 속도를 맞추며 연습한 다음 만약 손이 잘 돌아간다면 끝까지 쳐볼 것이다. 내가 연습하는 방법도 이것과 같다.

하지만 난 곡을 이해하는 것을 우선으로 생각하기 때문에, 먼저 곡을 정하면 그 곡이 씌여진 시대적 배경·분위기 등을 먼저 파악하려고 노력한다. 일단 곡을 치려면 어떤 속도로 무슨 느낌으로 쳐야할지 대충이라도 알아놔야 나중에 완성해 나갈 때 쉽게 칠 수 있기 때문이다.

이처럼 곡이 만들어지게 된 계기와 배경을 이해하는 것도 음악을 완성하는 데 많은 도움이 된다. 또한 유튜브나 인터넷에서 내가 치려는 곡을 찾아 각각 다른 연주자가 치는 것을 비교하며 어떤 것이 다른지를 보는 것도 도움이 된다. 지금까지 많은 곡을 배우면서 앞서 말한 방식으로 연습한 것은 실력 향상을 위한 출발점이 된 것 같다.

피리 김지은

2022년 내가 하고 싶은 버킷리스트

♪ 엄마와 외할머니 모시고 여자들만의 해외 여행

♪ 초록이랑 못간 뉴욕 공연

♪ 신촌에서 연세대학교 학생과 미팅

♪ 우림 오빠처럼 작은 선생님되기

♪ 세종예술고등학교에 선배와의 만남에 레전드로 오기

♪ 동아 콩쿠르 대회 본선 진출하기

클라리넷 남경원

 클라리넷의 구조

클라리넷은 크게 마우스피스, 배럴, 윗관, 아랫
관, 벨의 다섯 부분으로 이루어진다. 전체를 조립했을 경우 B♭클라리넷의
길이는 약 67cm이며, A 클라리넷은 71cm 정도이다.

1. 마우스피스(mouthpiece) : 마우스피스는 사람으로 치면 입과 같은 역할
   을 하는 것으로, 클라리넷의 소리를 만들어내는 중요한 부분이다. 에
   보나이트(ebonite)같은 경질 고무나 플라스틱으로 만들며, 유리나 메탈
   재질의 마우스피스도 제작되고 있다. 연주를 위해서는 마우스피스 위
   에 리드(reed)라고 부르는 얇은 떨림판을 조리개 장치(ligature)를 통해
   부착해야 한다.

   ① 리드(reed) : 클라리넷의 리드는 아룬도 도낙스(arundo donax)라는 이
   름을 가진 케인을 재료로 해서 만든다. 곧고 단단하게 성장한 줄기를
   채취해 2년간 건조시켜 리드를 만든다. 이때 두꺼운 줄기는 주로 클
   라리넷과 색소폰의 리드로 사용하며, 가는 줄기는 오보에와 바순의
   리드로 사용한다. 오늘날 클라리넷 리드는 연주자의 기호와 스타일
   에 따라 다양하게 제작되고 있다. 얇은 리드는 연하고 부드러운 소리
   를 낼 수 있으며, 자유롭고 섬세한 텅잉이 가능하다. 반면 두꺼운 리

드는 힘 있고 풍부한 소리를 낼 수 있다는 장점이 있다. 즉 어떤 리드를 쓰느냐에 따라 음색 · 음정 · 음질이 달라지므로, 연주자들은 리드의 선택과 관리에 세심한 신경을 쓴다.

② 조리개 장치(ligature) : 전문가들은 조리개 장치가 악기 음색에 미묘하게 영향을 미친다고 이야기한다. 예를 들어 가죽으로 만들어진 조리개는 부드러운 음색을, 금속 조리개는 선명한 음색을 만들어내는 데 도움을 줄 수 있다. 한편 조리개 장치가 없던 클라리넷 개발 초기에는 끈을 사용해 리드와 마우스피스를 묶었다. 지금도 독일식 클라리넷으로 연주하는 연주자들은 전통적인 방식으로 끈을 사용해 리드를 마우스피스에 연결한다.

2. 배럴(barrel) : 초기 클라리넷을 보면 배럴은 따로 있지 않았고 마우스피스와 붙어 하나로 되어 있었다. 왜 배럴이 따로 떨어져 나왔는지에 대해서는 학자들 사이에 의견이 분분하다. 오늘날 배럴은 마우스피스와 몸체 사이에 있는 관으로, 음정을 조절하는 역할을 한다. 여러 길이의 배럴이 있는데, 보통은 66mm이고 경우에 따라 65~68mm가 사용된다. 전문가들은 배럴의 길이 · 두께 · 지름 역시 악기 음색에 영향을 미친다고 이야기한다.

3. 윗관(upper body) : 클라리넷의 윗관은 배럴과 바로 연결되는 관으로 왼손으로 연주한다. 네 개의 소리 구멍과 9개의 키, 반지 모양으로 생긴 3개의 링 키(ring key)가 달려 있다.

4. 아랫관(lower body) : 오른손을 사용하는 관으로 3개의 소리 구멍과 8개의 키, 3개의 링 키가 부착되어 있다. 한편 클라리넷의 윗관과 아랫관은 외부에서 봤을 때는 원통형이지만, 그 내부는 완벽한 원통형이 아니다. 윗관은 아래로 갈수록 살짝 좁아지며, 아랫관은 아래로 갈수록 넓어진다. 관의 내부가 이처럼 좁아졌다 넓어지는 구조를 갖게 된 것은 보다 좋은 음질과 음색을 얻어내기 위해 끊임없는 개발이 거듭되었기 때문이다. 또한 클라리넷의 윗관과 아랫관에 부착되는 키 장치들은 정확한 음정과 편안한 운지를 위해 점차적으로 부착된 것들이다.

5. 벨(bell) : 클라리넷의 가장 아래 부분으로, 관이 나팔 모양으로 확대되어 있다. 저음을 풍부하게 낼 수 있도록 도와주는 역할을 한다.

바이올린 박노을

바이올린을 전공하면서 느낀 점

저는 바이올린이 너무 좋아서 전공하기로 마음을 먹었고, 중학교 3학년 때 열심히 해서 세종예술고등학교에 들어왔습니다. 들어오고 난 후에는 정말 힘들었습니다. 연습은 더 많이 해야 되고, 공부는 하지 않아도 될 줄 알았는데 공부도 잘해야 했고 실기, 향상 연주회 등 연주 또한 엄청 많았습니다.

저의 바이올린 기본기도 그렇고, 바이올린을 못해서 안 좋은 말들도 많이 들었습니다. 그래서 정말 하기 싫어서 포기할까 생각도 했는데, 막상 포기하면 뭘 해야 될지 생각이 안 나서 바이올린을 포기할 수가 없었고, 이미 바이올린에 푹 빠져서 포기를 안 하고 지금까지 열심히 버티면서 지내고 있습니다.

그리고 연주회를 할 때마다 무대에 올라가면 너무 떨리고 긴장되고 무서워서 무대에 올라가고 싶지 않았습니다. 그래서 음악과가 아닌 음악교육과로 진로를 정하기도 했습니다. 나중에 커서 직업을 정할 때 무대에 올라가서 연주하는 직업이 아닌 음악을 이용한 다른 직업을 정하자 해서 생각난 게 음악 선생님이었고, 나처럼 힘든 사람들이 많을까봐 음악심리치료사 자격증에도 많은 관심이 갔습니다. 음악심리치료사 자격증을 따서 내가 가르칠 학생들의 고민을 없애주고 싶었습니다. 나처럼 힘든 사람들이 없기를 바랐습니다.

그래도 음악을 하면서 좋은 점도 있었습니다. 내가 좋아하는 바이올린을 하니까 스트레스를 덜 받는 것 같고, 세종예술고등학교의 생활은 너무 재밌었습니다. 그리고 학교에서 모든 것들이 제가 대학교에 가면 도움이 될 것이라는 것을 알았고, 일반고에서 배울 수 없었던 과목들인 음악이론이나 시창청음을 배울 수 있어서 좋았습니다. 음악을 하면서 많은 것을 느낀 거 같습니다.

작곡 서영준

나만의 작곡방법

　작곡에서 가장 중요한 요소가 동기라는 것은 그 어떤 작곡가도 부인하지 않을 것이다. 따라서 나는 이 동기가 매우 독창적이고 눈길을 끌 수 있어야 한다고 생각한다. 동기가 평범하고 매력적이지 않다면 대부분의 사람들이 기대를 하지 않고 넘길 것이다. 작곡가들은 대부분 공감하겠지만, 갑자기 떠오른 이 동기가 멜로디일 수도 있고, 화음일 수도 있다. 멜로디인 동기가 떠올랐다면 어느 정도 연장시킨 후 최상의 화음을 입히는 방법을 사용하는 것이 좋고, 떠오른 동기가 화음이라면 천천히 화음을 펼쳐가며 그에 맞는 멜로디를 입히는 것이 좋다. 음악에서 형식미가 매우 중요하다고 생각하는 사람들은 동기가 확정되면 형식을 고려하는 것이 매우 중요하다. 비록 자유형식이라도 그것 역시 형식이기 때문에 한 번 생각할 필요가 있다고 생각한다.

　그 이후에 할 일은 작곡기법을 통한 곡을 완성인데, 여기에는 끈기와 창의력이 필요하다. 작곡기법은 한정되어 있기 때문에 이를 창의적으로 사용하여 남들과 다른, 그러나 듣기 좋은 음악을 만들어야 한다. 곡을 완성한 후에는 충분한 검토와 수정이 필요하며, 이때에는 끈기가 중요하다. 다 만들어진 곡을 고치는 것은 접시에 담긴 국의 간을 맞추는 것과 같이 매우 어렵고 힘든 작업이지만, 이것이 끝났을 때의 쾌감은 이루 말할 수 없다.

동기의 생산, 형식의 확정, 작곡기법을 통한 연장, 그리고 수정. 이것이 나만의 작곡 방법인데, 이를 통해 다양한 곡을 만들 예정이다.

피아노 선 지 수

슬럼프를 이길 수 있었던 이유 한 가지

나는 실로 많이 변화되었음을 느낀다. 어릴 때 부모님의 강요 속에 혹독한 연습을 하던 나의 모습은 어둠 그 자체였다. 그리고 콩쿠르에 나갈 때마다 1등은 무조건 나의 것이라고 생각하고 거만해지고, 남을 무시하고, 짓밟았다. 그러다 보니 학교에서 따돌림을 당할 수밖에 없었다.

그러나 나는 그때까지 내가 옳고 그들의 수준이 낮은 거라고 생각했다. 그러다가 중학교 1학년 때 큰 슬럼프가 왔다. 지금까지 1등을 해왔고, 따돌림을 받으면서까지 음악을 해온 나였기에 너무나 큰 시련과 좌절과 고통이 나를 사정없이 괴롭혔다. 일어나려고 발버둥쳐도 도저히 일어날 수 없었다.

그렇게 나는 긴 공백기 동안 그동안 얻을 수 없던 것들을 얻을 수 있었다. 나의 삶은 완전히 바뀌게 되었다. 사람으로서의 존중, 배려, 나의 약함을 깨닫게 되었고, 음악은 절대로 혼자서 할 수 없다는 것, 함께 공동체로 나아가야 한다는 것, 시기하고 질투하는 것보다 서로 사랑하여야 힘을 줄 수 있다는 것과 같이 너무나 값진 것들을 깨달을 수 있었다. 그 시기에 정말 많이 울고 괴로웠다. 정말 그 시간이 그 어느 시간보다 아프고 고통스럽고 힘들었지만, 정말 깨치고 변화될 수 있었다.

그 시간 동안 정말 많이 성숙해졌다. 물론 상처도 많이 받고 많이 아팠지만, 아마 신이 나에게 중요한 선물을 놓치지 말라고 주신 것 같다. 앞으로도 수많은 시련이 닥쳐올 수도 있다. 그래도 두려워하지 않고 강하고 담대하게 뚫고 이겨나갈 수 있을 것이다. 앞으로 어떤 일들이 있을지 기대하고 소망한다. 언제나 우리는 늘 삶에서 승리할 수 있기 때문이다. 나는 지금도 이 글을 쓰면서 내 자신을 다시 한 번 되돌아보고 힘을 얻는다.

첼로 이아현

느낀 점

책을 쓰는 작업을 하면서 나의 짧았던 음악 인생을 되돌아보는 계기가 되었다. 처음에는 이 책을 언제 다 쓰지 하는 막막함과 두려움밖에 없었는데, 다 쓰고 보니 되게 보람차고 뿌듯했다. 또한 나의

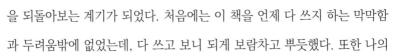

꿈을 확실하게 생각하고 정하는 계기가 되었고, 나의 꿈을 이루기 위해 앞으로 어떻게 해야 할지, 또 어떤 노력을 해야 할지에 대해 다시 한 번 생각하고 확실하게 정하게 되었다.

앞으로 나의 꿈을 위해 열심히 달려 나가는 그런 이아현이 될 것이다.

성악 정연아

은퇴 후 제 2의 삶을 위한 직업

은퇴 후 내가 하고 싶은 직업은 실내 건축 디자이너와 음악 카페를 운영하는 운영자이다. 정말 뜬금없지만, 나는 실내 건축 디자인을 배워서 나의 공간들을 더 아름답게 꾸미고 공간을 잘 활용할 수 있는 실내 건축 디자이너가 되고 싶다는 생각을 했다.

실내 건축 디자이너가 되기 위해서는 관련된 실내건축기능사, 산업기사 등의 자격증을 따야 한다. 또한 스케치나 프로그램 CAD, 3D MAX 등 관련 프로그램을 다룰 줄 알아야 하며, 실무 능력도 뛰어나야 한다. 실내 건축 디자이너가 된다면 나의 집이나 나의 레슨실, 나의 카페마저도 나의 스타일과 장소 분위기에 맞춰 내부를 더 깔끔하고 활용적으로 꾸미는 그런 디자이너가 되고 싶다.

나아가 내가 꾸민 카페를 직접 운영하고 싶다는 생각도 하게 되었다. 1층은 카페로, 2층은 브런치 카페로 구성할 것이며, 1층 카페 중간에 무대와 피아노를 세워두고 연주할 수 있도록 할 것이다. 또한 우리 카페만의 독특한 메뉴를 개발할 것이다.

내가 오페라 가수로 유명해진다면 나의 노래들이나 나의 기록들, 내가 좋아하는 성악가들의 노래들을 틀 것이고, 음악을 사랑하는 사람들이 많이 오갈 수 있도록 홍보를 많이 할 것이다. 또한 내 카페만의 음악 에코백, 노트, CD 등을 기념품으로 사갈 수 있는 것도 전시할 것이고, 그 지역에서는 무조건 가야 하는 카페로 만들 것이다. 나의 이름을 통해서 카페도 알리고, 그 자리에서 연주도 하는 그런 카페를 만들고 싶다.

플루트 정초록

내가 추구하는 가장 완벽한 삶

나는 그냥 딱 남들만큼 건강하고 행복한 삶들을 살아가길 바랐다. 하지만 생각과는 달리 나의 삶들은 그러지 못했다. 나의 부주의가 아닌 다른 사람의 조그마한 실수, 장난 때문에 나의 학교 생활은 행복하지 못했다.

다른 사람의 실수 때문에 다리를 다쳐 휠체어 생활을 하면서 밤마다 울면서 슬퍼했다. 그것은 몸이 아파서가 아니라 모든 사람들에게 시간은 똑같이 주어졌지만 내겐 시간이 그대로 멈춰버린 것 때문이었다. 나는 나도 다른 친구들처럼 놀러 다니고 싶고, 학교에 나가서 공부도 하고 싶고, 다른 친구들처럼 연습도 하고 싶었다. 하지만 내가 다리를 다치면서 내 주변 사람들의 시간은 흘러가는데, 나만 멈춰 있었다.

다리가 어느 정도 회복되고 수술 날짜를 기다리며 조심조심 하루를 버티고 있는 나날들. 그 속에서 나는 나의 악조건을 이기고 누릴 수 있는 작은 행복들을 찾았다. 나에게 괴로운 시간들이 많아지면 많아질수록 과거 나의 행복했던 기억들이 계속 떠올랐고, 그 과거로 돌아가고 싶어 매일 밤마다 발버둥쳤다. 하지만 지나간 시간은 다시 돌아오지 않는다는 것을 깨달았을 때 또 한 번의 절망감이 왔다.

내가 힘든 시간들을 보내는 동안 내 옆에 계속 머물러 있었던 것은 음악이었다. 아프고 힘든 상황 속에서도 음악을 감상했고, 플루트를 열심히 불었다. 또한 아픈 다리를 절뚝이면서 무대에 올라가서 연주를 했다. 나는 힘든 상황 속에서도 음악이 그 힘든 상황을 잊게 만들어서 계속 나를 행복하게 살아가게 한다는 것을 느꼈다. 그리고 음악을 하면서 나는 정말 많이 행복하다. 그래서 나는 내가 좋아하는 음악을 행복하게, 건강하게 오래오래 하며 살아가는 삶이 내겐 가장 완벽한 삶이라고 생각한다.

플루트 채은서

엄마, 아빠에게

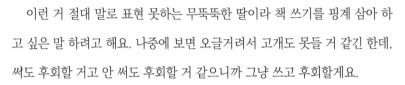

엄마 아빠 안녕!! 나 은서에요.

이런 거 절대 말로 표현 못하는 무뚝뚝한 딸이라 책 쓰기를 핑계 삼아 하고 싶은 말 하려고 해요. 나중에 보면 오글거려서 고개도 못들 거 같긴 한데, 써도 후회할 거고 안 써도 후회할 거 같으니까 그냥 쓰고 후회할게요.

이렇게 좋은 부모님 사이에서 태어나 내가 하고 싶은 음악을 하며 살 수 있는 건 정말 일생일대의 큰 행운이라 생각해요. 다른 애들은 하고 싶어도 집안 사정이 어려워 못하는 애들도 많은데, 나는 훌륭한 부모님으로부터 지원 받으면서 레슨 다니고 연습실 다니고…. 정말 감사해요.

삼시세끼 라면만 먹고 왕복 세 시간 버스 타고 다니고 이런 거 하나도 안 힘들어요. 물론 가끔은 힘들지만, 내가 하고 싶은 일 하는 거니까 재밌어요. 가끔 진짜 말도 못하게 힘들고 피곤해서 그 짜증이 그대로 엄마 아빠한테 갈 때도 많았는데, 짜증내는 거 다 받아주고, 이해해주셔서 죄송하고 고마워요. 엄마 아빠한테 짜증내고 방에 들어가면 '아, 내가 왜 그랬을까?' 하고 바로 후회해요. 앞으로 짜증 안내도록 노력할게요.

날씨 안 좋을 때, 피곤할 때 레슨 데려다주고 한 시간 기다려서 데리고 오시고, 운전하고 기다리느라 피곤하고 힘들 텐데 나 조금이라도 덜 피곤하라고 배려해주고 생각해줘서 감사해요. 나 힘들 때, 속상할 때 누구보다 많이 걱정하고 나보다 더 힘들어하시고…. 항상 속 썩여서 죄송해요. 엄마 아빠가 이렇게 뒤에서 응원해주시고 많이 걱정해주셔서 지금은 잘 이겨내고 하나도 안 힘들어요.

레슨비, 반주비, 연습실비, 교통비…. 나랑 준서 때문에 들어가는 돈 만만치 않은데 엄마 아빠 생활비 줄여가면서 우리한테 이렇게 더 투자하고 밀어주고 희생해 주셔서 감사해요. 엄마 아빠가 이렇게 저희에게 투자한 거 아깝다는 생각 들지 않게 지금보다 백배 천배 더 열심히 할게요. 나랑 준서한테 조금이라도 더 도움 되라고 하신 말씀들, 되돌아보면 다 옳은 말들인데 성질 부리고 짜증내서 죄송해요.

앞으로 엄마 아빠에게 더 좋은 딸, 착한 딸, 훌륭한 딸이 되도록 지금의 자리에서 최선을 다해 노력할게요.

엄마 아빠 감사합니다. 사랑해요!

이제 17명의 소중한 제자들의 꿈을 실은 배를 띄운다

세종예술고등학교 교사 **박영주**

"애들아! 드디어 학교에 왔구나~ 반갑다. 보고 싶었어!"

"선생님! 우리도 선생님이 보고 싶었어요. 학교 나오니까 정말 좋아요. 전공 실기 연습도 맘껏 하고 친구들도 만나고…."

다행히 긴 원격 수업을 마무리하고 학생들이 학교에 등교하게 되었다. 우리 반 학생들의 진로 설계를 위해 무엇을 해주어야 할까 고민하다가 문화예술기획 전문가 허영훈 선생님을 모시고 특강을 진행했다. 특강을 듣는 우리 학생들이 모습이 얼마나 진지했는지 모른다.

"박영주 선생님! 학생들이 작성한 진로 설계 자료를 바탕으로 몇 가지 키워드의 글을 더 작성해서 책을 한 권 출판하면 어떨까요?"

"정말, 그것이 가능할까요? 우리 학생들이 잘 해 낼 수 있을까요?"

걱정 반 기대 반으로 책 쓰기 프로젝트를 시작하게 되었다. 처음에는 순항할 거 같았던 글쓰기는 그리 쉽지 않으나, 우리 학생들의 고민을 글로 담아내고 허영훈 선생님의 피드백 티칭, 그리고 나의 막무가내 밀어붙이기의 3박자가 잘 맞아 어렵지만 의미 있게 원고를 만들어냈다.

과연 이 프로젝트를 운영하면서 내가 바라는 것이 무엇일까? 허영훈 선생님 강의처럼 기획(企劃)이란 '바라는 것을 새기는 일'이라고 하는데….

내가 바라는 것은 우리 제자들이 10년 후, 아니 20년 후에 자기 삶을 행복하게 잘 꾸려나가는 것이다. 수많은 돈을 들여 명문대를 졸업하고 할 수 있는 일이 없어 전전긍긍하고 삶을 자포자기하는 사람이 아니라, 유연한 사고를 갖고 다양한 직업을 탐구하며 자신에게 맞는 행복한 삶을 영위하는 것, 그것이 아닌가 싶다.

여기 우리 반 17명의 제자들 한 명 한 명의 이름을 불러본다. 너희들의 꿈을 실은 작은 배가 어떠한 거센 풍랑을 만나도 잘 헤쳐 나아가 큰 바다로 순항할 수 있도록 기도한다.

쇼팽의 음악처럼
사람의 마음을 울리는 감성적
연주의 달인 피아니스트
김지민

눈동자가 반짝이며
무엇인가 소중한 이야기를
들려 줄 거 같은 작곡가
강혜원

언제나 타인의 이야기를
마음속 깊이 잘 들어주는
따뜻한 피아니스트
김보섭

엄마같이
든든하고 포근하지만
연주할 땐 카리스마 넘치는
클라리네티스트
남경원

언제나
스스럼 없이 다가와
나를 꼭 안아주는
휴머니스트 피리 연주자
김지은

매력적인
감성 보이스를 가지고
자신만의 음악 세계를
넓혀가는 작곡가
류환희

다른 사람의
소소한 삶까지 잘 챙겨주는
친절하고 따뜻한
바이올리니스트
박노을

소외계층의
행복한 삶을 고민하며
꿈을 위해 현실에
최선을 다하는 작곡가
서영준

수고하고
무거운 짐 진 자들아
다 내게로 오라~
피아노 왕자 피아니스트
선지수

인생은 드뷔시처럼,
작곡은 라흐마니노프처럼,
공감 능력이 뛰어난 작곡가
윤예원

인생은 시크하게
음악은 진지하게
언제나 청순 발랄한 모습의
플루티스트
이수민

첼로의 뒤판처럼
넓고 따뜻한 음악으로
사람에게 감동을 주는
첼리스트
이아현

천상의 목소리로
사람들에게 희망과
힘을 나눠주는
에너자이저 성악가
이은수

웃음과 긍정의 전도사,
연주 모습이 아름다운 그녀
미소 천사 피아니스트
이휘영

풍부한 성량으로
감성적인 음악을 들려주는
배려의 아이콘 성악가
정연아

언제나 친절한 말과
다정한 인사로 힐링을 주는
예의바름이 플루티스트
정초록

음악이면 음악,
운동이면 운동,
못하는 것이 없는
사랑둥이 플루티스트
채은서

"애들아! 나는 너희들에게 '너는 잘 될 거야'라는 말은 하지 않을게. 대신 나는 너희들에게 '힘이 되어줄게', '네 편이 되어줄게'라고 말하고 싶어. 앞으로 살다 보면 많은 어려움과 갈등, 그리고 갈림길에 서 있을 때가 있을 거야. 그때 내 말을 꼭 기억해줘. 나를 늘 응원하고 내편이 되어 주는 사람이 있다는 것을⋯."

책을 마무리하며

학생들이 쓴 글을 1차 편집하면서 가장 먼저 느낀 것은 주제 항목들을 미리 정하지 말았어야 했다는 점이다. 학생들은 각자 하고 싶은 말이 다 달랐고, 미리 제시된 주제가 과제로만 여겨지다 보니 '해결'의 대상으로 그 의미가 퇴색되어버린 부분도 있었다.

'라떼 시대' 어른들의 시각으로 보면 학생들은 여전히 어릴 수 있다. 작성한 글들을 보면 더 노골적으로는 너무도 모른다고 이야기할 수도 있다. 그러나 그것은 시각이지 정답은 아니라는 말을 하고 싶다.

학생들에게 꿈을 가지라고 강요할 필요도 없다. 꿈은 스스로 꾸는 것이지 만드는 것이 아니기 때문이다.

음악의 현주소를 언급하며 '음악으로 어떻게 먹고 살거냐'고 걱정하지 않아도 된다. 음악으로 살고 못 살고는 학생들 스스로의 판단이고, 그들의 삶이기 때문이다. 어른들은 그들을 진심으로 응원하고 기도하는 것으로 그 책임을 다하는 것이라고 생각한다. 다만 필자는 기획전문가 견지에서 그들이 음악을, 삶을, 미래를 스스로 기획하는 '기획하는 음악가'로 성장하기를 조용히 바랄 뿐이다.

이 책을 읽는다는 것은 국내 한 예술고등학교 음악과 2학년 학생들의 마음을 읽는 것이다. 그러나 분명한 것은 전국의 모든 고등학교 2학년의 마음을 읽는 것은 아니라는 점이다. 여러분이 고등학교 선생님이라면, 교육청이나 교육부 관계자라면, 고등학생의 학부모라면, 그리고 그 가정의 이웃이라면, 그 학생들의 마음을 읽는 방법을 스스로 찾는 노력을 기울였으면 하는 바람을 또한 전하고 싶다.

끝으로 박영주 선생님과 세종예술고등학교 음악과 2학년 17명 학생들에게 진심어린 축하와 응원의 박수를 보낸다.